流言

张爱玲

北京出版集团公司

北京十月文艺出版社

青马（天津）文化有限公司
出　品

目录

天才梦	1
到底是上海人	4
洋人看京戏及其他	6
更衣记	14
公寓生活记趣	23
道路以目	29
必也正名乎	35
借银灯	40
银宫就学记	44
烬余录	48
谈女人	60
存稿	70
论写作	78
爱	85
有女同车	86
走！走到楼上去	88
自己的文章	91
夜营的喇叭	98

童言无忌　　　　　　　99

造人　　　　　　　　　109

打人　　　　　　　　　111

私语　　　　　　　　　113

说胡萝卜　　　　　　　126

炎樱语录　　　　　　　127

写什么　　　　　　　　130

诗与胡说　　　　　　　132

中国人的宗教　　　　　137

忘不了的画　　　　　　156

传奇再版的话　　　　　163

谈音乐　　　　　　　　166

谈跳舞　　　　　　　　175

被窝　　　　　　　　　189

关于倾城之恋的老实话　192

罗兰观感　　　　　　　194

汪宏声记张爱玲书后　　196

致力报编者　　　　　　197

雨伞下　　　　　　　　　198

谈画　　　　　　　　　　199

不得不说的废话　　　　　209

"卷首玉照"及其他　　　211

双声　　　　　　　　　　216

气短情长及其他　　　　　226

秘密　　　　　　　　　　232

丈人的心　　　　　　　　233

炎樱衣谱　　　　　　　　234

我看苏青　　　　　　　　237

吉利　　　　　　　　　　253

天地人　　　　　　　　　254

姑姑语录　　　　　　　　256

天才梦

　　我是一个古怪的女孩，从小被目为天才，除了发展我的天才外别无生存的目标。然而，当童年的狂想逐渐褪色的时候，我发现我除了天才的梦之外一无所有——所有的只是天才的乖僻缺点。世人原谅瓦格涅的疏狂，可是他们不会原谅我。

　　加上一点美国式的宣传，也许我会被誉为神童。我三岁时能背诵唐诗。我还记得摇摇摆摆地立在一个满清遗老的藤椅前朗吟"商女不知亡国恨，隔江犹唱后庭花"，眼看着他的泪珠滚下来。七岁时我写了第一部小说，一个家庭悲剧。遇到笔划复杂的字，我常常跑去问厨子怎样写。第二部小说是关于一个失恋自杀的女郎。我母亲批评说：如果她要自杀，她决不会从上海乘火车到西湖去自溺。可是我因为西湖诗意的背景，终于固执地保存了这一点。

　　我仅有的课外读物是《西游记》与少量的童话，但我的思想并不为它们所束缚。八岁那年，我尝试过一篇类似《乌托邦》的小说，题名《快乐村》。快乐村人是一好战的高原民族，因克服苗人有功，蒙中国皇帝特许，免征赋税，并予自治权。所以快乐村是一个与外界隔绝的大家庭，自耕自织，保存着部落时代的活泼文化。

　　我特地将半打练习簿缝在一起，预期一本洋洋大作，然而不久我就对这伟大的题材失去了兴趣。现在我仍旧保存着我所绘的插画多帧，介绍这种理想社会的服务，建筑，室内装修，包括图书馆，"演武厅"，巧格力店，屋顶花园。公共餐室是荷花池里一座凉亭。我不记得那里有没有电影院与社会主义——虽然缺少这两样文明产物，他们似乎也过得很好。

九岁时，我踌躇着不知道应当选择音乐或美术作我终身的事业。看了一张描写穷困的画家的影片后，我哭了一场，决定做一个钢琴家，在富丽堂皇的音乐厅里演奏。

对于色彩，音符，字眼，我极为敏感。当我弹奏钢琴时，我想像那八个音符有不同的个性，穿戴了鲜艳的衣帽携手舞蹈。我学写文章，爱用色彩浓厚，音韵铿锵的字眼，如"珠灰"，"黄昏"，"婉妙"，"splendour"，"melancholy"，因此常犯了堆砌的毛病。直到现在，我仍然爱看《聊斋志异》与俗气的巴黎时装报告，便是为了这种有吸引力的字眼。

在学校里我得到自由发展。我的自信心日益坚强，直到我十六岁时，我母亲从法国回来，将她睽隔多年的女儿研究了一下。

"我懊悔从前小心看护你的伤寒症，"她告诉我，"我宁愿看你死，不愿看你活着使你自己处处受痛苦。"

我发现我不会削苹果。经过艰苦的努力我才学会补袜子。我怕上理发店，怕见客，怕给裁缝试衣裳。许多人尝试教我织绒线，可是没有一个成功。在一间房里住了两年，问我电铃在那儿我还茫然。我天天乘黄包车上医院去打针，接连三个月，仍然不认识那条路。总而言之，在现实的社会里，我等于一个废物。

我母亲给我两年的时间学习适应环境。她教我煮饭；用肥皂粉洗衣；练习行路的姿势；看人的眼色；点灯后记得拉上窗帘；照镜子研究面部神态；如果没有幽默天才，千万别说笑话。

在待人接物的常识方面，我显露惊人的愚笨。我的两年计画是一个失败的试验。除了使我的思想失去均衡外，我母亲的沉痛警告没有给我任何的影响。

生活的艺术，有一部份我不是不能领略。我懂得怎么看"七月巧云"，听苏格兰兵吹 bagpipe，享受微风中的藤椅，吃盐水花生，欣赏雨夜的霓虹灯，从双层公共汽车上伸出手摘树颠的绿叶。在没有人与人交接的场合，我充满了生命的欢悦。可是我一天不能克服这种咬啮性的小烦恼，生命是一袭华美的袍，爬满了蚤子。

一九三九年

* 初载一九四〇年八月上海《西风》第四十八期，收入一九七六年三月香港文化·生活出版社《张看》。

到底是上海人

一年前回上海来，对于久违了的上海人的第一个印象是白与胖。在香港，广东人十有八九是黝黑瘦小的，印度人还要黑，马来人还要瘦。看惯了他们，上海人显得个个肥白如瓠，像代乳粉的广告。

第二个印象是上海人之"通"。香港的大众文学可以用脍炙人口的公共汽车站牌"如要停车，乃可在此"为代表。上海就不然了。初到上海，我时常由心里惊叹出来："到底是上海人！"

我去买肥皂，听见一个小学徒向他的同伴解释："喏，就是'张勋'的'勋'，'功勋'的'勋'，不是'薰风'的'薰'。"新闻报上登过一家百货公司的开幕广告，用骈散并行的阳湖派体裁写出切实动人的文字，关于选择礼品不当的危险，结论是："友情所系，讵不大哉！"似乎是讽刺，然而完全是真话，并没有夸大性。

上海人之"通"并不限于文理清顺，世故练达。到处我们可以找到真正的性灵文字。去年的小报上有一首打油诗，作者是谁我已经忘了，可是那首诗我永远忘不了。两个女伶请作者吃了饭，于是他就作诗了："樽前相对两头牌，张女云姑一样佳。塞饱肚皮连赞道：难觅任使踏穿鞋！"多么可爱的，曲折的自我讽嘲！这里面有无可奈何，有容忍与放任——由疲乏而产生的放任，看不起人，也不大看得起自己，然而对于人与己依旧保留着亲切感。更明显地表示那种态度的有一副对联，是我在电车上看见的，用指甲在车窗的黑漆上刮出字来："公婆有理，男女平权。"一向是"公说公有理，婆说婆有理，"由他们去罢！各有各的理。"男女平等"，闹了这些年。平等就平等罢！——又是由疲乏而起的放任。那种满脸油汗的笑，是标准中国幽默的特征。

上海人是传统的中国人加上近代高压生活的磨练。新旧文化种种畸形产物的交流，结果也许是不甚健康的，但是这里有一种奇异的智慧。

谁都说上海人坏，可是坏得有分寸。上海人会奉承，会趋炎附势，会混水里摸鱼，然而，因为他们有处世艺术，他们演得不过火。关于"坏"，别的我不知道，只知道一切的小说都离不了坏人。好人爱听坏人的故事，坏人可不爱听好人的故事。因此我写的故事里没有一个主角是个"完人"。只有一个女孩子可以说是合乎理想的，善良、慈悲、正大，但是，如果她不是长得美的话，只怕她有三分讨人厌。美虽美，也许读者们还是要向她叱道："回到童话里去！"在《白雪公主》与《玻璃鞋》里，她有她的地盘。上海人不那么幼稚。

我为上海人写了一本香港传奇，包括《沉香屑 一炉香》、《二炉香》、《茉莉香片》、《心经》、《琉璃瓦》、《封锁》、《倾城之恋》七篇。写它的时候，无时无刻不想到上海人，因为我是试着用上海人的观点来察看香港的。只有上海人能够懂得我的文不达意的地方。

我喜欢上海人，我希望上海人喜欢我的书。

*初载一九四三年八月上海《杂志》第十一卷第五期，收入一九四四年十二月《流言》。

洋人看京戏及其他

　　用洋人看京戏的眼光来看看中国的一切，也不失为一桩有意味的事。头上搭了竹竿，晾着小孩的开裆裤；柜台的玻璃缸中盛着"参须露酒"；这一家的扩音机里唱着梅兰芳；那一家的无线电里卖着癞疥疮药；走到"太白遗风"的招牌底下打点料酒……这都是中国，纷纭，刺眼，神秘，滑稽。多数的年轻人爱中国而不知道他们所爱的究竟是一些什么东西。无条件的爱是可钦佩的——唯一的危险就是：迟早理想要撞着了现实，每每使他们倒抽一口凉气，把心渐渐冷了。我们不幸生活于中国人之间，比不得华侨，可以一辈子安全地隔着适当的距离崇拜着神圣的祖国。那么，索性看个仔细罢！用洋人看京戏的眼光来观光一番罢。有了惊讶与眩异，才有明了，才有靠得住的爱。

　　为什么我三句离不了京戏呢？因为我对于京戏是个感到浓厚兴趣的外行。对于人生，谁都是个一知半解的外行罢？我单拣了京戏来说，就为了这适当的态度。

　　登台票过戏的内行仕女们，听见说你喜欢京戏，总是微微一笑道："这京戏东西，复杂得很呀。就连几件行头，那些个讲究，就够你研究一辈子。"可不是，演员穿错了衣服，我也不懂；唱走

6

了腔，我也不懂。我只知道坐在第一排看打武，欣赏那青罗战袍，飘开来，露出红里子，玉色裤管里露出玫瑰紫里子，踢蹬得满台灰尘飞扬；还有那惨烈紧张的一长串的拍板声——用以代表更深夜静，或是吃力的思索，或是猛省后的一身冷汗，没有比这更好的音响效果了。

外行的意见是可珍贵的，要不然，为什么美国的新闻记者访问名人的时候总拣些不相干的题目来讨论呢？譬如说，见了谋杀案的女主角，问她对于世界大局是否乐观；见了拳击冠军，问他是否赞成莎士比亚的脚本改编时装剧。当然是为了噱头，读者们哈哈笑了，想着："我比他懂得多。名人原来也有不如人的地方！"一半却也是因为门外汉的议论比较新鲜蹩拙，不无可取之点。

然而为了避重就轻，还是先谈谈话剧里的平剧罢。《秋海棠》一剧风魔了全上海，不能不归功于故事里京戏气氛的浓。紧跟着《秋海棠》空前的成功，同时有五六出话剧以平剧的穿插为号召。中国的写实派新戏剧自从它的产生到如今，始终是站在平剧的对面的，可是第一出深入民间的话剧之所以得人心，却是借重了平剧——这现象委实使人吃惊。

为什么京戏在中国是这样地根深蒂固与普及，虽然它的艺术价值并不是毫无问题的？

《秋海棠》里最动人的一句话是京戏的唱词，而京戏又是引用的鼓儿词："酒逢知己千杯少，话不投机半句多。"烂熟的口头禅，可是经落魄的秋海棠这么一回味，凭空添上了无限的苍凉感慨。中国人向来喜欢引经据典。美丽的，精警的断句，两千年前的老笑话，混在日常谈吐里自由使用着。这些看不见的纤维，组成了我们活生生的过去。传统的本身增强了力量，因为它不停地被引用到新的人，新的事物与局面上。但凡有一句适当的成语可用，中国人是不肯直截地说话的。而仔细想起来，几乎每一种可能的情形都有一句合适的成语来相配。替人家写篇序就是"佛头着粪"，写篇跋就是"狗尾续貂"。我国近年来流传的隽语，百分之九十就是成语的巧妙的运用。无怪乎中国学生攻读外国文的时候，人手一篇《俗谚集》，以为只要把那些断句合文法地连缀起来，便是好文章了。

只有在中国，历史仍于日常生活中维持活跃的演出。（历史在这里是笼统地代表着公众的回忆。）假使我们从这个观点去检讨我们的口头禅，京戏和今日社会的关系也就带着口头禅的性质。

最流行的几十出京戏，每一出都供给了我们一个没有时间性质的，标准的形势——丈人嫌贫爱富，子弟不上进，家族之爱与性爱的冲突……《得意缘》、《龙凤呈祥》、《四郎探母》都可以归入最后的例子，出力地证实了"女生外向"那句话。

《红鬃烈马》无微不至地描写了男性的自私。薛平贵致力于他的事业十八年，泰然地将他的夫人搁在寒窑里像冰箱里的一尾鱼。有这么一天，他突然不放心起来，星夜赶回家去。她的一生的最美好的年光已经被贫穷与一个社会叛徒的寂寞给作践完了，然而他以为团圆的快乐足够抵偿了以前的一切。他不给她设身处地想一想——他封了她做皇后，在代战公主的领土里做皇后！在一个年轻的，当权的妾的手里讨生活！难怪她封了皇后之后十八天就死了——她没这福分。可是薛平贵虽对女人不甚体谅，依旧被写成一个好人。京戏的可爱就在这种浑朴含蓄处。

《玉堂春》代表中国流行着的无数的关于有德性的妓女的故事。良善的妓女是多数人的理想夫人。既然她仗着她的容貌来谋生，可见她一定是美的，美之外又加上了道德。现代的中国人放弃了许多积习相沿的理想，这却是一个例外。不久以前有一张影片《香闺风云》，为了节省广告篇幅，报上除了片名之外，只有一行触目的介绍："贞烈向导女"。

《乌盆计》叙说一个被谋杀的鬼魂被幽禁在一只用作便桶的乌盆里。西方人绝对不能了解，怎么这种污秽可笑的，提也不能提的事竟与崇高的悲剧成分掺杂在一起——除非编戏的与看戏的全都属于一个不懂幽默的民族。那是因为中国人对于生理作用向抱爽直态度，没有什么不健康的忌讳，所以乌盆里的灵魂所受的苦难，中国人对之只有恐怖，没有憎嫌与嘲讪。

"姐儿爱俏"每每过于"爱钞"，于是花钱的大爷在"乌龙院"里饱尝了单恋的痛苦。剧作者以同情的笔触勾画了宋江——盖世英雄，但是一样地被女人鄙夷着，纯粹因为他爱她而她不爱他。最可悲的便是他没话找话说的那一段：

生："手拿何物？"

旦："你的帽子。"

生："嗳，分明是一只鞋，怎么是帽儿？"

旦："知道你还问！"

逸出平剧范围之外的有近于杂耍性质的《纺棉花》，流行的《新纺棉花》只是全剧中抽出的一幕。原来的故事叙的是因奸致杀的罪案，从这阴惨的题材里我们抽出来这轰动一时的喜剧。中国人的幽默是无情的。

《新纺棉花》之叫座固然是为了时装登台，同时也因为主角任意唱两支南腔北调的时候，观众偶然也可以插嘴进来点戏，台上台下打成一片，愉快的，非正式的空气近于学校里的游艺余兴。

京戏的规矩重，难得这么放纵一下，便招得举国若狂。

中国人喜欢法律，也喜欢犯法。所谓犯法，倒不一定是杀人越货，而是小小的越轨举动，妙在无目的。路旁竖着"靠右走"的木牌，偏要走到左边去。《纺棉花》的犯规就是一本这种精神，它并不是对于平剧的基本制度的反抗，只是把人所共仰的金科玉律侻侻地轻轻推搡一下——这一类的反对其实即是承认。

中国人每每哄骗自己说他们是邪恶的——从这种假设中他们得到莫大的快乐。路上的行人追赶电车，车上很拥挤，他看情形它是不肯停了，便恶狠狠的叫着："不准停！叫你别停，你敢停么？"——它果然没停。他笑了。

据说全世界惟有中国人骂起人来是有条有理，合逻辑的。英国人不信地狱之存在也还咒人"下地狱"，又如他们最毒的一个字是"血淋淋的"，骂人"血淋淋的驴子"，除了说人傻，也没有多大意义，不过取其音调激楚，聊以出气罢了。中国人却说："你敢骂我？你不认识你爸爸？"暗示他与对方的母亲有过交情，这便给予他精神上的满足。

《纺棉花》成功了，因为它是迎合这种吃豆腐嗜好的第一出戏。张三盘问他的妻，谁是她的恋人。她向观众指了一指，他便向台下作揖谢道："我出门的时候，内人多蒙照顾。"于是观众深深感动了。

我们分析平剧的内容，也许会诧异，中国并不是尚武的国家，何以武戏占绝对多数？单只根据《三国志演义》的那一串，为数就可观了。最迅疾的变化是在战场上，因此在战争中我们最容易看得出一个人的个性与处事的态度。楚霸王与马谡的失败都是浅显的教训，台下的看客，不拘是做官，做生意，做媳妇，都是这么一回事罢了。

不知道人家看了《空城计》是否也像我似的只想掉眼泪。为老军们绝对信仰着的诸葛亮是古今中外罕见的一个完人。在这里，他已经将胡子忙白了。抛下卧龙冈的自在生涯出来干大事，为了"先帝爷"一点知己之恩的回忆，便舍命忘身地替阿斗争天下，他也背地里觉得不值得么？锣鼓喧天中，略有点凄寂的况味。

历代传下来的老戏给我们许多感情的公式。把我们实际生活里复杂的情绪排入公式里，许多细节不能不被剔去，然而结果还是令人满意的。感情简单化之后，比较更为坚强，确定，添上了几千年的经验的份量。个人与环境感到和谐，是最愉快的一件事。而所谓环境，一大部份倒是群众的习惯。

京戏里的世界既不是目前的中国，也不是古中国在它的过程中的任何一阶段。它的美，它的狭小整洁的道德系统，都是离现实很远的，然而它绝不是罗曼蒂克的逃避——从某一观点引渡到另一观点上，往往被误认为逃避。切身的现实，因为距离太近的缘故，必得与另一个较明彻的现实联系起来方才看得清楚。

京戏里的人物，不论有什么心事，总是痛痛快快说出来；身边没有心腹，便说给观众听，语言是不够的，于是再加上动作，服装，脸谱的色彩与图案。连哭泣都有它的显著的节拍——一串由大而小的声音的珠子，圆整，光洁。因为这多方面的夸张的表白，看惯了京戏觉得什么都不够热闹。台上或许只有一两个演员，但也能造成一种拥挤的印象。

拥挤是中国戏剧与中国生活里的要素之一。中国人是在一大群人之间呱呱坠地的，也在一大群人之间死去——有如十七八世纪的法国君王。（"绝代艳后"玛丽安东尼便在一间广厅中生孩子，床旁只围着一架屏风，屏风外挤满了等候好消息的大臣与贵族。）中国人在哪里也躲不了旁观者。上层阶级的女人，若是旧式的，住虽住在深闺里，早上一起身便没有关房门的权利。冬天，棉制的门帘挡住了风，但是门还是大开的，欢迎着阖家大小的调查。清天白日关着门，那是非常不名誉的事。即使在夜晚，门闩上了，只消将窗纸一舐，屋里的情形也就一目了然。

婚姻与死亡更是公众的事了。闹房的甚至有藏在床底下的。病人"回光返照"的时候，黑压压聚了一屋子人听取临终的遗言，中国的悲剧是热闹，喧嚣，排场大的，自有它的理由；京戏里的哀愁有着明朗，火炽的色彩。

就因为缺少私生活，中国人的个性里有一点粗俗。"事无不可对人言"，说不得的便是为非作歹。中国人老是诧异，外国人喜欢守那么些不必要的秘密。

不守秘密的结果，最幽微亲切的感觉也得向那群不可少的旁观者自卫地解释一下。这养成了找寻藉口的习惯。自己对自己也爱用藉口来搪塞，因此中国人是不大明了他自己的为人的。群居生活影响到中国人的心理。中国人之间很少有真正怪癖的。脱略的高人嗜竹嗜酒，爱发酒疯，或是有洁癖，或是不洗澡，讲究扪虱而谈，然而这都是循规蹈矩的怪癖，不乏前例的。他们从人堆里跳出来，又加入了另一个人堆。

到哪儿都脱不了规矩。规矩的繁重在舞台上可以说是登峰造极了。京戏里规律化的优美的动作，洋人称之为舞蹈，其实那就是一切礼仪的真髓。礼仪不一定有命意与作用，往往只是为行礼而行礼罢了。请安磕头现在早经废除。据说磕头磕得好看，很要一番研究。我虽不会磕，但逢时遇节很愿意磕两个头。一般的长辈总是嚷着："鞠躬！鞠躬！"只有一次，我到祖姨家去，竟一路顺风地接连磕了几个头，谁也没拦我。晚近像他们这样惯于磕头的人家，业已少见。磕头见礼这一类的小小的，不碍事的束缚，大约从前的人并不觉得它的可爱，现在将要失传了，方才觉得可哀，但看学生们鱼贯上台领取毕业文凭，便知道中国人大都不会鞠躬。

顾兰君在《侬本痴情》里和丈夫闹决裂了，要离婚，临行时伸出手来和他握别。他疑心她不贞，理也不理她。她凄然自去。这一幕，若在西方，固然是入情入理，动人心弦，但在中国，就不然了。西方的握手的习惯已有几百年的历史，因之握手成了自然的表现，近于下意识作用。中国人在应酬场中也学会了握手，但在生离死别的一刹那，动了真感情的时候，绝想不到用握手作永诀的表示。在这种情形之下，握手固属不当，也不能拜辞，也不能万福或鞠躬。现代的中国是无礼可言的，除了在戏台上。京戏的象征派表现技术极为彻底，具有初民的风格，奇怪的就是，平剧在中国开始风行的时候，华夏的文明早已过了它的成熟期。粗鄙的民间产物怎么能够得到清朝末叶儒雅风流的统治阶级的器重呢？纽约人听信美术批评家的热烈推荐，接受了原始性的图画与农村自制的陶器。中国人舍昆曲而就京戏，却是违反了一般评剧家的言论。文明人听文明人的昆曲，恰配身分，然而，新兴的京戏里有一种孩子气的力量，合了我们内在的需要。中国人的原始性没有被根除，想必我们的文化过于随随便便之故。就在这一点上，我们不难找到中国人的永久的青春的秘密。

＊初载一九四三年十一月上海《古今》第三十四期，收入《流言》。

更衣记

　　如果当初世代相传的衣服没有大批卖给收旧货的，一年一度六月里晒衣裳，该是一件辉煌热闹的事罢。你在竹竿与竹竿之间走过，两边拦着绫罗绸缎的墙——那是埋在地底下的古代宫室里发掘出来的甬道。你把额角贴在织金的花绣上。太阳在这边的时候，将金线晒得滚烫，然而现在已经冷了。

　　从前的人吃力地过了一辈子，所作所为，渐渐蒙上了灰尘；子孙晾衣裳的时候又把灰尘给抖了下来，在黄色的太阳里飞舞着。回忆这东西若是有气味的话，那就是樟脑的香，甜而稳妥，像记得分明的快乐，甜而怅惘，像忘却了的忧愁。

　　我们不大能够想像过去的世界，这么迂缓，安静，齐整——在满清三百年的统治下，女人竟没有什么时装可言！一代又一代的人穿着同样的衣服而不觉得厌烦。开国的时候，因为"男降女不降"，女子的服装还保留着显著的明代遗风。从十七世纪中叶直到十九世纪末，流行着极度宽大的衫袴，有一种四平八稳的沉着气象。领圈很低，有等于无。穿在外面的是"大袄"。在非正式的场合，宽了衣，便露出"中袄"。"中袄"里面有紧窄合身的"小袄"，上床也不脱去，多半是娇媚的桃红或水红。三件袄子之上又加着"云肩背心"，黑缎宽镶，盘着大云头。

削肩，细腰，平胸，薄而小的标准美女在这一层层衣衫的重压下失踪了。她的本身是不存在的，不过是一个衣架子罢了。中国人不赞成太触目的女人。历史上记载的耸人听闻的美德——譬如说，一只胳膊被陌生男子拉了一把，便将它砍掉——虽然博得普通的赞叹，知识阶级对之总隐隐地觉得有点遗憾，因为一个女人不该吸引过度的注意；任是铁铮铮的名字，挂在千万人的嘴唇上，也在呼吸的水蒸气里生了锈。女人要想出众一点，连这样堂而皇之的途径都有人反对，何况奇装异服，自然那更是伤风败俗了。

出门时裤子上罩的裙子，其规律化更为彻底。通常都是黑色，逢着喜庆年节，太太穿红的，姨太太穿粉红。寡妇系黑裙，可是丈夫过世多年之后，如有公婆在堂，她可以穿湖色或雪青。裙上的细摺是女人的仪态最严格的试验。家教好的姑娘，莲步姗姗，百摺裙虽不至于纹丝不动，也只限于最轻微的摇颤。不惯穿裙的小家碧玉走起路来便予人以惊风骇浪的印象。更为苛刻的是新娘的红裙，裙腰垂下一条条半寸来宽的飘带，带端系着铃。行动时只许有一点隐约的叮当，像远山上宝塔上的风铃。晚至一九二○年左右，比较潇洒自由的宽摺裙入时了，这一类的裙子方才完全废除。

穿皮子，更是禁不起一些出入，便被目为暴发户。皮衣有一定的季节，分门别类，至为详尽。十月里若是冷得出奇，穿三层皮是可以的，至于穿什么皮，那却要顾到季节而不能顾到天气了。初冬穿"小毛"，如青种羊，紫羔，珠羔；然后穿"中毛"，如银鼠，灰鼠，灰脊，狐腿，甘肩，倭刀；隆冬穿"大毛"，——白狐，青狐，西狐，玄狐，紫貂。"有功名"的人方能穿貂。中下等阶级的人以前比现在富裕得多，大都有一件金银嵌或羊皮袍子。

姑娘们的"昭君套"为阴森的冬月添上点色彩。根据历代的图画，昭君出塞所戴的风兜是爱斯基摩式的，简单大方，好莱坞明星仿制者颇多。中国十九世纪的"昭君套"却是颠狂冶艳的，——一顶瓜皮帽，帽沿围上一圈皮，帽顶缀着极大的红绒球，脑后垂着两根粉红缎带，带端缀着一对金印，动辄相击作声。

对于细节的过分的注意，为这一时期的服装的要点。现代西方的时装，不必要的点缀品未尝不花样多端，但是都有个目的——把眼睛的蓝色发扬光大起来，补助不发达的胸部，使人看上去高些或矮些，集中注意力在腰肢上，消灭臀部过度的曲线……古中国衣衫上的点缀品却是完全无意义的，若说它是纯粹装饰性质的罢，为什么连鞋底上也满布着繁缛的图案呢？鞋的本身就很少在人前漏脸的机会，别说鞋底了，高底的边缘也充塞着密密的花纹。

袄子有"三镶三滚"，"五镶五滚"，"七镶七滚"之别，镶滚之外，下摆与大襟上还闪烁着水钻盘的梅花，菊花。袖上另钉着名唤"阑干"的丝质花边，宽约七寸，挖空镂出福寿字样。

这里聚集了无数小小的有趣之点，这样不停地另生枝节，放恣，不讲理，在不相干的事物上浪费了精力，正是中国有闲阶级一贯的态度。惟有世上最清闲的国家里最闲的人，方才能够领略到这些细节的妙处。制造一百种相仿而不犯重的图案，固然需要艺术与时间；欣赏它，也同样地烦难。

古中国的时装设计家似乎不知道，一个女人到底不是大观园。太多的堆砌使兴趣不能集中。我们的时装的历史，一言以蔽之，就是这些点缀品的逐渐减去。

当然事情不是这么简单。还有腰身大小的交替盈蚀。第一个严重的变化发生在光绪三十二三年。铁路已经不这么稀罕了，火车开始在中国人的生活里占一重要位置。诸大商港的时新款式迅速地传入内地。衣袴渐渐缩小，"阑干"与阔滚条过了时，单剩下一条极窄的。扁的是"韭菜边"，圆的是"灯果边"，又称"线香滚"。在政治动乱与社会不靖的时期——譬如欧洲的文艺复兴时代——时髦的衣服永远是紧匝在身上，轻捷俐落，容许剧烈的活动。在十五世纪的意大利，因为衣袴过于紧小，肘弯膝盖，筋骨接笋处非得开缝不可。中国衣服在革命酝酿期间差一点就胀裂开来了。"小皇帝"登基的时候，袄子套在人身上像刀鞘。中国女人的紧身背心的功用实在奇妙——衣服再紧些，衣服底下的肉体也还不是写实派的作风，看上去不大像个女人而像一缕诗魂。长袄的直线延至膝盖为止，下面虚飘飘垂下两条窄窄的袴管，似脚非脚的金莲抱歉地轻轻踏在地上。铅笔一般瘦的袴脚妙在给人一种伶仃无告的感觉。在中国诗里，"可怜"是"可爱"的代名词。男子向有保护异性的嗜好，而在青黄不接的过渡时代，颠连困苦的生活情形更激动了这种倾向。宽袍大袖的、端凝的妇女现在发现太福相了是不行的，做个薄命的人反倒于她们有利。

那又是一个各趋极端的时代。政治与家庭制度的缺点突然被揭穿。年轻的知识阶级仇视着传统的一切，甚至于中国的一切。保守性的方面也因为惊恐的缘故而增强了压力。神经质的论争无日不进行着，在家庭里，在报纸上，在娱乐场所。连涂脂抹粉的文明戏演员，姨太太们的理想恋人，也在戏台上向他的未婚妻借题发挥，讨论时事，声泪俱下。

一向心平气和的古国从来没有如此骚动过。在那歇斯底里的气氛里，"元宝领"这东西产生了——高得与鼻尖平行的硬领，像缅甸的一层层叠至尺来高的金属项圈一般，逼迫女人们伸长了脖子。这吓人的衣领与下面的一捻柳腰完全不相称。头重脚轻，无均衡的性质正象征了那个时代。

民国初建立，有一时期似乎各方面都有浮面的清明气象。大家都认真相信卢骚的理想化的人权主义。学生们热诚拥护投票制度，非孝，自由恋爱。甚至于纯粹的精神恋爱也有人实验过，但似乎不曾成功。

时装上也显出空前的天真，轻快，愉悦。"喇叭管袖子"飘飘欲仙，露出一大截玉腕。短袄腰部极为紧小。上层阶级的女人出门系裙，在家里只穿一条齐膝的短裤，丝袜也只到膝为止，裤与袜的交界处偶然也大胆地暴露了膝盖。存心不良的女人往往从袄底垂下挑拨性的长而宽的淡色丝质裤带，带端飘着排穗。

民国初年的时候，大部份的灵感是得自西方的。衣领减低了不算，甚至被蠲免了的时候也有。领口挖成圆形，方形，鸡心形，金刚钻形。白色丝质围巾四季都能用。白丝袜脚跟上的黑绣花，像虫的行列，蠕蠕爬到腿肚子上。交际花与妓女常常有戴平光眼镜以为美的。舶来品不分皂白地被接受，可见一斑。

军阀来来去去，马蹄后飞沙走石，跟着他们自己的官员，政府，法律，跌跌绊绊赶上去的时装，也同样地千变万化。短袄的下摆忽而圆，忽而尖，忽而六角形。女人的衣服往常是和珠宝一般，没有年纪的，随时可以变卖，然而在民国的当铺里不复受欢迎了，因为过了时就一文不值。

时装的日新月异并不一定表现活泼的精神与新颖的思想。恰巧相反。它可以代表呆滞；由于其他活动范围内的失败，所有的创造力都流入衣服的区域里去。在政治混乱期间，人们没有能力改良他们的生活情形。他们只能够创造他们贴身的环境——那就是衣服。我们各人住在各人的衣服里。

一九二一年，女人穿上了长袍。发源于满洲的旗装自从旗人入关之后一直与中土的服装并行着的，各不相犯，旗下的妇女嫌她们的旗袍缺乏女性美，也想改穿较妩媚的袄裤，然而皇帝下诏，严厉禁止了。五族共和之后，全国妇女突然一致采用旗袍，倒不是为了效忠于满清，提倡复辟运动，而是因为女子蓄意要模仿男子。在中国，自古以来女人的代名词是"三绺梳头，两截穿衣。"一截穿衣与两截穿衣是很细微的区别，似乎没有什么不公平之处，可是一九二〇年的女人很容易地就多了心。她们初受西方文化的薰陶，醉心于男女平权之说，可是四周的实际情形与理想相差太远了，羞愤之下，她们排斥女性化的一切，恨不得将女人的根性斩尽杀绝。因此初兴的旗袍是严冷方正的，具有清教徒的风格。

政治上，对内对外陆续发生的不幸事件使民众灰了心。青年人的理想总有支持不了的一天。时装开始紧缩。喇叭管袖子收小了。一九三〇年，袖长及肘，衣领又高了起来。往年的元宝领的优点在它的适宜的角度，斜斜地切过两腮，不是瓜子脸也变了瓜子脸，这一次的高领却是圆筒式的，紧低着下颔，肌肉尚未松弛的姑娘们也生了双下巴。这种衣领根本不可恕。可是它象征了十年前那种理智化的淫逸的空气——直挺挺的衣领远远隔开了女神似的头与下面的丰柔的肉身。这儿有讽刺，有绝望后的狂笑。

当时欧美流行着的双排钮扣的军人式的外套正和中国人凄厉的心情一拍即合。然而恪守中庸之道的中国女人在那雄赳赳的大衣底下穿着拂地的丝绒长袍，袍叉开到大腿上，露出同样质料的长裤子，裤脚上闪着银色花边。衣服的主人翁也是这样的奇异的配搭，表面上无不激烈地唱高调。骨子里还是唯物主义者。

近年来最重要的变化是衣袖的废除。（那似乎是极其艰难危险的工作，小心翼翼地，费了二十年的工夫方才完全剪去。）同时衣领矮了，袍身短了，装饰性质的镶滚也免了，改用盘花钮扣来代替，不久连钮扣也被捐弃了，改用揿钮。总之，这笔账完全是减法——所有的点缀品，无论有用没用，一概剔去。剩下的只有一件紧身背心，露出颈项、两臂与小腿。

现在要紧的是人，旗袍的作用不外乎烘云托月忠实地将人体轮廓曲曲勾出。革命前的装束却反之，人属次要，单只注重诗意的线条，于是女人的体格公式化，不脱衣服，不知道她与她有什么不同。

我们的时装不是一种有计画有组织的实业，不比在巴黎，几个规模宏大的时装公司如 Lelong's Schiaparellis，垄断一切，影响及整个白种人的世界。我们的裁缝却是没主张的。公众的幻想往往不谋而合，产生一种不可思议的洪流。裁缝只有追随的份儿。因为这缘故，中国的时装更可以作民意的代表。

究竟谁是时装的首创者，很难证明，因为中国人素不尊重版权，而且作者也不甚介意，既然抄袭是最隆重的赞美。最近入时的半长不短的袖子，又称"四分之三袖"，上海人便说是香港发起的，而香港人又说是上海传来的，互相推诿，不敢负责。

一双袖子翩翩归来，预兆形式主义的复兴。最新的发展是向传统的一方面走，细节虽不能恢复，轮廓却可尽量引用，用得活泛，一样能够适应现代环境的需要。旗袍的大襟采取围裙式，就是个好例子，很有点"三日入厨下"的风情，耐人寻味。

男装的近代史较为平淡。只有一个极短的时期，民国四年至八九年，男人的衣服也讲究花俏，滚上多道的如意头，而且男女的衣料可以通用，然而生当其时的人都认为那是天下大乱的怪现状之一。目前中国人的西装，固然是谨严而黯淡，遵守西洋绅士的成规，即使中装也长年地在灰色、咖啡色、深青里面打滚，质地与图案也极单调。男子的生活比女子自由得多，然而单凭这一件不自由，我就不愿意做一个男子。

衣服似乎是不足挂齿的小事。刘备说过这样的话："兄弟如手足，妻子如衣服。"可是如果女人能够做到"丈夫如衣服"的地步，就很不容易。有个西方作家（是萧伯纳么？）曾经抱怨过，多数女人选择丈夫远不及选择帽子一般的聚精会神，慎重考虑。再没有心肝的女子说起她"去年那件织锦缎夹袍"的时候，也是一往情深的。

直到十八世纪为止，中外的男子尚有穿红着绿的权利。男子服色的限制是现代文明的特征。不论这在心理上有没有不健康的影响，至少这是不必要的压抑。文明社会的集团生活里，必要的压抑有许多种，似乎小节上应当放纵些，作为补偿。有这么一种议论，说男性如果对于衣着感到兴趣些，也许他们会安分一些，不至于千方百计争取社会的注意与赞美，为了造就一己的声望，不惜祸国殃民。若说只消将男人打扮得花红柳绿的，天下就太平了，那当然是笑话。大红蟒衣里面戴着绣花肚兜的官员，照样会淆乱朝纲。但是预言家威尔斯的合理化的乌托邦里面的男女公民一律穿着最鲜艳的薄膜质的衣裤，斗篷，这倒也值得做我们参考的资料。

因为习惯上的关系，男子打扮得略略不中程式，的确看着不顺眼，中装上加大衣，就是一个例子，不如另加上一件棉袍或皮袍来得妥当，便臃肿些也不妨。有一次我在电车上看见一个年轻人，也许是学生，也许是店伙，用米色绿方格的兔子呢制了太紧的袍，脚上穿着女式红绿条纹短袜，嘴里衔着别致的描花假象牙烟斗，烟斗里并没有烟。他吮了一会，拿下来把它一截截拆开了，又装上去，再送到嘴里吮，面上颇有得色。乍看觉得可笑，然而为什么不呢，如果他喜欢？……秋凉的薄暮，小菜场上收了摊子，满地的鱼腥和青白色的芦粟的皮与渣。一个小孩骑了自行车冲过来，卖弄本领，大叫一声，放松了扶手，摇摆着，轻倩地掠过。在这一刹那，满街的人都充满了不可理喻的景仰之心。人生最可爱的当儿便在那一撒手罢？

　　* 初载一九四三年十二月《古今》第三十六期，收入《流言》。

公寓生活记趣

读到"我欲乘风归去，又恐琼楼玉宇，高处不胜寒"的两句词，公寓房子上层的居民多半要感到毛骨悚然。屋子越高越冷。自从煤贵了之后，热水汀早成了纯粹的装饰品。构成浴室的图案美，热水龙头上的H字样自然是不可少的一部份；实际上呢，如果你放冷水而开错了热水龙头，立刻便有一种空洞而凄怆的轰隆轰隆之声从九泉之下发出来，那是公寓里特别复杂，特别多心的热水管系统在那里发脾气了。即使你不去太岁头上动土，那雷神也随时地要显灵。无缘无故，只听见不怀好意的"嗡……"拉长了半晌之后接着"訇訇"两声，活像飞机在顶上盘旋了一会，掷了两枚炸弹。在战时香港吓细了胆子的我，初回上海的时候，每每为之魂飞魄散。若是当初它认真工作的时候，艰辛地将热水运到六层楼上来，便是咕噜两声，也还情有可原。现在可是雷声大，雨点小，难得滴下两滴生锈的黄浆……然而也说不得了，失业的人向来是肝火旺的。

梅雨时节，高房子因为压力过重，地基陷落的缘故，门前积水最深。街道上完全干了，我们还得花钱雇黄包车渡过那白茫茫的护城河。雨下得太大的时候，屋子里便闹了水灾。我们轮流抢救，把旧毛巾，麻袋，褥单堵住了窗户缝；障碍物湿濡了，绞干，换上，污水折在脸盆里，脸盆里的水倒在抽水马桶里。忙了两昼夜，手心磨去了一层皮，墙根还是汪着水，糊墙的花纸还是染了斑斑点点的水痕与霉迹子。

风如果不朝这边吹的话，高楼上的雨倒是可爱的。有一天，下了一黄昏的雨，出去的时候忘了关窗户，回来一开门，一房的风声雨味，放眼望出去，是碧蓝的潇潇的夜，远处略有淡灯摇曳，多数的人家还没点灯。

常常觉得不可解，街道上的喧声，六楼上听得分外清楚，仿佛就在耳根底下，正如一个人年纪越高，距离童年渐渐远了，小时的琐碎的回忆反而渐渐亲切明晰起来。

我喜欢听市声。比我较有诗意的人在枕上听松涛，听海啸，我是非得听见电车响才睡得着觉的。在香港山上，只有冬季里，北风彻夜吹着常青树，还有一点电车的韵味。长年住在闹市里的人大约非得出了城之后才知道他离不了一些什么。城里人的思想，背景是条纹布的帷子，淡淡的白条子便是行驰着的电车——平行的，匀净的，声响的河流，汨汨流入下意识里去。

我们的公寓近电车厂邻，可是我始终没弄清楚电车是几点钟回家。"电车回家"这句子仿佛不很合适——大家公认电车为没有灵魂的机械，而"回家"两个字有着无数的情感洋溢的联系。但是你没看见过电车进厂的特殊情形罢？一辆衔接一辆，像排了队的小孩，嘈杂，叫嚣，愉快地打着哑嗓子的铃："克林，克赖，克赖，克赖！"吵闹之中又带着一点由疲乏而生的驯服，是快上床的孩子，等着母亲来刷洗他们。车里的灯点得雪亮。专做下班的售票员的生意的小贩们曼声兜售着面包。有时候，电车全进了厂了，单剩下一辆，神秘地，像被遗弃了似的，停在街心。从上面望下去，只见它在半夜的月光中坦露着白肚皮。

这里的小贩所卖的吃食没有多少典雅的名色。我们也从来没有缒下篮子去买过东西。（想起《侬本痴情》里的顾兰君了。她用丝袜结了绳子，缚住了纸盒，吊下窗去买汤面。袜子如果不破，也不是丝袜了！在节省物资的现在，这是使人心惊肉跳的奢侈。）也许我们也该试着吊下篮子去。无论如何，听见门口卖臭豆腐干的过来了，便抓起一只碗来，蹬蹬奔下六层楼梯，跟踪前往，在远远的一条街上访到了臭豆腐干担子的下落，买到了之后，再乘电梯上来，似乎总有点可笑。

我们的开电梯的是个人物，知书达礼，有涵养，对于公寓里每一家的起居他都是一本清账。他不赞成他儿子去做电车售票员——嫌那职业不很上等。再热的天，任凭人家将铃揿得震天响，他也得在汗衫背心上加上一件熨得溜平的纺绸小褂，方肯出现。他拒绝替不修边幅的客人开电梯。他的思想也许缙绅气太重，然而他究竟是个有思想的人。可是他离了自己那间小屋，就踏进了电梯的小屋——只怕这一辈子是跑不出这两间小屋了。电梯上升，人字图案的铜栅栏外面，一重重的黑暗往下移，棕色的黑暗，红棕色的黑暗，黑色的黑暗……衬着交替的黑暗，你看见司机人的花白的头。

没事的时候他在后天井烧个小风炉炒菜烙饼吃。他教我们怎样煮红米饭：烧开了，熄了火，停个十分钟再煮，又松，又透，又不塌皮烂骨，没有筋道。

托他买豆腐浆，交给他一只旧的牛奶瓶。陆续买了两个礼拜，他很简单地报告道："瓶没有了。"是砸了还是失窃了，也不得而知。

再隔了些时，他拿了一只小一号的牛奶瓶装了豆腐浆来，我们问道："咦？瓶又有了？"他答道："有了。"新的瓶是赔给我们的呢还是借给我们的，也不得而知。这一类的举动是颇有点社会主义风的。

我们的新闻报每天早上他要循例过目一下方才给我们送来。小报他读得更为仔细些，因此要到十一二点钟才轮得到我们看。英文，日文，德文，俄文的报他是不看的，因此大清早便卷成一卷插在人家弯曲的门钮里。

报纸没有人偷，电铃上的钢板却被撬去了。看门的巡警倒有两个，虽不是双生子，一样都是翻领里面竖起了木渣渣的黄脸，短裤与长统袜之间露出木渣渣的黄膝盖；上班的时候，一般都是横在一张藤椅上睡觉，挡住了信箱。每次你去看看信箱的时候总得殷勤地凑到他面颊前面，仿佛要询问："酒刺好了些罢？"

恐怕只有女人能够充分了解公寓生活的特殊优点：佣人问题不那么严重。生活程度这么高，即使雇得起人，也得准备着受气。在公寓里"居家过日子"是比较简单的事。找个清洁公司每隔两星期来大扫除一下，也就用不着打杂的了。没有佣人，也是人生一快。抛开一切平等的原则不讲，吃饭的时候如果有个还没吃过饭的人立在一边眼睁睁望着，等着为你添饭，虽不至于使人食不下咽，多少有些讨厌。许多身边杂事自有它们的愉快性质。看不到田园里的茄子，到菜场上去看看也好——那么复杂的，油润的紫色；新绿的豌豆，熟艳的辣椒，金黄的面筋，像太阳里的肥皂泡。把菠菜洗过了，倒在油锅里，每每有一两片碎叶子粘在篾篓底上，抖也抖不下来；迎着亮，翠生生的枝叶在竹片编成的方格子上招展着，使人联想到篱上的扁豆花。其实又何必"联想"呢？

簸箩子的本身的美不就够了么？我这并不是效忠于国社党，劝诱女人回到厨房里去。不劝便罢，若是劝，一样的得劝男人到厨房里去走一遭。当然，家里有厨子而主人不时的下厨房，是会引起厨子最强烈的反感的。这些地方我们得寸步留心，不能太不识眉眼高低。

有时候也感到没有佣人的苦处。米缸里出虫，所以掺了些胡椒在米里——据说米虫不大喜欢那刺激性的气味，淘米之前先得把胡椒拣出来。我捏了一只肥白的肉虫的头当做胡椒，发现了这错误之后，不禁大叫起来，丢下饭锅便走。在香港遇见了蛇，也不过如此罢了。那条蛇我只见到它的上半截，它钻出洞来矗立着，约有二尺来长，我抱了一叠书匆匆忙忙下山来。正和它打了个照面。它静静地望着我，我也静静地望着它，望了半晌，方才哇呀呀叫出声来，翻身便跑。

提起虫豸之类，六楼上苍蝇几乎绝迹，蚊子少许有两个。如果它们富于想像力的话，飞到窗口往下一看，便会晕倒了罢？不幸它们是像英国人一般地淡漠与自足——英国人住在非洲的森林里也照常穿上了燕尾服进晚餐。

公寓是最合理想的逃世的地方。厌倦了大都会的人们往往记罣着和平幽静的乡村，心心念念盼望着有一天能够告老归田，养蜂种菜，享点清福。殊不知在乡下多买半斤腊肉便要引起许多闲言闲语，而在公寓房子的最上层你就是站在窗前换衣服也不妨事！

然而一年一度，日常生活的秘密总得公布一下。夏天家家户户都大敞着门，搬一把藤椅坐在风口里。这边的人在打电话，对过一家的仆欧一面熨衣裳，一面便将电话上的对白译成了德文说给他的小主人听。楼底下有个俄国人在那里响亮地教日文。二楼的那位女太太和贝多芬有着不共戴天的仇恨，一捶十八敲，咬牙切齿打了他一上午；钢琴上倚着一辆脚踏车。不知道哪一家在煨牛肉汤，又有哪一家泡了焦三仙。

人类天生的是爱管闲事。为什么我们不向彼此的私生活里偷偷的看一眼呢，既然被看者没有多大损失而看的人显然得到了片刻的愉悦？凡事牵涉到快乐的授受上，就犯不着斤斤计较了。较量些什么呢？——长的是磨难，短的是人生。

屋顶花园里常常有孩子们溜冰，兴致高的时候，从早到晚在我们头上咕滋咕滋锉过来又锉过去，像磁器的摩擦，又像睡熟的人在那里磨牙，听得我们一粒粒牙齿在牙仁里发酸如同青石榴的子，剔一剔便会掉下来。隔壁一个异国绅士声势汹汹上楼去干涉。他的太太提醒他道："人家不懂你的话，去也是白去。"他揎拳掳袖道："不要紧，我会使他们懂得的！"隔了几分钟他偃旗息鼓嗒然下来了。上面的孩子年纪都不小了，而且是女性，而且是美丽的。

谈到公德心，我们也不见得比人强。阳台上的灰尘我们直截了当地扫到楼下的阳台上去。"啊，人家阑干上晾着地毯呢——怪不过意的，等他们把地毯收了进去再扫罢！"一念之慈，顶上生出了灿烂圆光。这就是我们的不甚彻底的道德观念。

＊初载一九四三年十二月上海《天地》第三期，收入《流言》。

道路以目

有个外国姑娘，到中国来了两年，故宫，长城，东方蒙特卡罗，东方威尼斯，都没瞻仰过，对于中国新文艺新电影似乎也缺乏兴趣，然而她特别赏识中国小孩，说："真美呀！尤其是在冬天，棉袄，棉袴、棉袍，罩袍，一个个穿得矮而肥，蹒跚地走来走去。东方人的眼睛本就生得好。孩子的小黄脸上尤其显出那一双神奇的吊梢眼的神奇。真想带一个回欧洲去！"

思想严肃的同胞们觉得她将我国未来的主人翁当作玩具看待，言语中显然有辱华性质，很有向大使馆提出抗议的必要。爱说俏皮话的，又可以打个哈哈，说她如果要带个有中国血的小孩回去，却也不难。

我们听了她这话，虽有不同的反应，总不免回过头来向中国孩子看这么一眼——从来也没有觉得他们有什么了不得之处！家里人讨人嫌，自己看惯了不觉得；家里人可爱，可器重，往往也要等外人告诉我们，方才知道。诚然，一味的恭维是要不得的，我们急待弥补的缺点太多了，很该专心一志吸收逆耳的忠言，藉以自警，可是——成天汗流浃背惶愧地骂自己"该死"的人，活着又有什么意思呢？拣那可喜之处来看看也好。

读万卷书不如行万里路。我们从家里上办公室，上学校，上小菜场，每天走上一里路，走个一二十年，也有几千里地；若是每一趟走过那条街，都仿佛是第一次认路似的，看着什么都觉得新鲜希罕，就不至于"视而不见"了，那也就跟"行万里路"差不多，何必一定要飘洋过海呢？

街上值得一看的正多着。黄昏的时候，路旁歇着人力车，一个女人斜签坐在车上，手里挽着网袋，袋里有柿子。车夫蹲在地下，点那盏油灯。天黑了，女人脚边的灯渐渐亮了起来。

烘山芋的炉子的式样与那黯淡的土红色极像烘山芋。

小饭铺常常在门口煮南瓜，味道虽不见得好，那热腾腾的瓜气与"照眼明"的红色却予人一种"暖老温贫"的感觉。

寒天清早，人行道上常有人蹲着生小火炉，扇出滚滚的白烟。我喜欢在那个烟里走过。煤炭汽车行门前也有同样的香而暖的呛人的烟雾。多数人不喜欢燃烧的气味——烧焦的炭与火柴，牛奶，布质——但是直截地称它为"煤臭"、"布毛臭"，总未免武断一点。

坐在自行车后面的，十有八九是风姿楚楚的年轻女人，再不然就是儿童，可是前天我看见一个绿衣的邮差骑着车，载着一个小老太太，多半是他的母亲吧？此情此景，感人至深。然而李逵驮着老母上路的时代毕竟是过去了。做母亲的不惯受抬举，多少有点窘。她两脚悬空，兢兢业业坐着，满脸的心虚，像红木高椅坐着的告帮穷亲戚，迎着风，张嘴微笑，笑得舌头也发了凉。

有人在自行车轮上装着一盏红灯，骑行时但见红圈滚动，流丽之极。

深夜的橱窗上，铁栅栏枝枝交影，底下又现出防空的纸条，黄的，白的，透明的，在玻璃上糊成方格子，斜格子，重重叠叠，幽深如古代的窗槅与帘栊。

店铺久已关了门，熄了灯，木制模特儿身上的皮大衣给剥去了，她光着脊梁，旋身朝里，其实大可以不必如此守礼谨严，因为即使面朝外也不至于勾起夜行人的绮思。制造得实在是因陋就简，连皮大衣外面露出的脸与手脚都一无是处。在香港一家小西装店里看见过劳莱哈台的泥塑半身像，非但不像，而且恶俗不堪，尤其是那青白色的肥脸。上海西装店的模特儿也不见佳，贵重的呢帽下永远是那笑嘻嘻的似人非人的脸。那是对于人类的一种侮辱，比"沐猴而冠"更为严重的嘲讽。

如果我会雕塑，我很愿意向这一方面发展。橱窗布置是极有兴趣的工作，因为这里有静止的戏剧。（欧洲中古时代，每逢佳节，必由教会发起演戏敬神。最初的宗教性的戏剧甚为简单，没有对白，扮着《圣经》中人物的演员，穿上金彩辉煌的袍褂，摆出优美的姿势来，一动也不动地站着。每隔几分钟换一个姿势，组成另一种舞台图案，名为 tableau。中国迎神赛会，台阁上扮戏的，想必是有唱做的罢？然而纯粹为 tableau 性质的或许也有。）

橱窗的作用不外是刺激人们的购买欲。现代都市居民的通病据说是购买欲的过度膨胀。想买各种不必要的东西，便想非分的钱，不惜为非作歹。然则橱窗是不合理的社会制度的不合理的附属品了。可是撇开一切理论不讲，这一类的街头艺术，再贵族化些，到底参观者用不着花钱。不花钱而得赏心悦目，无论如何是一件德政。

四五年前在隆冬的晚上和表姊看霞飞路上的橱窗，霓虹灯下，木美人的倾斜的脸，倾斜的帽子，帽子上斜吊着的羽毛。既不穿洋装，就不会买帽子，也不想买，然而还是用欣羡的眼光看着，缩着脖子，两手插在袋里，用鼻尖与下颌指指点点，暖的呼吸在冷玻璃上喷出淡白的花。近来大约是市面萧条了些，霞飞路的店面似乎大为减色。即使有往日的风光，也不见得有那种兴致罢？

倒是喜欢一家理发店的橱窗里，张着绿布帷幕，帷脚下永远有一只小狸花猫走动着，倒头大睡的时候也有。

隔壁的西洋茶食店每晚机器轧轧，灯火辉煌，制造糕饼糖果。鸡蛋与香草精的气味，氤氲至天明不散。在这"闭门家里坐，账单天上来"的大都市里，平白地让我们享受了这馨香而不来收账，似乎有些不近情理。我们的芳邻的蛋糕，香胜于味，吃过便知。天下事大抵如此——做成的蛋糕远不及制造中的蛋糕，蛋糕的精华全在烘焙时期的焦香。喜欢被教训的人，又可以在这里找到教训。

上街买菜，恰巧遇着封锁，被羁在离家几丈远的地方，咫尺天涯，可望而不可即。太阳地里，一个女佣企图冲过防线，一面挣扎着，一面叫道："不早了呀！放我回去烧饭罢！"众人全都哈哈笑了。坐在街沿上的贩米的广东妇人向她的儿子说道："看医生是可以的；烧饭是不可以的。"她的声音平板而郑重，似乎对于一切都甚满意，是初级外国语教科书的口吻。然而不知道为什么，听在耳朵里使人不安，仿佛话中有话。其实并没有。

站在麻绳跟前，竹篱笆底下，距我一丈远近，有个穿黑的男子，戴顶黑呢帽，矮矮个子，使我想起《歇浦潮》小说插图中的包打听。麻绳那边来了三个穿短打的人，挺着胸，皮鞋拍拍响——封锁中能够自由通过的人，谁都不好意思不挺着胸，走得拍拍响——两个已经越过线去了，剩下的一个忽然走近前来，挽住黑衣人的胳膊，熟狎而自然，把他挽到那边去了，一句话也没有。三人中的另外两个也凑了上来，兜住黑衣人的另一只胳膊，洒开大步，一霎时便走得无影无踪。这是我第一次亲眼看见捉强盗。捕房方面也觉得这一幕太欠紧张，为了要绷绷场面，事后特地派了十几名武装警察到场弹压，老远地就拔出了手枪，目光四射，准备肃清余党。我也准备着枪声一起便向前扑翻，俯伏在地，免中流弹。然而他们只远远望了一望，望不见妖氛黑气，用山东话表示失望之后，便去了。

空气松弛下来，大家议论纷纷。送货的人扶着脚踏车，掉过头来向贩米的妇人笑道："哪儿跑得掉！一出了事，便画影图形四处捉拿，哪儿跑得掉！"又向包车夫笑道："只差一点点——两个已经走过去了，这一个偏偏看见了他！"又道："在这里立了半天了——谁也没留心到他！"

包车夫坐在踏板上，笑嘻嘻抱着胳膊道："这么许多人在这里，怎么谁也不捉，单单捉他一个！"

幸灾乐祸的，无聊的路边的人——可怜，也可爱。

路上的女人的绒线衫，因为两手长日放在袋里，往下堕着的缘故，前襟拉长了，后面却缩着上去，背影甚不雅观。

"司马昭之心，路人皆知。""路人"这名词在美国是专门代表"一般人"的口头禅。新闻记者鼓吹什么，攻击什么的时候，动辄抬出"路人"来："连路人也知道……""路人所知道的"往往是路人做梦也没想到的。

在路上看人，人不免要回看，便不能从容地观察他们。要使他们服服贴贴被看而不敢回看一眼，却也容易。世上很少"从头看到脚，风流往下落；从脚看到头，风流往上流"的人物。普通人都有这点自知之明，因此禁不起你几次三番迅疾地从头至脚一打量，他们或她们便浑身不得劲，垂下眼去。还有一个办法。只消凝视他们的脚，就足以使他们惊惶失措。他们的袜子穿反了么？鞋子是否看得出来是假皮所制？脚有点外八字？里八字？小时候听合肥老妈子叙述乡下打狼的经验，说狼这东西是"铜头铁背麻秸脚"，因此头部与背脊全都富于抵抗力，唯有四条腿不中用。人类的心理上的弱点似乎也集中在下肢上。

附近有个军营，朝朝暮暮努力地学吹喇叭，迄今很少进步。照说那是一种苦恼的，磨人的声音，可是我倒不嫌它讨厌。伟大的音乐是遗世独立的，一切完美的事物皆属于超人的境界，惟有在完美的技艺里，那终日纷呶的，疲乏的"人的成分"能够获得片刻的休息。在不纯熟的手艺里，有挣扎，有焦愁，有慌乱，有冒险，所以"人的成分"特别的浓厚。我喜欢它，便是因为"此中有人，呼之欲出。"

初学拉胡琴的音调，也是如此。听好手拉胡琴，我也喜欢听他调弦子的时候，试探的，断续的咿哑。初学拉凡哑林，却是例外。那尖利的，锯齿形的声浪，实在太像杀鸡了。

有一天晚上在落荒的马路上走，听见炒白果的歌："香又香来糯又糯，"是个十几岁的孩子，唱来还有点生疏，未能朗朗上口。我忘不了那条黑沉沉的长街，那孩子守着锅，蹲踞在地上，满怀的火光。

*初载一九四四年一月《天地》第四期，收入《流言》。

必也正名乎

我自己有一个恶俗不堪的名字，明知其俗而不打算换一个，可是我对于人名实在是非常感到兴趣的。

为人取名字是一种轻便的，小规模的创造。旧时代的祖父，冬天两脚搁在脚炉上，吸着水烟，为新添的孙儿取名字，叫他什么他就是什么。叫他光楣，他就得努力光大门楣；叫他祖荫，叫他承祖，他就得常常记起祖父；叫他荷生，他的命里就多了一点六月的池塘的颜色。除了小说里的人，很少人是名副其实的。（往往适得其反，名字代表一种需要，一种缺乏。穷人十有九个叫金贵，阿富，大有。）但是无论如何，名字是与一个人的外貌品性打成一片，造成整个的印象。因此取名是一种创造。

我喜欢替人取名字，虽然我还没有机会实行过。似乎只有做父母的和乡下的塾师有这权利。除了他们，就数买丫头的老爷太太与舞女大班了。可惜这些人每每敷衍塞责，因为有例可援，小孩该叫毛头、二毛头，三毛头，丫头该叫如意，舞女该叫曼娜。

天主教的神父与耶稣教的牧师也给受洗礼的婴儿取名字（想必这是他们的职司中最有兴趣的一部份），但是他们永远跳不出乔治，玛丽，伊丽莎白的圈子。我曾经收集过二三百个英国女子通用的芳名，恐怕全在这里了，纵有遗漏也不多。习俗相沿，不得不从那有限的民间传说与宗教史中选择名字，以至于到处碰见同名的人，那是多么厌烦的事！有个老笑话：一个人翻遍了《圣经》，想找一个别致些的名字。他得意洋洋告诉牧师，决定用一个从来没人用过的名字——撒旦（魔鬼）。

回想到我们中国人，有整个的王云五大字典供我们搜寻两个适当的字来代表我们自己，有这么丰富的选择范围，而仍旧有人心甘情愿地叫秀珍，叫子静，似乎是不可原恕的了。

适当的名字并不一定是新奇，渊雅，大方，好处全在造成一种恰配身分的明晰的意境。我看报喜欢看分类广告与球赛，贷学金，小本贷金的名单，常常在那里找到许多现成的好名字。譬如说"柴凤英"、"茅以俭"，是否此中有人，呼之欲出？茅以俭的酸寒，自不必说，柴凤英不但是一个标准的小家碧玉，仿佛还有一个通俗的故事在她的名字里蠢动着。在不久的将来我希望我能够写篇小说，用柴凤英作主角。

有人说，名字不过符号而已，没有多大意义。在纸面上拥护这一说者颇多，可是他们自己也还是使用着精心结构的笔名。当然这不过是人情之常。谁不愿意出众一点？即使在理想化的未来世界里，公民全都像囚犯一般编上号码，除了号码之外没有其他的名字，每一个数目字还是脱不了它独特的韵味。三和七是俊俏的，二就显得老实。张恨水的《秦淮世家》里，调皮的姑娘叫小春，二春是她的朴讷的姊姊。《夜深沉》里又有忠厚的丁二和，谨愿的田二姑娘。

符号运动虽不能彻底推行，不失为一种合理化的反响，因为中国人的名字实在是过于复杂。一下地就有乳名。从前人的乳名颇为考究，并不像现在一般用"囡囡""宝宝"来搪塞。乳名是大多数女人唯一的名字，因为既不上学，就用不着堂皇的"学名"，而出嫁之后根本就失去了自我的存在，成为"张门李氏"了。关于女人的一切，都带点秘密性质，因此女人的乳名也不肯轻易告诉人。在香奁诗词里我们可以看到，新婚的夫婿当着人唤出妻的小名，是被认为很唐突的，必定要引起她的娇嗔。

男孩的学名，恭楷写在开蒙的书卷上，以后做了官，就叫"官印"，只有君亲师可以呼唤。他另有一个较洒脱的"字"，供朋友们与平辈的亲族使用。他另有一个备而不用的别名。至于别号，那更是漫无限制的了。买到一件得意的古董，就换一个别号，把那古董的名目嵌进去。搬个家，又换个别号。捧一个女戏子，又换一个别号。本来，如果名字是代表一种心境，名字为什么不能随时随地跟着变幻的心情而转移？

《儿女英雄传》里的安公子有一位"东屋大奶奶"，一位"西屋大奶奶"。他替东屋题了个匾叫"瓣香室"，西屋是"伴香室"。他自己署名"伴瓣主人"。安老爷看见了，大为不悦，认为有风花雪月玩物丧志的嫌疑。读到这一段，我们大都忿忿不平，觉得旧家庭的专制，真是无孔不入，儿子取个无伤大雅的别号，父亲也要干涉，何况这别号的命意充其量不过是欣赏自己的老婆，更何况这两个老婆都是父亲给他娶的？然而从另一观点看来，我还是和安老爷表同情的。多取别号毕竟是近于无聊。

我们若从事于基本分析，为什么一个人要有几个名字呢？因为一个人是多方面的。同是一个人，父母心目中的他与办公室西崽所见的他，就截然不同——地位不同，距离不同。有人喜欢在四壁与天花板上镶满了镜子，时时刻刻从不同的角度端详他自己，百看不厌。多取名字，也是同样的自我的膨胀。

像这一类的自我的膨胀，既于他人无碍，何妨用以自娱？虽然是一种精神上的浪费，我们中国人素来是倾向于美的糜费的。

可是如果我们希望外界对于我们的名字发生兴趣的话，那又是一回事了。也许我们以为一个读者看到我们最新的化名的时候，会说："哦，公羊浣，他发表他的处女作的时候用的是臧孙蛺蜂的名字，在××杂志投稿的时候他叫冥蒂，又叫白泊，又叫目莲，樱渊也是他，有人说断黛也是他。在××报上他叫东方髦只，编妇女刊物的时候他暂时女性化起来，改名蔺烟婵，又名女婳。"任何大人物，要人家牢记这一切，尚且是希望过奢，何况是个文人？

一个人，做他自己份内的事，得到他份内的一点注意。不上十年八年，他做完他所要做的事了，或者是做不动了，也就被忘怀了。社会的记忆力不很强，那也是理所当然，谁也没有权利可抱怨。……大家该记得而不记得的事正多着呢！

我在学校读书的时候，与我同名的人有两个之多，也并没有人觉得我们的名字滑稽或是具有低级趣味。中国先生点名点到我，从来没有读过白字；外国先生读到"伍婉云"之类的名字每觉异常吃力，舌头仿佛卷起来打了个蝴蝶结，念起我的名字却是朗朗上口。这是很慈悲的事。

现在我开始感到我应当对我的名字发生不满了。为什么不另挑两个美丽而深沉的字眼，即使本身不能借得它的一点美与深沉，至少投起稿来不至于给读者一个恶劣的最初印象？仿佛有谁说过：文坛登龙术的第一步是取一个炜丽触目的名字。果真是"名不正而言不顺，言不顺则事不成"么？

中国是文字国。皇帝遇着不顺心的事便改元，希望明年的国运渐趋好转。本来是元武十二年的，改叫大庆元年，以往的不幸日子就此告一结束。对于字眼儿的过份的信任，是我们的特征。

中国的一切都是太好听，太顺口了。固然，不中听，不中看，不一定就中用；可是世上有用的人往往是俗人。我愿意保留我的俗不可耐的名字，向我自己作为一种警告，设法除去一般知书识字的人咬文嚼字的积习，从柴米油盐、肥皂、水与太阳之中去找寻实际的人生。

话又说回来了。要做俗人，先从一个俗气的名字着手，依旧还是"字眼儿崇拜"。也许我这些全是藉口而已。我之所以恋恋于我的名字，还是为了取名字的时候那一点回忆。十岁的时候，为了我母亲主张送我进学校，我父亲一再地大闹着不依，到底我母亲像拐卖人口一般，硬把我送去了。在填写入学证的时候，她一时踌躇着不知道填什么名字好。我的小名叫煐，张煐两个字嗡嗡地不甚响亮。她支着头想了一会，说："暂且把英文名字胡乱译两个字罢。"她一直打算替我改而没有改，到现在，我却不愿意改了。

*初载一九四四年一月《杂志》第十二卷第四期，收入《流言》。

借银灯

有一出绍兴戏名叫《借红灯》。因为听不懂唱词，内容我始终没弄清楚，可是我酷爱这风韵天然的题目，这里就擅自引用了一下。《借银灯》，无非是借了水银灯来照一照我们四周的风俗人情罢了。水银灯底下的事，固然也有许多不近人情的，发人深省的也未尝没有。

我将要谈到的两张影片，《桃李争春》与《梅娘曲》，许是过了时了，第三轮的戏院也已放映过，然而内地和本埠的游艺场还是演了又演，即使去看的是我们不甚熟悉的一批观众，他们所欣赏的影片也有讨论的价值。

我这篇文字并不能算影评，因为我看的不是电影里的中国人。

这两张影片同样地涉及妇德的问题。妇德的范围很广，但是普通人说起为妻之道，着眼处往往只在下列的一点：怎样在一个多妻主义的丈夫之前，愉快地遵行一夫一妻主义。《梅娘曲》里的丈夫寻花问柳，上"台基"去玩弄"人家人"。"台基"的一般的嫖客似乎都爱做某一种恶梦，梦见他们自己的妻子或女儿在那里出现，姗姗地应召而至，和他们迎头撞上了。这石破天惊的会晤当然是充满了戏剧性。我们的小说家抓到了这点戏剧性，因此近三十年的社会小说中常常可以发现这一类的局面，可是在银幕上还是第一次看到。梅娘被引诱到台基上，凑巧遇见了丈夫。他打了她一个嘴巴。她没有开口说一句话的余地，就被"休"掉了。

丈夫在外面有越轨的行动，他的妻是否有权利学他的榜样？摩登女子固然公开反对片面的贞操，即是旧式的中国太太们对于这问题也不是完全陌生。为了点小事吃了醋，她们就恐吓丈夫说要采取这种报复手段。可是言者谆谆，听者藐藐，总是拿它当笑话看待。

男子们说笑话的时候也许会承认，太太群的建议中未尝没有一种原始性的公平。很难使中国人板着脸作此项讨论，因为他们认为世上没有比奸淫更为滑稽可笑的事。但是如果我们能够强迫他们采取较严肃的评判态度的话，他们一定是不赞成的。从纯粹逻辑化的伦理学观点看来，两个黑的并在一起并不是等于一个白的，二恶相加不能成为一善。中国人用不着逻辑的帮助也得到同样的结论。他们觉得这办法在实际上是行不通的。女太太若是认真那么做去，她自己太不上算。在理论上或许有这权利，可是有些权利还是备而不用的好。

虽如此说，这一类的问题是茶余酒后男宾女宾舌战最佳的资料。在《梅娘曲》中，艳窟里的一个"人家人"便侃侃地用晚餐席上演说的作风为她自己辩护着。然而我们的天真的女主角是做梦也没想到什么权利，权利的话。一个坏蛋把她骗到那不名誉的所在去，她以为他要创办一个慈善性质的小学，请她任校长之职，而丈夫紧跟着就上场，发生了那致命的误会。她根本没有机会考虑她是否有犯罪的权利——还没走近问题的深渊就滑倒了，爬不起来。

《桃李争春》里的丈夫被灌得酩酊大醉，方才屈服在诱惑之下，似乎情有可原。但是这特殊情形只有观众肚里明白。他太太始终不知道，也不想打听——仿佛一些好奇心也没有。她只要他——落到她份内的任何一部份的他。除此之外她完全不感兴趣。若是他不幸死了，她要他留下的一点骨血，即使那孩子是旁的女人为他生的。

《桃李争春》是根据美国片《情谎记》改编的，可是它的题材却贴恋着中国人的心。这里的贤妻含辛茹苦照顾丈夫的情人肚里的孩子，经过若干困难，阻止那怀孕的女人打胎。——这样的女人在基本原则上具有东方精神，因为我们根深蒂固的传统观念是以宗祠为重。

在今日的中国，新旧思想交流，西方个人主义的影响颇占优势，所以在现代社会中，这样的妇女典型，如果存在的话，很需要一点解释。即在礼教森严的古代，这一类的牺牲一己的行为，里面的错综心理也有可研究之处。《桃李争春》可惜浅薄了些，全然忽略了妻子与情妇的内心过程，仿佛一切都是理所当然的。

导演李萍倩的作风永远是那么明媚可喜。尤其使男性观众感到满意的是妻子与外妇亲狎地，和平地，互相拥抱着入睡的那一幕。

有这么一个动听的故事，《桃李争春》不难旁敲侧击地分析人生许多重大的问题，可是它把这机会轻轻放过了。《梅娘曲》也是一样，很有向上的希望而浑然不觉，只顾驾轻车，就熟路，驰入我们百看不厌的被遗弃的女人的悲剧。梅娘匆匆忙忙，像名人赴宴一般，各处到了一到——她在大雨中颠踬，隔着玻璃窗吻她的孩子，在茅庐中奄奄一息，终于死在忏悔了的丈夫的怀中，在男人的回忆里唱起了湖上的情歌。合法的传奇剧中一切百试百验的催泪剂全在这里了，只是受了灯光的影响，演出上很受损失。

多半是因为这奇惨的灯光，剧中所表现的"欢场"的空气是异常阴森严冷。马骥饰台基的女主人，那一声刻板的短短的假笑，似嫌单调。严俊演反角，熟极而流。王熙春未能完全摆脱京戏的拘束，仓隐秋演势利的小学校长，讽刺入骨，偷了许多的场面去——看得见的部份几乎全被她垄断了。

陈云裳在《桃李争春》里演那英勇的妻，太孩子气了些。白光为对白所限，似乎是一个稀有的朴讷的荡妇，只会执着酒杯："你喝呀！你喝呀！"没有第二句话，单靠一双美丽的眼睛来弥补这缺憾，就连这位"眼科专家"也有点吃力的样子。

*初载一九四四年一月上海《太平》第三卷第一期，收入《流言》。

银宫就学记

不久以前看了两张富有教育意味的电影,《新生》与《渔家女》(后者或许不能归入教育片一栏,可是从某一观点看来,它对于中国人的教育心理方面是有相当贡献的)。受训之余,不免将我的一点心得写下来,供大家参考。

《新生》描写农村的纯洁怎样为都市的罪恶所沾污——一个没有时间性的现象。七八年前的《三个摩登女性》与《人道》也采取了同样的题材,也像《新生》一般地用了上城读书的农家子为代表,中国电影最近的趋势似乎是重新发掘一九三几年流行的故事。这未尝不是有益的。因为一九三几年间是一个智力活跃的时代,虽然它有太多的偏见与小心眼儿;虽然它的单调的洋八股有点讨人厌。那种紧张,毛躁的心情已经过去,可是它所采取的文艺与电影材料,值得留的还是留了下来。

《新生》的目的在"发扬教育精神,指导青年迷津"(引用广告),可是群众对于这教育是否感到兴趣,制片人似乎很抱怀疑,因此不得不妥协一下,将"迷津"夸张起来,将"指导"一节竭力的简单化。这也不能怪他们——这种态度是有所本的。美国的教会有一支叫做"复兴派"(Revivalists),做礼拜后每每举行公开的忏悔，长篇大论叙述过往的罪恶。发起人把自己描写成凶徒与淫棍，越坏越动听，烘云托月，衬出今日的善良，得救后的快乐。在美国的穷乡僻壤，没有大腿戏可看的地方，村民唯一的娱乐便是这些有声有色酣畅淋漓的忏悔。

《新生》没有做得到有声有色这一点。它缺乏真实性，一部分是经济方面的原因。并非电影公司不肯花钱，而是戏里把货币价值计算得不大准确的缘故。父母给了儿子六百元买书，不肖的儿子用这六百元赁了一所美轮美奂的大厦，雇了女佣，不断地请客，应酬女朋友。一个唯利是图的交际花愿意嫁给他，如果他能再筹到二千元的巨款。即使以十年前的生活程度为标准，这笔账也还使人糊涂。

男主角回心向善了，可是"善"在哪里？《新生》设法回答这问题——一个勇敢而略有点慌乱的尝试。至少它比它的姐妹作切实得多——从前的影片往往只给你一种虚无飘渺的自新的感觉，仿佛年初一早上赌的咒，发的愿心似的。《新生》介绍了那最合理想的现代少女（王丹凤演），她和男主角做朋友纯为交换智识。他想再进一步的时候，她拒绝了他的爱，因为这年头不是谈情说爱的时候。毕业之后她到内地去教书，成为一个美丽悦目的教务主任，头发上扎一个大蝴蝶结。受了她的影响，男主角加入了一个开发边疆的旅行团，垦荒去了。他做这件事，并没有预先考虑过，光是由于一时的冲动，诗意的憧憬，近于逃避主义。如果他在此地犯了罪，为什么他不能在此地赎罪呢？在我们近周的环境里，一个身强力壮，具有相当知识的年轻人竟会无事可做么？一定要叫他走到"辽远的，辽远的地方，"是很不合实际的建议。

《新生》另提出了一个很值得讨论的问题：大众的初步教育，

是否比少数人的高等教育更为重要，更为迫切？男主角的父亲拒绝帮助一个邻居的小孩进小学，因为他的钱要留着给他自己的孩子入大学。然而他的不成器的孩子辜负了他的一片苦心，他受了刺激，便毁家兴学，造福全村的儿童。在这里，剧作者隐约地对于我们的最高学府表示不满，可是他所攻击的仅限于大学四周的混杂腐败有传染性的环境。

在《渔家女》里面找寻教育的真谛，我们走的是死胡同，因为《渔家女》的英雄是个美术专门生。西洋美术在中国始终是有钱人消闲的玩意儿。差不多所有的职业画家画的都是传统的中国画。《渔家女》的英雄一开头便得罪了观众（如果这观众是有点常识的话），因为他不知天高地厚，满以为画两个令人肃然起敬的伟岸的裸体女人便可以挣钱养家了。

《渔家女》的创造人多半从来没看见过一个游泳着的鱼——除了在金鱼缸里——但是他用稀有的甜净的风格叙说他的故事，还有些神来之笔，在有意无意间点染出中国人的脾气，譬如说，渔家女向美术家道歉，她配不上他，他便激楚地回答："我不喜欢受过教育的女人。"可是，他虽然对大自然的女儿充满了卢骚式的景仰，他不由自主地要教她认字。他不能抵抗这诱惑。以往的中国学者有过这样一个普遍的嗜好：教姨太太读书。其实，教太太也未尝不可，如果太太生得美丽，但是这一类的风流蕴藉的勾当往往要到暮年的时候，退休以后，才有这闲心，收个"红袖添香"的女弟子以娱晚景，太太显然是不合格了。

从前的士子很少有机会教授女学生，因此袁随园为人极度艳羡，因此郑康成穷极无聊只得把自己家里的丫头权充门墙桃李。现在情形不同了，可是几千年的情操上的习惯毕竟一时很难更改，到处我们可以找到遗迹。女人也必须受教育，中国人对于这一点表示同意，然而他们宁愿自己教育自己的太太，直接地或是间接地。在通俗的小说里，一个男子如果送一个穷女孩子上学堂，那就等于下了聘了，即使他坚决地声明他不过是成全她的志向，因为她是个可造之材。报上的征婚广告里每每有"愿助学费"的句子。

"渔家女"的恋人乐意教她书，所以"渔家女"之受教育完全是为了她的先生的享受。而美术专门生所受的教育又于他毫无好处。他同爸爸吵翻了，出来谋独立，失败了，幸而有一个钟情于他的阔小姐加以援手，随后这阔小姐就诡计多端破坏他同"渔家女"的感情。在最后的一刹那，收买灵魂的女魔终于天良发现，一对恋人遂得团圆，美术家用阔小姐赠他的钱雇了花马车迎接他的新娘。悲剧变为喜剧，关键全在一个阔小姐的不甚可靠的良心——《渔家女》因而成为更深一层的悲剧了。

＊初载一九四四年二月七日上海《太平洋周报》第九十六期，收入《流言》。

烬余录

　　我与香港之间已经隔了相当的距离了——几千里路，两年，新的事，新的人。战时香港所见所闻，唯其因为它对于我有切身的、剧烈的影响，当时我是无从说起的。现在呢，定下心来了，至少提到的时候不至于语无伦次。然而香港之战予我的印象几乎完全限于一些不相干的事。

　　我没有写历史的志愿，也没有资格评论史家应持何种态度，可是私下里总希望他们多说点不相干的话。现实这样东西是没有系统的，像七八个话匣子同时开唱，各唱各的，打成一片混沌。在那不可解的喧嚣中偶然也有清澄的，使人心酸眼亮的一刹那，听得出音乐的调子，但立刻又被重重黑暗拥上来，淹没了那点了解。画家、文人、作曲家将零星的、凑巧发现的和谐联系起来，造成艺术上的完整性。历史如果过于注重艺术上的完整性，便成为小说了。像威尔斯的《历史大纲》，所以不能跻于正史之列，便是因为它太合理化了一点，自始至终记述的是小我与大我的斗争。

　　清坚决绝的宇宙观，不论是政治上的还是哲学上的，总未免使人嫌烦。人生的所谓"生趣"全在那些不相干的事。

　　在香港，我们初得到开战的消息的时候，宿舍里的一个女同学发起急来，道："怎么办呢？没有适当的衣服穿！"她是有钱的华侨，对于社交上的不同的场合需要不同的行头，从水上跳舞会到隆重的晚餐，都有充分的准备，但是她没想到打仗。后来她借到了一件宽大的黑色棉袍，对于头上营营飞绕的空军大约是没有多少吸引力的。逃难的时候，宿舍的学生"各自奔前程"。战后再度相会她已经剪短了头发，梳了男式的菲律宾头，那在香港是风行一时的，为了可以冒充男性。

战争期中各人不同的心理反应，确与衣服有关。譬如说，苏雷珈。苏雷珈是马来半岛一个偏僻小镇的西施，瘦小，棕黑皮肤，睡沉沉的眼睛与微微外露的白牙。像一般的受过修道院教育的女孩子，她是天真得可耻。她选了医科，医科要解剖人体，被解剖的尸体穿衣服不穿？苏雷珈曾经顾虑到这一层，向人打听过。这笑话在学校里早出了名。

一个炸弹掉在我们宿舍的隔壁，舍监不得不督促大家避下山去。在急难中苏雷珈并没忘记把她最显焕的衣服整理起来，虽经许多有见识的人苦口婆心地劝阻，她还是在炮火下将那只累赘的大皮箱设法搬运下山。苏雷珈加入防御工作，在红十字会分所充当临时看护，穿着赤铜地绿寿字的织锦缎棉袍蹲在地上劈柴生火，虽觉可惜，也还是值得的。那一身伶俐的装束给了她空前的自信心，不然，她不会同那些男护士混得那么好。同他们一起吃苦，担风险，开玩笑，她渐渐惯了，话也多了，人也干练了。战争对于她是很难得的教育。

至于我们大多数的学生，我们对于战争所抱的态度，可以打个譬喻，是像一个人坐在硬板凳上打瞌盹，虽然不舒服，而且没结没完地抱怨着，到底还是睡着了。

能够不理会的，我们一概不理会。出生入死，沉浮于最富色彩的经验中，我们还是我们，一尘不染，维持着素日的生活典型。有时候仿佛有点反常，然而仔细分析起来，还是一贯作风。像艾芙林，她是从中国内地来的，身经百战，据她自己说是吃苦耐劳，担惊受怕惯了的。可是轰炸我们邻近的军事要塞的时候，艾芙林第一个受不住，歇斯底里起来，大哭大闹，说了许多可怖的战争的故事，把旁的女学生一个个吓得面无人色。

艾芙林的悲观主义是一种健康的悲观。宿舍里的存粮看看要完了，但是艾芙林比平时吃得特别多，而且劝我们大家努力地吃，因为不久便没的吃了。我们未尝不想极力撙节，试行配给制度，但是她百般阻挠，她整天吃饱了就坐在一边啜泣，因而得了便秘症。

我们聚集在宿舍的最下层，黑漆漆的箱子间里，只听见机关枪"忒啦啦拍拍"像荷叶上的雨。因为怕流弹，小大姐不敢走到窗户跟前迎着亮洗菜，所以我们的菜汤里满是蠕蠕的虫。

同学里只有炎樱胆大，冒死上城去看电影——看的是五彩卡通——回宿舍后又独自在楼上洗澡，流弹打碎了浴室的玻璃窗，她还在盆里从容地泼水唱歌，舍监听见歌声，大大地发怒了。她的不在乎仿佛是对众人的恐怖的一种讽嘲。

港大停止办公了，异乡的学生被迫离开宿舍，无家可归，不参加守城工作，就无法解决膳宿问题。我跟着一大批同学到防空总部去报名，报了名领了证章出来就遇着空袭。我们从电车上跳下来向人行道奔去，缩在门洞子里，心里也略有点怀疑我们是否尽了防空团员的责任。——究竟防空员的责任是什么，我还没来得及弄明白，仗已经打完了。——门洞子里挤满了人，有脑油气味的，棉墩墩的冬天的人。从人头上看出去，是明净的浅蓝的天。

一辆空电车停在街心，电车外面，淡淡的太阳，电车里面，也是太阳——单只这电车便有一种原始的荒凉。

我觉得非常难受——竟会死在一群陌生人之间么？可是，与自己家里人死在一起，一家骨肉被炸得稀烂，又有什么好处呢？有人大声发出命令："摸地！摸地！"哪儿有空隙让人蹲下地来呢？但是我们一个磕在一个的背上，到底是蹲下来了。飞机往下扑，砰的一声，就在头上。我把防空员的铁帽子罩住了脸，黑了好一会，才知道我们并没有死，炸弹落在对街。一个大腿上受了伤的青年店伙被抬进来了，袴子卷上去，少微流了点血。他很愉快，因为他是群众的注意集中点。门洞子外的人起先捶门捶不开，现在更理直气壮了，七嘴八舌嚷："开门呀，有人受了伤在这里！开门！开门！"不怪里面不敢开，因为我们人太杂了，什么事都做得出。外面气得直骂"没人心，"到底里面开了门，大家一哄而入，几个女太太和女佣木着脸不敢做声，穿堂里的箱笼，过后是否短了几只，不得而知。飞机继续掷弹，可是渐渐远了。警报解除之后，大家又不顾命地轧上电车，惟恐赶不上，牺牲了一张电车票。

我们得到了历史教授佛朗士被枪杀的消息——是他们自己人打死的。像其他的英国人一般，他被征入伍。那天他在黄昏后回到军营里去，大约是在思索着一些什么，没听见哨兵的吆喝，哨兵就放了枪。

佛朗士是一个豁达的人，彻底地中国化，中国字写得不错（就是不大知道笔划的先后），爱喝酒，曾经和中国教授们一同游广州，到一个名声不大好的尼庵去看小尼姑。他在人烟稀少处造有三幢房屋，一幢专门养猪。家里不装电灯自来水，因为不赞成物质文明。汽车倒有一辆，破旧不堪，是给仆欧买菜赶集用的。

他有孩子似的肉红脸，磁蓝眼睛，伸出来的圆下巴，头发已经稀了，颈上系一块暗败的蓝字宁绸作为领带。上课的时候他抽烟抽得像烟囱。尽管说话，嘴唇上永远险伶伶地吊着一支香烟，跷板似的一上一下，可是再也不会落下来。烟蒂子他顺手向窗外一甩，从女学生蓬松的鬈发上飞过，很有着火的危险。

他研究历史很有独到的见地。官样文字被他耍着花腔一念，便显得非常滑稽，我们从他那里得到一点历史的亲切感和扼要的世界观，可以从他那里学到的还有很多很多，可是他死了——最无名目的死。第一，算不了为国捐躯。即使是"光荣殉国"，又怎样？他对于英国的殖民地政策没有多大同情，但也看得很随便，也许因为世界上的傻事不止那一件。每逢志愿兵操演，他总是拖长了声音通知我们："下礼拜一不能同你们见面了，孩子们，我要去练武功。"想不到"练武功"竟送了他的命—— 一个好先生，一个好人。人类的浪费……

围城中种种设施之糟与乱，已经有好些人说在我头里了。政府的冷藏室里，冷气管失修，堆积如山的牛肉，宁可眼看着它腐烂，不肯拿出来。做防御工作的人只分到米与黄豆，没有油，没有燃料。各处的防空机关只忙着争柴争米，设法喂养手下的人员，哪儿有闲工夫去照料炸弹？接连两天我什么都没吃，飘飘然去上工。当然，像我这样不尽职的人，受点委屈也是该当的。在炮火下我看完了《官场现形记》。小时候看过而没能领略它的好处，一直想再看一遍。一面看，一面担心能够不能够容我看完。字印得极小，光线又不充足，但是，一个炸弹下来，还要眼睛做什么呢？——"皮之不存，毛将焉附？"

围城的十八天里，谁都有那种清晨四点钟的难挨的感觉——

寒噤的黎明，什么都是模糊，瑟缩，靠不住。回不了家，等回去了，也许家已经不存在了。房子可以毁掉，钱转眼可以成废纸，人可以死，自己更是朝不保暮。像唐诗上的"凄凄去亲爱，泛泛入烟雾，"可是那到底不像这里的无牵无挂的虚空与绝望。人们受不了这个，急于攀住一点踏实的东西，因而结婚了。

有一对男女到我们办公室里来向防空处长借汽车去领结婚证书。男的是医生，在平日也许并不是一个"善眉善眼"的人，但是他不时的望着他的新娘子，眼里只有近于悲哀的恋恋的神情。新娘是看护，矮小美丽，红颧骨，喜气洋洋，弄不到结婚礼服，只穿着一件淡绿绸夹袍，镶着墨绿花边。他们来了几次，一等等上几个钟头，默默对坐，对看，熬不住满脸的微笑，招得我们全笑了。实在应当谢谢他们给带来无端的快乐。

到底仗打完了。乍一停，很有一点弄不惯，和平反而使人心乱，像喝醉酒似的。看见青天上的飞机，知道我们尽管仰着脸欣赏它而不至于有炸弹落在头上，单为这一点便觉得它很可爱。冬天的树，凄迷稀薄像淡黄的云；自来水管子里流出来的清水，电灯光，街头的热闹，这些又是我们的了。第一，时间又是我们的了——白天，黑夜，一年四季——我们暂时可以活下去了，怎不叫人欢喜得发疯呢？就是因为这种特殊的战后精神状态，一九二〇年在欧洲号称"发烧的一九二〇年"。

我记得香港陷落后我们怎样满街的找寻冰淇淋和嘴唇膏。我们撞进每一家吃食店去问可有冰淇淋。只有一家答应说明天下午或许有，于是我们第二天步行十来里路去践约，吃到一盘昂贵的冰淇淋，里面吱格吱格全是冰屑子。街上摆满了摊子，卖胭脂，西药，罐头牛羊肉，抢来的西装，绒线衫，蕾丝窗帘，雕花玻璃器皿，整匹的呢绒。我们天天上城买东西，名为买，其实不过是看看而已。从那时候起我学会了怎样以买东西当作一件消遣。——无怪大多数的女人乐此不疲。

香港重新发现了"吃"的喜悦。真奇怪，一件最自然，最基本的功能，突然得到过分的注意，在情感的光强烈的照射下，竟变成下流的，反常的。在战后的香港，街上每隔五步十步便蹲着个衣冠济楚的洋行职员模样的人，在小风炉上炸一个铁硬的小黄饼。香港城不比上海有作为，新的投机事业发展得极慢。许久许久，街上的吃食仍旧为小黄饼所垄断。渐渐有试验性质的甜面包，三角饼，形迹可疑的椰子蛋糕。所有的学校教员，店伙，律师帮办，全都改行做了饼师。

我们立在摊头上吃滚油煎的萝卜饼，尺来远脚底下就躺着穷人的青紫的尸首。上海的冬天也是那样的罢？可是至少不是那么尖锐肯定。香港没有上海有涵养。

因为没有汽油，汽车行全改了吃食店，没有一家绸缎铺或药房不兼卖糕饼。香港从来没有这样馋嘴过。宿舍里的男女学生整天谈讲的无非是吃。

在这狂欢的气氛里，唯有乔纳生孤单单站着，充满了鄙夷和愤恨。乔纳生也是个华侨同学，曾经加入志愿军上阵打过仗。他大衣里只穿着一件翻领衬衫，脸色苍白，一绺头发垂在眉间，有三分像诗人拜伦，就可惜是重伤风。乔纳生知道九龙作战的情形。他最气的便是他们派两个大学生出壕沟去把一个英国兵抬进来——"我们两条命不抵他们一条。招兵的时候他们答应特别优待，让我们归我们自己的教授管辖，答应了全不算话！"他投笔从戎之际大约以为战争是基督教青年会所组织的九龙远足旅行。

休战后我们在"大学堂临时医院"做看护。除了由各大医院搬来的几个普通病人，其余大都是中流弹的苦力与被捕时受伤的乘火打劫者。有一个肺病患者比较有点钱，雇了另一个病人服侍他，派那人出去采办东西，穿着宽袍大袖的病院制服满街跑，院长认为太不成体统了，大发脾气，把二人都撵了出去。另有个病人将一卷绷带，几把手术刀叉，三条病院制服的裤子藏在褥单底下，被发觉了。

难得有那么戏剧化的一刹那。病人的日子是悠长得不耐烦的。上头派下来叫他们拣米，除去里面的沙石与稗子，因为实在没事做，他们似乎很喜欢这单调的工作。时间一长，跟自己的伤口也发生了感情。在医院里，各个不同的创伤就代表了他们整个的个性。每天敷药换棉花的时候，我看见他们用温柔的眼光注视新生的鲜肉，对之仿佛有一种创造性的爱。

他们住在男生宿舍的餐室里。从前那间房子充满了喧哗——留声机上唱着卡门麦兰达的巴西情歌，学生们动不动就摔碗骂厨子。现在这里躺着三十几个沉默、烦躁，有臭气的人，动不了腿，也动不了脑筋，因为没有思想的习惯。枕头不够用，将他们的床推到柱子跟前，他们头抵在柱子上，颈项与身体成九十度角。就这样眼睁睁躺着，每天两顿红米饭，一顿干，一顿稀。太阳照亮了玻璃门，玻璃上糊的防空纸条经过风吹雨打，已经撕去了一大半了，斑驳的白迹子像巫魔的小纸人，尤其在晚上，深蓝的玻璃上现出奇形怪状的小白魑魅的剪影。

我们倒也不怕上夜班，虽然时间特别长，有十小时。夜里没有什么事做。病人大小便，我们只消走出去叫一声打杂的："二十三号要屎乓。('乓'是广东话，英文 Pan 的音译)"或是"三十号要溺壶。"我们坐在屏风后面看书,还有消夜吃,是特地给送来的牛奶面包。唯一的遗憾便是:病人的死亡,十有八九是在深夜。

有一个人,尻骨生了奇臭的蚀烂症。痛苦到了极点,面部表情反倒近于狂喜……眼睛半睁半闭,嘴拉开了仿佛痒丝丝抓捞不着地微笑着。整夜他叫唤:"姑娘啊!姑娘啊!"悠长地,颤抖地,有腔有调。我不理。我是一个不负责任的,没良心的看护。我恨这个人,因为他在那里受磨难,终于一房间的病人都醒过来了。他们看不过去,齐声大叫"姑娘。"我不得不走出来,阴沉地站在他床前,问道:"要什么?"他想了一想,呻吟道:"要水。"他只要人家给他点东西,不拘什么都行。我告诉他厨房里没有开水,又走开了。他叹口气,静了一会,又叫起来,叫不动了,还哼哼:"姑娘啊……姑娘啊……哎,姑娘啊……"

三点钟,我的同伴正在打瞌盹,我去烧牛奶,老着脸抱着肥白的牛奶瓶穿过病房往厨下去。多数的病人全都醒了,眼睁睁望着牛奶瓶,那在他们眼中是比卷心百合花更为美丽的。

香港从来未曾有过这样寒冷的冬天。我用肥皂去洗那没盖子的黄铜锅,手疼得像刀割。锅上腻着油垢。工役们用它煨汤。病人用它洗脸。我把牛奶倒进去,铜锅坐在蓝色的煤气火焰中,像一尊铜佛坐在青莲花上,澄静,光丽。但是那拖长腔的"姑娘啊!姑娘啊!"追踪到厨房里来了。小小的厨房只点一支白蜡烛,我看守着将沸的牛奶,心里发慌,发怒,像被猎的兽。

这人死的那天我们大家都欢欣鼓舞。是天快亮的时候,我们将他的后事交给有经验的职业看护,自己缩到厨房里去。我的同伴用椰子油烘了一炉小面包,味道颇像中国酒酿饼。鸡在叫,又是一个冻白的早晨。我们这些自私的人若无其事的活下去了。

除了工作之外我们还念日文。派来的教师是一个年轻的俄国人，黄头发剃得光光地。上课的时候他每每用日语问女学生的年纪。她一时答不上来，他便猜："十八岁？十九岁？不会超过廿岁罢？你住在几楼？待会儿我可以来拜访么？"她正在盘算着如何托辞拒绝，他便笑了起来道："不许说英文。你只会用日文说：'请进来。请坐。请用点心。'你不会说'滚出去！'"说完了笑话，他自己先把脸涨得通红。起初学生黑压压挤满一堂课，渐渐减少了。少得不成样，他终于赌气不来了，另换了先生。

这俄国先生看见我画的图，独独赏识其中的一张，是炎樱单穿着一件衬裙的肖像。他愿意出港币五元购买，看见我们面有难色，连忙解释："五元，不连画框。"

由于战争期间特殊空气的感应，我画了许多图，由炎樱着色。自己看了自己的作品欢喜赞叹，似乎太不像话，但是我确实知道那些画是好的，完全不像我画的，以后我再也休想画出那样的图来。就可惜看了略略使人发糊涂。即使以一生的精力为那些杂乱重叠的人头写注释式的传记，也是值得的。譬如说，那暴躁的二房东太太，斗鸡眼突出像两只自来水龙头；那少奶奶，整个的头与颈便是理发店的电气吹风管；像狮子又像狗的，蹲踞着的有传染病的妓女，衣裳底下露出红丝袜的尽头与吊袜带。

有一幅，我特别喜欢炎樱用的颜色，全是不同的蓝与绿，使人联想到"沧海月明珠有泪，蓝田日暖玉生烟"那两句诗。

一面在画，一面我就知道不久我会失去那点能力。从那里我得到了教训——老教训：想做什么，立刻去做，都许来不及了。"人"是最拿不准的东西。

有个安南青年，在同学群中是个有点小小名气的画家。他抱怨说战后他笔下的线条不那么有力了，因为自己动手做菜，累坏了臂膀。因之我们每天看见他炸茄子（他只会做一样炸茄子），总觉得凄惨万分。

战争开始的时候，港大的学生大都乐得欢蹦乱跳，因为十二月八日正是大考的第一天，平白地免考是千载难逢的盛事。那一冬天，我们总算吃够了苦，比较知道轻重了。可是"轻重"这两个字，也难讲……去掉了一切的浮文，剩下的仿佛只有饮食男女这两项。人类的文明努力要想跳出单纯的兽性生活的圈子，几千年来的努力竟是枉费精神么？事实是如此。香港的外埠学生困在那里没事做，成天就只买菜，烧菜，调情——不是普通的学生式的调情，温和而带一点感伤气息的。在战后的宿舍里，男学生躺在女朋友的床上玩纸牌一直到夜深。第二天一早，她还没起床，他又来了，坐在床沿上。隔壁便听见她娇滴滴叫喊："不行！不吗！不，我不！"一直到她穿衣下床为止。这一类的现象给人不同的反应作用——会使人悚然回到孔子跟前去，也说不定。到底相当的束缚是少不得的。原始人天真虽天真，究竟不是一个充分的"人"。

医院院长想到"战争小孩"（战争期间的私生子）的可能性，极其担忧。有一天，他瞥见一个女学生偷偷摸摸抱着一个长形的包裹溜出宿舍，他以为他的恶梦终于实现了。后来才知道她将做工得到的米运出去变钱，因为路上流氓多，恐怕中途被劫，所以将一袋米改扮了婴儿。

论理，这儿聚集了八十多个死里逃生的年轻人，因为死里逃生，更是充满了生气：有的吃，有的住，没有外界的娱乐使他们分心；没有教授（其实一般的教授们，没有也罢），可是有许多书，诸子百家，诗经，圣经，莎士比亚——正是大学教育的最理想的环境。

然而我们的同学只拿它当做一个沉闷的过渡时期——过去是战争的苦恼,未来是坐在母亲膝上哭诉战争的苦恼,把憋了许久的眼泪出清一下。眼前呢,只能够无聊地在污秽的玻璃窗上涂满了"家,甜蜜的家"的字样。为了无聊而结婚,虽然无聊,比这种态度还要积极一点。

缺乏工作与消遣的人们不得不提早结婚,但看香港报上挨挨挤挤的结婚广告便知道了。学生中结婚的人也有。一般的学生对于人们的真性情素鲜认识,一旦有机会刮去一点浮皮,看见底下的畏缩,怕痒,可怜又可笑的男人或女人,多半就会爱上他们最初的发现。当然,恋爱与结婚是于他们有益无损,可是自动地限制自己的活动范围,到底是青年的悲剧。

时代的车轰轰地往前开。我们坐在车上,经过的也许不过是几条熟悉的街衢,可是在漫天的火光中也自惊心动魄。就可惜我们只顾忙着在一瞥即逝的店铺的橱窗里找寻我们自己的影子——我们只看见自己的脸,苍白,渺小:我们的自私与空虚,我们恬不知耻的愚蠢——谁都像我们一样,然而我们每人都是孤独的。

*初载一九四四年二月《天地》第五期,收入《流言》。

谈女人

　　西方人称阴险刻薄的女人为"猫"。新近看到一本专门骂女人的英文小册子叫《猫》，内容并非是完全未经人道的，但是与女人有关的隽语散见各处，搜集起来颇不容易，不像这里集其大成。摘译一部份，读者看过之后总有几句话说，有的嗔，有的笑，有的觉得痛快，也有自命为公允的男子作"平心之论"，或是说"过激了一点，"或是说"对是对的，只适用于少数的女人，不过无论如何，有则改之，无则加勉"等等。总之，我从来没见过在这题目上无话可说的人。我自己当然也不外此例。我们先看了原文再讨论罢。

　　《猫》的作者无名氏在序文里预先郑重声明："这里的话，并非说的是你，亲爱的读者——假使你是个男子，也并非说的是你的妻子，姊妹，女儿，祖母或岳母。"

　　他再三辩白他写这本书的目的并不是吃了女人的亏藉以出气，但是他后来又承认是有点出气的作用，因为："一个刚和太太吵过嘴的男子，上床之前读这本书，可以得到安慰。"

　　他道："女人物质方面的构造实在太合理化了，精神方面未免稍差，那也是意想中的事，不能苛求。

　　一个男子真正动了感情的时候，他的爱较女人的爱伟大得多。

可是从另一方面观看，女人恨起一个人来，倒比男人持久得多。

女人与狗唯一的分别就是：狗不像女人一般地被宠坏了，它们不戴珠宝，而且——谢天谢地！——它们不会说话！

算到头来，每一个男子的钱总是花在某一个女人的身上。

男人可以跟最下等的酒吧间女侍调情而不失身分——上流女人向邮差遥遥掷一个飞吻都不行！我们由此推断：男人不比女人，弯腰弯得再低些也不打紧，因为他不难重新直起腰来。

一般的说来，女性的生活不像男性的生活那么需要多种的兴奋剂，所以如果一个男子公余之暇，做点越轨的事来调剂他的疲乏，烦恼，未完成的壮志，他应该被原恕。

对于大多数的女人，'爱'的意思就是'被爱'。

男子喜欢爱女人，但是有时候他也喜欢她爱他。

如果你答应帮一个女人的忙，随便什么事她都肯替你做；但是如果你已经帮了她一个忙了，她就不忙着帮你的忙了。所以你应当时时刻刻答应帮不同的女人的忙，那么你多少能够得到一点酬报，一点好处——因为女人的报恩只有一种：预先的报恩。

由男子看来，也许这女人的衣服是美妙悦目的——但是由另一个女人看来，它不过是'一先令三辨士一码'的货色，所以就谈不上美。

时间即是金钱，所以女人多花时间在镜子前面，就得多花钱在时装店里。

如果你不调戏女人，她说你不是一个男人；如果你调戏她，她说你不是一个上等人。

男子夸耀他的胜利——女子夸耀她的退避。可是敌方之所以进攻，往往全是她自己招惹出来的。

女人不喜欢善良的男子，可是她们拿自己当做神速的感化院，一嫁了人之后，就以为丈夫立刻会变成圣人。

唯独男子有开口求婚的权利——只要这制度一天存在，婚姻就一天不能够成为公平交易；女人动不动便抬出来说当初她'允许了他的要求，'因而在争吵中占优势。为了这缘故，女人坚持应由男子求婚。

多数的女人非得'做下不对的事，'方才快乐。婚姻仿佛不够'不对'的。

女人往往忘记这一点：她们全部的教育无非是教她们意志坚强，抵抗外界的诱惑——但是她们耗费毕生的精力去挑拨外界的诱惑。

现代婚姻是一种保险，由女人发明的。

若是女人信口编了故事之后就可以抽版税，所有的女人全都发财了。

你向女人猛然提出一个问句，她的第一个回答大约是正史，第二个就是小说了。

女人往往和丈夫苦苦辩论，务必驳倒他，然而向第三者她又引用他的话，当做至理名言。可怜的丈夫……

女人与女人交朋友，不像男人与男人那么快。她们有较多的瞒人的事。

女人们真是幸运——外科医生无法解剖她们的良心。

女人品评男子，仅仅以他对她的待遇为依归，女人会说：'我不相信那人是凶手——他从来也没有谋杀过我！'

男人做错事，但是女人远兜远转地计画怎样做错事。

女人不大想到未来——同时也努力忘记她们的过去——所

以天晓得她们到底有什么可想的!

女人开始经济节约的时候,多少'必要'的花费她可以省掉,委实可惊!

如果一个女人告诉了你一个秘密,千万别转告另一个女人——一定有别的女人告诉过她了。

无论什么事,你打算替一个女人做的,她认为理所当然。无论什么事你替她做的,她并不表示感谢。无论什么小事你忘了做,她咒骂你。……家庭不是慈善机关。

多数的女人说话之前从来不想一想。男人想一想——就不说了!

若是她看书从来不看第二遍因为她'知道里面的情节'了,这样的女人绝不会成为一个好妻子。如果她只图新鲜,全然不顾及风格及韵致,那么过了些时,她摸清楚了丈夫的个性,他的弱点与怪癖处,她就嫌他沉闷无味,不复爱他了。

你的女人建造空中楼阁——如果它们不存在,那全得怪你!

叫一个女人说'我错了',比男人说全套的急口令还要难些。

你疑心你的妻子,她就欺骗你。你不疑心你的妻子,她就疑心你。"

凡是说"女人怎样怎样"的话,因为是俏皮话,单图俏皮,意义的正确上不免要打个折扣,因为各人有各人的脾气,如何能够一概而论?但是比较上女人是可以一概而论的,因为天下人风俗习惯职业环境各不相同,而女人大半总是在户内持家看孩子,传统的生活典型既然只有一种,个人的习性虽不同也有限。因此,笼统地说"女人怎样怎样",比说"男人怎样怎样"要有把握些。

记得我们学校里有过一个非正式的辩论会,一经涉及男女问题，大家全都忘了原先的题目是什么，单单集中在这一点上，七嘴八舌，嬉笑怒骂，空气异常热烈。有一位女士以老新党的口吻侃侃谈到男子如何不公平，如何欺凌女子——这柔脆的，感情丰富的动物，利用她的情感来拘禁她，逼迫她作玩物，在生存竞争上女子之所以占下风全是因为机会不均等……在男女的论战中，女人永远是来这么一套。当时我忍不住要驳她，倒不是因为我专门喜欢做偏锋文章，实在是听厌了这一切。一九三〇年间女学生们人手一册的《玲珑》杂志就是一面传授影星美容秘诀一面教导"美"了"容"的女子怎样严密防范男子的进攻，因为男子都是"心存不良"的，谈恋爱固然危险，便结婚也危险，因为结婚是恋爱的坟墓……

女人这些话我们耳熟能详，男人的话我们也听得太多了，无非骂女子十恶不赦，罄竹难书，惟为民族生存计，不能赶尽杀绝。

两方面各执一词，表面上看来未尝不是公有公理，婆有婆理。女人的确是小性儿，矫情，作伪，眼光如豆，狐媚子。（正经女人虽然痛恨荡妇，其实若有机会扮个妖妇的角色的话，没有一个不跃跃欲试的。）聪明的女人对于这些批评并不加辩护，可是返本归原，归罪于男子。在上古时代，女人因为体力不济，屈服在男子的拳头下，几千年来始终受支配，因为适应环境，养成了所谓妾妇之道。女子的劣根性是男子一手造成的，男子还抱怨些什么呢？

女人的缺点全是环境所致，然则近代和男子一般受了高等教育的女人何以常常使人失望，像她的祖母一样地多心，闹别扭呢？当然，几千年的积习，不是一朝一夕可以改掉的，只消假以时日……

可是把一切都怪在男子身上，也不是彻底的答覆，似乎有不负责任的嫌疑。"不负责"也是男子久惯加在女人身上的一个形容词。《猫》的作者说：

"有一位名高望重的教授曾经告诉我一打的理由，为什么我不应当把女人看得太严重。这一直使我烦恼着，因为她们总把自己看得很严重，最恨人家把她们当做甜蜜的，不负责任的小东西。假如像这位教授说的，不应当把她们看得太严重，而她们自己又不甘心做'甜蜜的，不负责任的小东西'，那到底该怎样呢？

她们要人家把她们看得很严重，但是她们做下点严重的错事的时候，她们又希望你说'她不过是个不负责任的小东西。'"

女人当初之所以被征服，成为父系宗法社会的奴隶，是因为体力比不上男子。但是男子的体力也比不上豺狼虎豹，何以在物竞天择的过程中不曾为禽兽所屈伏呢？可见得单怪别人是不行的。

名小说家爱尔德斯·郝胥黎在《针锋相对》一书中说："是何等样人，就会遇见何等样事。"《针锋相对》里面写一个年轻女子玛格丽，她是一个讨打的，天生的可怜人。她丈夫本是一个相当驯良的丈夫，然而到底不得不辜负了她，和一个交际花发生了关系。玛格丽终于成为呼天抢地的伤心人了。

诚然，社会的进展是大得不可思议，非个人所能控制，身当其冲者根本不知其所以然。但是追溯到某一阶段，总免不了有些主动的成分在内。像目前世界大局，人类逐步进化到竞争剧烈的机械化商业文明，造成了非打不可的局面，虽然奔走呼号闹着"不要打，打不得，"也还是惶惑地一个个被牵进去了。的确是没有法子，但也不能说是不怪人类自己。

有人说，男子统治世界，成绩很糟，不如让位给女人，准可以一新耳目。这话乍听很像是病急乱投医。如果是君主政治，武则天是个英主，唐太宗也是个英主，碰上个把好皇帝，不拘男女，一样天下太平。君主政治的毛病就在好皇帝太难得。若是民主政治呢，大多数的女人的自治能力水准较男子更低。而且国际间闹是非，本来就有点像老妈子吵架，再换了货真价实的女人，更是不堪设想。

叫女子来治国平天下，虽然是"做戏无法，请个菩萨，"这荒唐的建议却也有它的科学上的根据。曾经有人预言，这一次世界大战如果摧毁我们的文明到不能恢复原状的地步，下一期的新生的文化将要着落在黑种人身上，因为黄白种人在过去已经各有建树，惟有黑种人天真未凿，精力未耗，未来的大时代里恐怕要轮到他们来做主角。说这样话的，并非故作惊人之论。高度的文明，高度的训练与压抑，的确足以斫伤元气。女人常常被斥为野蛮，原始性。人类驯服了飞禽走兽，独独不能彻底驯服女人。几千年来女人始终处于教化之外，焉知她们不在那里培养元气，徐图大举？

女权社会有一样好处——女人比男人较富于择偶的常识，这一点虽然不是什么高深的学问，却与人类前途的休戚大大有关。男子挑选妻房，纯粹以貌取人。面貌体格在优生学上也是不可不讲究的。女人择夫，何尝不留心到相貌，只是不似男子那么偏颇，同时也注意到智慧健康谈吐风度自给的力量等项，相貌倒列在次要。有人说现今社会的症结全在男子之不会挑拣老婆，以至于儿女没有家教，子孙每况愈下。那是过甚其词，可是这一点我们得承认，非得要所有的婚姻全由女子主动，我们才有希望产生一种超人的民族。

"超人"这名词，自经尼采提出，常常有人引用，在尼采之前，古代寓言中也可以发现同类的理想。说也奇怪，我们想像中的超人永远是个男人。为什么呢？大约是因为超人的文明是较我们的文明更进一步的造就，而我们的文明是男子的文明。还有一层：超人是纯粹理想的结晶，而"超等女人"则不难于实际中求得。在任何文化阶段中，女人还是女人。男子偏于某一方面的发展，而女人是最普遍的，基本的，代表四季循环，土地，生老病死，饮食繁殖。女人把人类飞越太空的灵智拴在踏实的根桩上。

即在此时此地我们也可以找到完美的女人。完美的男人就稀有，因为我们根本不知道怎样的男子可以算做完美。功利主义者有他们的理想，老庄的信徒有他们的理想，国社党员也有他们的理想。似乎他们各有各的不足处——那是我们对于"完美的男子"期望过深的缘故。

女人的活动范围有限，所以完美的女人比完美的男人更完美。同时，一个坏女人往往比一个坏男人坏得更彻底。事实是如此。有些生意人完全不顾商业道德而私生活无懈可击。反之，对女人没良心的人尽有在他方面认真尽职的。而一个恶毒的女人就恶得无孔不入。

超人是男性的，神却带有女性的成分，超人与神不同。超人是进取的，是一种生存的目标。神是广大的同情，慈悲，了解，安息。像大部份所谓智识份子一样。我也是很愿意相信宗教而不能够相信，如果有这么一天我获得了信仰，大约信的就是奥涅尔《大神勃朗》一剧中的地母娘娘。

《大神勃朗》是我所知道的感人最深的一出戏。读了又读，读到第三四遍还使人心酸泪落。奥涅尔以印象派笔法勾出的"地母"是一个妓女。"一个强壮，安静，肉感，黄头发的女人，二十岁左右，皮肤鲜洁健康，乳房丰满，胯骨宽大。她的动作迟慢，踏实，懒洋洋地像一头兽。她的大眼睛像做梦一般反映出深沉的天性的骚动。她嚼着口香糖，像一条神圣的牛，忘却了时间，有它自身的永生的目的。"

她说话的口吻粗鄙而热诚："我替你们难过，你们每一个人，每一个狗娘养的——我简直想光着身子跑到街上去，爱你们这一大堆人，爱死你们，仿佛我给你们带了一种新的麻醉剂来，使你们永远忘记了所有的一切。（歪扭地微笑着）但是他们看不见我，就像他们看不见彼此一样。而且没有我的帮助他们也继续地往前走，继续地死去。"

人死了，葬在地里。地母安慰垂死者："你睡着了之后，我来替你盖被。"

为人在世，总得戴个假面具，她替垂死者除下面具来，说："你不能戴着它上床。要睡觉，非得独自去。"

这里且摘译一段对白：

"勃朗　（紧紧靠在她身上，感激地）土地是温暖的。

地母　（安慰地，双目直视如同一个偶像）嘘！嘘！（叫他不要做声）睡觉罢。

勃朗　是，母亲。……等我醒的时候……？

地母　太阳又要出来了。

勃朗　出来审判活人与死人！（恐惧）我不要公平的审判。我要爱。

地母　止有爱。

勃朗　谢谢你，母亲。"

人死了，地母向自己说：

"生孩子有什么用？有什么用，生出死亡来？"

她又说：

"春天总是回来了，带着生命！总是回来了！总是，总是，永远又来了！——又是春天！——又是生命！——夏天，秋天，死亡，又是和平！（痛切的忧伤）可总是，总是，总又是恋爱与怀胎与生产的痛苦——又是春天带着不能忍受的生命之杯（换了痛切的欢欣），带着那光荣燃烧的生命的皇冠！（她站着，像大地的偶像，眼睛凝视着莽莽乾坤。）"

这才是女神。"翩若惊鸿，宛若游龙"的洛神不过是个古装美女，世俗所供的观音不过是古装美女赤了脚，半裸的高大肥硕的希腊石像不过是女运动家，金发的圣母不过是个俏奶妈，当众喂了一千余年的奶。

再往下说，要牵入宗教论争的危险的漩涡了，和男女论争一样的激烈，但比较无味。还是趁早打住。

女人纵有千般不是，女人的精神里面却有一点"地母"的根芽。可爱的女人实在是真可爱。在某种范围内，可爱的人品与风韵是可以用人工培养出来的，世界各国不同样的淑女教育全是以此为目标，虽然每每歪曲了原意，造成像《猫》这本书里的太太小姐，也还是可原恕。

女人取悦于人的方法有很多种。单单看中她的身体的人，失去许多可珍贵的生活情趣。

以美好的身体取悦于人，是世界上最古老的职业，也是极普遍的妇女职业，为了谋生而结婚的女人全可以归在这一项下。这也无庸讳言——有美的身体，以身体悦人；有美的思想，以思想悦人，其实也没有多大分别。

*初载一九四四年三月《天地》第六期，收入《流言》。

存稿

　　我写文章很慢而吃力，所以有时候编辑先生向我要稿子，我拿不出来，他就说："你有存稿，拿一篇出来好了。"久而久之，我自己也疑心我的确有许多存稿囤在那里，终于下决心去搜罗一下。果然，有是有的。我现在每篇摘录一些，另作简短的介绍。有谁愿意刊载的话，尽可以指名索取——就恐怕是请教乏人。

　　年代最久远的一篇名唤《理想中的理想村》，大约是十二三岁时写的。以前还有，可惜散失了。我还记得最初的一篇小说是一个无题的家庭伦理悲剧，关于一个小康之家，姓云，娶了个媳妇名叫月娥，小姑叫凤娥。哥哥出门经商去了，于是凤娥便乘机定下计策来谋害嫂嫂。写到这里便搁下了，没有续下去。另起炉灶写一篇历史小说，开头是："话说隋末唐初的时候。"我喜欢那时候，那仿佛是一个兴兴轰轰橙红色的时代。我记得这一篇是在一个旧账簿的空页上起的稿，簿子宽而短，分成上下两截，淡黄的竹纸上印着红条子。用墨笔写满了一张，有个亲戚名唤"辫大伯伯"的走来看见了——我那时候是七岁罢，却有许多二十来岁的堂房侄子——他说："喝！写起《隋唐演义》来了。"我觉得非常得意，可是始终只写了这么一张，没有这魄力硬挺下去。

（似乎我从九岁起就开始向编辑先生进攻了，但那时候投稿新闻报本埠附刊几次都消息沉沉，也就不再尝试了，直到两年前。）

再歇了几年，在小学读书的时候，第一次写成一篇有收梢的小说。女主角素贞，和她的情人游公园，忽然有一只玉手在她肩头拍了一下，原来是她的表姐芳婷。她把男朋友介绍给芳婷，便酿成了三角恋爱的悲剧。素贞愤而投水自杀。小说用铅笔写在一本笔记簿上，同学们睡在蚊帐里翻阅，摩来摩去，字迹都擦糊涂了。书中负心的男子叫殷梅生，一个姓殷的同学便道："他怎么也姓殷？"提起笔来就改成了王梅生。我又给改回来。几次三番改来改去，纸也擦穿了。

这是私下里做的。在学校里作文，另有一种新的台阁体，我还记得一行警句："那醉人的春风，把我化成了石像在你的门前。"《理想中的理想村》便是属于这时期的。我简直不能相信这是我写的，这里有我最不能忍耐的新文艺滥调："在小山的顶上有一所精致的跳舞厅。晚饭后，乳白色的淡烟渐渐地褪了，露出明朗的南国的蓝天。你可以听见悠扬的音乐，像一幅桃色的网，从山顶上撒下来，笼罩着全山……这里有的是活跃的青春，有的是热的火红的心，没有颓废的小老人，只有健壮的老少年。银白的月踽踽地在空空洞洞的天上徘徊，她仿佛在垂泪，她恨自己的孤独。……还有那个游泳池，永远像一个慈善的老婆婆，满脸皱纹地笑着，当她看见许多活泼的孩子像小美人鱼似的噗通噗通跳下水去的时候，她快乐得爆出极大的银色水花。她发出洪亮的笑声。她虽然是老了，她的心永远是年轻的。孩子们爱她，他们希望他们不辜负她的期望。他们努力地要成为一个游泳健将。……沿路上都是蓬勃的，微笑着的野蔷薇，风来了，它们扭一扭腰，送一个明媚的眼波，仿佛是在时装展览会里表演时装似的。清泉潺潺地从石缝里流，流，流，一直流到山下，聚成一片蓝光潋潋的池塘。在薰风吹醉了人间的时候，你可以躺在小船上，不用划，让它轻轻地，仿佛是怕惊醒了酣睡的池波，飘着飘着，在浓绿的垂杨下飘着。……这是多么富于诗意的情景哟！"

虽然我不喜欢张资平，风气所趋，也不免用了两个情感洋溢的"哟"字。我有个要好的同学，她姓张，我也姓张；她喜欢张资平，我喜欢张恨水，两人时常争辩着。

后来我就写了个长篇的纯粹鸳蝴派的章回小说，《摩登红楼梦》。回目是我父亲代拟的，颇为像样，共计六回："沧桑变幻宝黛住层楼，鸡犬升仙贾琏膺景命；""弭讼端覆雨翻云，赛时装嗔莺叱燕；""收放心浪子别闺围，假虔诚情郎参教典；""萍梗天涯有情成眷属，凄凉泉路同命作鸳鸯；""音问浮沉良朋空洒泪，波光骀荡情侣共嬉春；""陷阱设康衢娇娃蹈险，骊歌惊别梦游子伤怀。"

开端写宝玉收到傅秋芳寄来的一张照片："宝玉笑道：'袭人你倒放出眼光来批评一下子，是她漂亮呢还是——还是林妹妹漂亮？'袭人向他重重的瞅了一下道：'哼！我去告诉林姑娘去！拿她同外头不相干的人打比喻……别忘记了，昨天太太嘱咐过，今儿晚上老爷乘专车从南京回上海，叫你去应一应卯儿呢，可千万别忘记了，又惹老爷生气。'"

写贾琏得官："黑压压上上下下挤满了一屋子人，连赵姨娘周姨娘也从小公馆里赶了来了，赵姨娘还拉着袖子和凤姐儿笑着嚷：'二奶奶大喜呀！'……凤姐儿满脸是笑，一把拉着宝玉道：'宝兄弟，去向你琏二哥道个喜吧！老爷栽培他，给了他一个铁道局局长干了！'宝玉……挤了进去，又见贾母歪在杨妃榻上，鸳鸯蹲在小凳上就着烟灯烧鸦片，琥珀斜签倚在榻上给贾母捶腿……贾琏这时候真是心花一朵朵都开足了，这一乐直乐得把平时的洋气派洋礼节都忘得干干净净，退后一步，垂下手来，恭恭敬敬给贾政请了个安，大声道：'谢谢二叔的栽培。'"

凤姐儿在房中置酒相庆，"自己坐了主席，又望着平儿笑道：'你今天也来快活快活，别拘礼了，坐到一块儿来乐一乐罢！'……三人传杯递盏……贾琏道：'这两年不知闹了多少饥荒，如今可好了……'凤姐瞅了他一眼道：'钱留在手里要咬手的，快去多讨两个小老婆罢！'贾琏哈哈大笑道：'奶奶放心，有了你和平儿这两个美人胎子，我还讨什么小老婆呢？'凤姐冷笑道：'二爷过奖了！你自有你的心心念念睡里梦里都不忘记的心上人放在沁园村小公馆里，还装什么假惺惺呢？大家心里都是透亮的了！'贾琏忙道：'尤家的自从你去闹了一场之后，我听了你的劝告，一趟也没有去过，这是丰儿可以作证人的。'凤姐道：'除了她，你外面还不知养着几个堂子里的呢！我明儿打听明白了来和你仔仔细细算一笔总账！'平儿见他俩话又岔到斜里去了，连忙打了个岔混了过去。"

贾珍带信来说尤二姐请下律师要控告贾琏诱奸遗弃，因为他"新得了个前程，官声要紧，"打算大大诈他一笔款子。贾琏无法筹款，"想来想去唯有向贾珍那里去通融通融，横竖这事起先是他也有一份儿在内的，谅他不至坚拒。"贾珍挪了尤氏的私房钱给他，怕他赖债，托词是向朋友处转借来的。

底下接写主席夫人贾元春主持的新生活时装表演，秦钟智能的私奔，贾府里打发出去的芳官藕官加入歌舞团，复为贾珍父子及宝玉所追求；巧姐儿被绑；宝玉闹着要和黛玉一同出洋，家庭里通不过，便负气出走，贾母王夫人终于屈服。"袭人叫宝玉到宝钗处辞行，宝玉推说：'姨妈近来老不给人好脸子看，'后来他自己心里也觉不过意，问袭人道：'宝姐姐有什么怪我的话吗？'袭人道：'我怎么知道你们的事呢？'宝玉……长长的叹了一口气。"临行的时候，宝黛又拌了嘴，闹决裂了，一时不及挽回，宝玉只得单身出国去了。

这是通俗小说，一方面我也写着较雅驯的东西。中学快毕业的时候，在校刊上发表了两篇新文艺腔很重的小说，《牛》与《霸王别姬》。《牛》可以代表一般"爱好文艺"的都市青年描写农村的作品，也许是其志可嘉，但是我看了总觉不耐烦：

"禄兴衔着旱烟管，又着腰站在门口。雨才停，屋顶上的湿茅草亮晶晶地在滴水。地下高高低低的黄泥潭子，汪着绿水。水心疏疏几根狗尾草，随着水涡，轻轻摇着浅栗色的穗子。迎面吹来的风，仍然是冰凉地从鼻尖擦过，不过似乎比冬天多了一点青草香。

禄兴在板门上磕了磕烟灰，紧了一紧束腰的带子，向牛栏走去。在那边，初晴的稀薄的太阳穿过栅栏，在泥地上匀铺着长方形的影和光。两只瘦怯怯的小黄鸡抖着黏湿的翅膀，走来走去啄食吃。牛栏里面，积满灰尘的空水槽寂寞地躺着，上面铺了一层纸，晒着干菜。角落里，干草屑还存在。栅栏有一面磨擦得发白，那是从前牛吃饱了草颈项发痒磨的。禄兴轻轻地把手放在磨坏的栅栏上，抚摸着粗糙的木头，鼻梁上一缕辛酸味慢慢向上爬，堵住了咽喉，泪水泛满了眼睛。"

禄兴卖掉了牛，春来没有牛耕田，打算送两只鸡给邻舍，租借一只牛。禄兴娘子起初是反对的："'天哪！先是我那牛……我那牛……活活给人牵去了，又是银簪子……又该轮到这两只小鸡了！你一个男子汉，只会算计我的东西……'"

牛到底借来了，但是那条牛脾气不好，不伏他管束。禄兴略加鞭策，牛向他冲过来，牛角刺入他的胸膛，他就这样的送了命。

"又是一个黄昏的时候，禄兴娘子披麻戴孝送着一个两人抬的黑棺材出门。她再三把脸贴在冰凉的棺材板上，用她披散的乱发揉擦着半干的封漆。她那柔驯的战抖的棕色大眼睛里面充满了眼泪；她低低地用打颤的声音说：

'先是……先是我那牛……我那会吃会做的壮牛……活活给牵走了……银簪子……陪嫁的九成银，亮晶晶的银簪子……接着是我的鸡……还有你……还有你也让人抬去了……'她哭得打噎——她觉得她一生中遇到的可恋的东西都长了翅膀，在凉润的晚风中渐渐飞去。

黄黄的月亮斜挂在烟囱口，被炊烟薰得迷迷濛濛，牵牛花在乱坟堆里张开粉紫的小喇叭，犬尾草簌簌地摇着栗色的穗子。展开在禄兴娘子前面的生命就是一个漫漫的长夜——缺少了吱吱咯咯的鸡声和禄兴的高大的在灯前晃来晃去的影子的晚上，该是多么寂寞的晚上呵！"

去年看了李世芳的《霸王别姬》，百感丛生，想把它写成一篇小说，可是因为从前已经写过一篇，当时认为动人的句子现在只觉得肉麻与憎恶；因为摆脱不开那点回忆，到底没有写成。那篇《霸王别姬》很少中国气味，近于现在流行的古装话剧。项羽是"江东叛军领袖"。虞姬是霸王身背后的一个苍白的忠心的女人。霸王果然一统天下，她即使做了贵妃，前途也未可乐观。现在，他是她的太阳，她是月亮，反射他的光。他若有了三宫六院，便有无数的流星飞入他们的天宇。因此她私下里是盼望这战一直打下去的。困在垓下的一天晚上，于巡营的时候，她听到敌方远远传来"哭长城"的楚国小调。她匆匆回到营帐里去报告霸王，但又不忍心唤醒他。"他是永远年轻的人们中的一个：虽然他那纷披在额前的乱发已经有几根灰白色，并且光阴的利刃已经在他坚凝的前额上划了几条深深的皱痕，他熟睡的脸依旧含着一个婴孩的坦白和固执。"

霸王听见了四面楚歌，知道刘邦已经尽得楚地了。"虞姬的心在绞痛，当她看见项王的倔强的嘴唇转成了白色。他的眼珠发出冷冷的玻璃一样的光辉。那双眼睛向前瞪着的神气是那样的可怕，使她忍不住用她宽大的袖子去掩住它。她能够觉得他的睫毛在她的掌心急促地翼翼扇动，她又觉得一串冰凉的泪珠从她的手心里一直滚到她的臂弯里。这是她第一次知道那英雄的叛徒也是会流泪的动物。

他甩掉她的手，拖着沉重的脚步，歪歪斜斜走回帐篷里。她跟了进来，看见他伛偻着腰坐在榻上，双手捧着头。蜡烛只点剩了拇指长的一截。残晓的清光已经透进了帷幔。

'给我点酒。'他抬起眼来说。

当他捏着满泛了琥珀的流光的酒盏在手里的时候，他把手撑在膝盖上，微笑看着她。

'虞姬，我们完了。看情形，我们是注定了要做被包围的困兽了，可是我们不要做被猎的，我们要做猎人。明天——啊，不，今天——今天是我们最后一次的行猎了。我要冲出一条血路，从汉军的军盔上面踏过去！哼，那刘邦，他以为我已经被他关在笼子里了吗？我至少还有一次畅快的围猎的机会，也许我的猎枪会刺穿他的心，像我刺穿一只贵重的紫貂一般。虞姬，披上你的波斯软甲，你得跟随我，直到最后一分钟。我们都要死在马背上。'"

虞姬不肯跟他去，怕分了他的心。他说："'噢，那你就留在后方，让汉军的士兵发现你，把你献给刘邦吧！'

虞姬微笑。她很迅速地把小刀抽出了鞘，只一刺，就深深地刺进了她的胸膛。

项羽冲过去托住她的腰，她的手还紧抓着那镶金的刀柄。项羽俯下他的含泪的火一般光明的大眼睛紧紧瞅着她。她张开她的眼，然后，仿佛受不住这样强烈的阳光似的，她又合上了它们。项羽把耳朵凑到她的颤动的唇边，他听见她在说一句他所不懂的话：

'我比较欢喜这样的收梢。'

等她的身体渐渐冷了之后，项王把她胸脯上的刀拔了出来，在他的军衣上揩抹掉血渍。然后，咬着牙，用一种沙嗄的野猪的吼声似的声音，他喊叫：

'军曹，军曹，吹起画角来！吩咐备马，我们要冲下山去！'"
末一幕太像好莱坞电影的作风了。

后来我到香港去读书，歇了三年光景没有用中文写东西。为了练习英文，连信也用英文写，我想这是很有益的约束。现在我又写了，无限制地写着。实在是应当停一停了，停个三年五载，再提起笔来的时候，也许得有寸进，也未可知。

*初载一九四四年三月上海《新东方》第九卷第三期，收入《流言》。

论写作

在中学读书的时候，先生向我们说："作文章，开头一定要好，起头起得好，方才能够抓住读者的注意力。结尾一定也要好，收得好，方才有回味。"我们大家点头领会。她继续说道："中间一定也要好——"还未说出所以然来，我们早已哄堂大笑。

然而今天，当我将一篇小说写完了，抄完了，看了又看，终于摇摇头撕毁了的时候，我想到那位教师的话，不由得悲从中来。

写作果然是一件苦事么？写作不过是发表意见，说话也同样是发表意见，不见得写文章就比说话难。古时候，纸张笔墨未经发明，名贵的纪录与训诲，用漆写在竹简上，手续极其累赘麻烦，人们难得有书面发表意见的机会，所以作风方面力求其简短含蓄，不许有一句废话。后来呢，有了纸，有了笔，可以一摇而就，废话就渐渐多了。到了现在，印刷事业发达，写文章更成了稀松平常的事，不必郑重出之。最近纸张缺乏，上海的情形又略有变化，执笔者不得不三思而后写了。

纸的问题不过是暂时的，基本问题还是：养成写作习惯的人，往往没有话找话说，而没有写作习惯的人，有话没处说。我并不是说有许多天才没没无闻地饿死在阁楼上。比较天才更为要紧的是普通人。一般的说来，活过半辈子的人，大都有一点真切的生活经验，一点独到的见解。他们从来没想到把它写下来，事过境迁，就此湮没了。也许是至理名言，也许仅仅是无足轻重的一句风趣的插诨，然而积少成多，究竟是我们文化遗产的一项损失。举个例子，我认识一位太太，是很平常的一位典型太太，她对于老年人的脱发有极其精微的观察。她说：中国老太太从前往往秃头，现在不秃了。老太爷则反是，从前不秃，现在常有秃的。外国老太太不秃而老太爷秃。为什么呢？研究之下，得到如此的结论：旧时代的中国女人梳着太紧的发髻，将头发痛苦地往后拉着，所以易秃。男子以前没有戴帽的习惯，现在的中国男子与西方人一般的长年离不开帽子，戴帽于头发的健康有碍，所以秃头的渐渐多了。然则外国女人也戴帽子，何以不秃呢？因为外国女人的帽子忽大忽小，忽而压在眉心，忽而钉在脑后，时时改变位置，所以不至于影响到头皮的青春活力。

诸如此类，有许多值得一记的话，若是职业文人所说，我就不敢公然剽窃了，可是像他们不靠这个吃饭的，说过就算了，我就像捡垃圾一般的捡了回来。

职业文人病在"自我表现"表现得过度，以至于无病呻吟，普通人则表现得不够，闷得慌。年纪轻的时候，倒是敢说话，可是没有人理睬他。到了中年，在社会上有了地位，说出话来有相当分量，谁都乐意听他的，可是正在努力的学做人，一味的唯唯否否，出言吐语，切忌生冷，总拣那烂熟的，人云亦云。等到年纪大了，退休之后，比较不负责任，可以言论自由了，不幸老年人总是唠叨的居多，听得人不耐烦，任是入情入理的话，也当做耳边风。这是人生一大悲剧。

真是缺乏听众的人，可以去教书，在讲堂上海阔天空，由你发挥，谁打呵欠，扣谁的分数——再痛快也没有了。不得已而求其次，惟有请人吃饭，那人家就不能不委曲一点，听你大展鸿论，推断世界大战何时结束，或是追叙你当年可歌可泣的初恋。

《笑林广记》里有一个人，专好替人写扇子。这一天，看见朋友手摇一把白摺扇，立刻夺过来要替他写。那朋友双膝跪下。他搀扶不迭道："写一把扇子并不费事，何必行此大礼？"朋友道："我不是求你写，我是求你别写。"

听说从前有些文人为人所忌，给他们钱叫他们别写，像我这样缺乏社会意识的，恐怕是享不到这种福了。

李笠翁在《闲情偶寄》里说："场中作文，有倒骗主司入彀之法。开卷之初，当有奇句夺目，使之一见而惊，不敢弃去，此一法也。终篇之际，当以媚语摄魂，使之执卷流连，若难遽别，此一法也。"又要惊人、炫人，又要哄人、媚人，稳住了人，似乎是近于妾妇之道。由这一点出发，我们可以讨论讨论作者与读者的关系。

西方有这么一句成语："诗人向他自己说话，被世人偷听了去。"诗人之写诗，纯粹出于自然，脑子里决不能有旁人的存在。可是一方面我们的学校教育却极力的警告我们，作文的时候最忌自说自话，时时刻刻都得顾及读者的反应。这样究竟较为安全，除非我们确实知道自己是例外的旷世奇才。

要迎合读者的心理，办法不外这两条：（一）说人家所要说的，（二）说人家所要听的。

说人家所要说的，是代群众诉冤出气，弄得好，不难一唱百和。可是一般舆论对于左翼文学有一点常表不满，那就是"诊脉不开方"。逼急了，开个方子，不外乎阶段斗争的大屠杀。现在的知识份子之谈意识形态，正如某一时期的士大夫谈禅一般，不一定懂，可是人人会说，说得多而且精采。女人很少有犯这毛病的，这可以说是"男人病"的一种，我在这里不打算多说了。

退一步想，专门描写生活困难罢。固然，大家都抱怨着这日子不容易过，可是你一味的说怎么苦怎么苦，还有更苦的人说："这算得了什么？"比较富裕的人也自感到不快，因为你堵住了他的嘴，使他无从诉苦了。

那么，说人家所要听的罢。大家愿意听些什么呢？越软性越好——换言之，越秽亵越好么？这是一个很普通的错误观念。我们拿《红楼梦》与《金瓶梅》来打比罢。抛开二者的文学价值不讲——大众的取舍并不是完全基于文学价值的——何以《红楼梦》比较通俗得多，只听见有熟读《红楼梦》的，而不大有熟读《金瓶梅》的？但看今日销路广的小说，家传户诵的也不是"香艳热情"的而是那温婉，感伤，小市民道德的爱情故事。所以秽亵不秽亵这一层倒是不成问题的。

低级趣味不得与色情趣味混作一谈，可是在广大的人群中，低级趣味的存在是不可否认的事实。文章是写给大家看的，单靠一两个知音，你看我的，我看你的，究竟不行。要争取众多的读者，就得注意到群众兴趣范围的限制。

作者们感到曲高和寡的苦闷，有意的去迎合低级趣味。存心迎合低级趣味的人，多半是自处甚高，不把读者看在眼里，这就种下了失败的根。既不相信他们那一套，又要利用他们那一套为号召，结果是有他们的浅薄而没有他们的真挚。读者们不是傻子，很快地就觉得了。

要低级趣味，非得从里面打出来。我们不必把人我之间划上这么清楚的界限。我们自己也喜欢看张恨水的小说，也喜欢听明皇的秘史。将自己归入读者群中去，自然知道他们所要的是什么。要什么，就给他们什么，此外再多给他们一点别的——作者有什么可给的，就拿出来，用不着扭捏地说："恐怕这不是一般人所能接受的罢？"那不过是推诿。作者可以尽量给他所能给的，读者尽量拿他所能拿的。

像《红楼梦》，大多数人于一生之中总看过好几遍。就我自己说，八岁的时候第一次读到，只看见一点热闹，以后每隔三四年读一次，逐渐得到人物故事的轮廓，风格，笔触，每次的印象各各不同。现在再看，只看见人与人之间感应的烦恼。——个人的欣赏能力有限，而《红楼梦》永远是"要一奉十"的。

"要一奉十"不过是一种理想，一种标准。我们还是实际化一点，谈谈写小说的甘苦罢。写小说，如果想引人哭，非得先把自己引哭了。若能够痛痛快快哭一场，倒又好了，无奈我所写的悲哀往往是属于"如匪浣衣"的一种。（拙作《倾城之恋》的背景即是取材于《柏舟》那首诗上的："……亦有兄弟，不可以据……忧心悄悄，愠于群小。觏闵既多，受侮不少。……日居月诸，胡迭而微？心之忧矣，如匪浣衣。静言思之，不能奋飞。""如匪浣衣"那一个譬喻，我尤其喜欢。堆在盆边的脏衣服的气味，恐怕不是男性读者们所能领略的罢？那种杂乱不洁的，壅塞的忧伤，江南的人有一句话可以形容："心里很'雾数'。""雾数"二字，国语里似乎没有相等的名词。）

是个故事，就得有点戏剧性。戏剧就是冲突，就是磨难，就是麻烦。就连 P.G.Wodehouse 那样的滑稽小说，也得把主人翁一步一步诱入烦恼丛中，愈陷愈深，然后再把他弄出来。快乐这东西是缺乏兴味的——尤其是他人的快乐，所以没有一出戏能够用快乐为题材。像《浮生六记》，《闺房记乐》与《闲情记趣》是根本不便搬上舞台的，无怪话剧里的拍台拍凳自怨自艾的沈三白有点失了真。

写小说，是为自己制造愁烦。我写小说，每一篇总是写到某一个地方便觉得不能写下去了。尤其使我痛苦的是最近做的《年轻的时候》，刚刚吃力地越过了阻碍，正可以顺流而下，放手写去，故事已经完了。这又是不由得我自己做主的。……人生恐怕就是这样的罢？生命即是麻烦，怕麻烦，不如死了好。麻烦刚刚完了，人也完了。

写这篇东西的动机本是发牢骚，中间还是兢兢业业的说了些玩话。一班文人何以甘心情愿守在"文字狱"里面呢？我想归根究底还是因为文字的韵味。譬如说，我们家里有一只旧式的朱漆皮箱，在箱盖里面我发现这样的几行字，印成方块形：

"高州钟同济　铺在粤东省城城隍庙左便旧仓巷开张自造家用皮箱衣包帽盒发客贵客光顾请认招牌为记主固不误光绪　十五年"

我立在凳子上，手撑着箱子盖看了两遍，因为喜欢的缘故，把它抄了下来。还有麻油店的横额大圆"自造小磨麻油卫生麻酱白花生酱提尖锡糖批发"。虽然是近代的通俗文字，和我们也像是隔了一层，略有点神秘。

然而我最喜欢的还是申曲里的几句套语：

"五更三点望晓星，文武百官上朝廷。东华龙门文官走，西华龙门武将行，文官执笔安天下，武将上马定乾坤……"

照例这是当朝宰相或是兵部尚书所唱，接着他自思自想，提起"老夫"私生活里的种种问题。若是夫人所唱，便接着"老身"的自叙。不论是"老夫"是"老身"，是"孤王"是"哀家"，他们具有同一种的宇宙观——多么天真纯洁的，光整的社会秩序："文官执笔安天下，武将上马定乾坤！"思之令人泪落。

一九四四年

＊初载一九四四年四月《杂志》第十三卷第一期，收入《张看》。

爱

这是真的。

有个村庄的小康之家的女孩子，生得美，有许多人来做媒，但都没有说成。那年她不过十五六岁罢，是春天的晚上，她立在后门口，手扶着桃树。她记得她穿的是一件月白的衫子。对门住的年轻人同她见过面，可是从来没有打过招呼的，他走了过来，离得不远，站定了，轻轻的说了一声："噢，你也在这里吗？"她没有说什么，他也没有再说什么，站了一会，各自走开了。

就这样就完了。

后来这女子被亲眷拐子，卖到他乡外县去作妾，又几次三番地被转卖，经过无数的惊险的风波，老了的时候她还记得从前那一回事，常常说起，在那春天的晚上，在后门口的桃树下，那年轻人。

于千万人之中遇见你所遇见的人，于千万年之中，时间的无涯的荒野里，没有早一步，也没有晚一步，刚巧赶上了，那也没有别的话可说，惟有轻轻的问一声："噢，你也在这里吗？"

* 初载一九四四年四月《杂志》第十三卷第一期，收入《流言》。

有女同车

　　这是句句真言，没有经过一点剪裁与润色，所以不能算小说。

　　电车这一头坐着两个洋装女子，大约是杂种人罢，不然就是葡萄牙人，像是洋行里的女打字员。说话的这一个偏于胖，腰间束着三寸宽的黑漆皮带，皮带下面有圆圆的肚子，细眉毛，肿眼泡，因为脸庞的上半部比较突出，上下截然分为两部。她道："……所以我就一个礼拜没同他说话。他说'哈啰'，我也说'哈啰'。"她冷冷地抬了抬眉毛，连带地把整个上半截脸往上托了一托。"你知道，我的脾气是倔强的。是我有理的时候，我总是倔强的。"

　　电车那一头也有个女人说到"他"，可是她的他不是恋人而是儿子，因为这是个老板娘模样的中年太太，梳个乌油油的髻，戴着时行的独粒头喷漆红耳环。听她说话的许是她的内侄。她说一句，他点一点头，表示领会，她也点一点头，表示语气的加重。她道："我要翻翻行头，伊弗拨我翻。难我讲我铜钿弗拨伊用哉！格日子拉电车浪，我教伊买票，伊哪哼话？……'侬拨我十块洋钿，我就搭侬买！'坏唦？……"这里的"伊"，仿佛是个不成材的丈夫，但是再听下去，原来是儿子。儿子终于做下了更荒唐的事，得罪了母亲："伊爸爸一定要伊跪下来，'跪呀，跪呀！'伊定规弗肯：'我做啥要跪啊？'一个末讲：'定规要侬跪。跪呀！跪呀！'难后来伊强弗过咧：'好格，好格，我跪！'我说：'我弗要伊跪。我弗要伊跪呀！'后来旁边人讲：价大格人，跪下来，阿要难为情，难末喊伊送杯茶，讲一声：'姆妈勿动气。'一杯茶送得来，我倒'叽'笑出来哉！"

电车上的女人使我悲怆。女人……女人一辈子讲的是男人，念的是男人，怨的是男人，永远永远。

* 初载一九四四年四月《杂志》第十三卷第一期，收入《流言》。

走！走到楼上去

　　我编了一出戏，里面有个人拖儿带女去投亲，和亲戚闹翻了，他愤然跳起来道："我受不了这个。走！我们走！"他的妻哀恳道："走到哪儿去呢？"他把妻儿聚在一起，道："走，走到楼上去！"——开饭的时候，一声呼唤，他们就会下来的。

　　中国人从《娜拉》一剧中学会了"出走"。无疑地，这潇洒苍凉的手势给予一般中国青年极深的印象。报上这一类的寻人广告是多得惊人："自汝于十二日晚九时不别而行，祖母卧床不起，母旧疾复发，阖家终日以泪洗面。见报速回。"一样是出走，怎样是走到风地里，接近日月山川，怎样是走到楼上去呢？根据一般的见解，也许做花瓶是上楼，做太太是上楼，做梦是上楼，改编美国的《蝴蝶梦》是上楼，抄书是上楼，收集古钱是上楼（收集现代货币大约就算下楼了），可也不能一概而论，事实的好处就在"例外"之丰富，几乎没有一个例子没有个别分析的必要。其实，即使不过是从后楼走到前楼，换一换空气，打开窗子来，另是一番风景，也不错。但是无论如何，这一点很值得思索一下。我喜欢我那出戏里这一段。

　　这出戏别的没有什么好处，但是很愉快，有悲哀，烦恼，吵嚷，但都是愉快的烦恼与吵嚷。还有一点：这至少是中国人的戏——而且是热热闹闹的普通人的戏。如果现在是在哪一家戏院里演着的话，我一定要想法子劝您去看的。可就是不知什么时候才演得成。现在就拟起广告来，未免太早了罢？到那一天——如果那一天的话——读者已经忘得干干净净，失去了广告的效力。

过阴历年之前就编起来了，拿去给柯灵先生看。结构太散漫了，末一幕完全不能用，真是感谢柯灵先生的指教，一次一次的改，现在我想是好得多了。但是编完了之后，又觉得茫然。据说现在闹着严重的剧本荒。也许的确是缺乏剧本——缺乏曹禺来不及写的剧本，无名者的作品恐怕还是多余的。我不相信这里有垄断的情形，但是多少有点壁垒森严。若叫我挟着原稿找到各大剧团的经理室里挨户兜售，未尝不是正当的办法，但听说这在中国是行不通的，非得有人从中介绍不可。我真不知道怎样进行才好。

先把剧本印出来，也是一个办法，或者可以引起他们的注意。可是，说句寒伧的话，如果有谁改编改得手滑，把我的戏也编了进去呢？这话似乎是小气得可笑，而且自以为"希奇弗煞"，然而以小人之心，度君子之腹，却也情有可原。一个人，恋恋于自己的字句与思想，不免流于悭吝，但也是常情罢！我还记得，第一次看见香港的海的时候，联想到明信片上一抹色的死蓝的海。后来在一本英文书上看见同样的譬喻，作者说：可以把婆罗洲的海剪下来当作明信片寄回家去，因为那蓝色蓝得如此的浓而呆。——发现自己所说的话早已让人说过了，说得比自己好呢，使人爽然若失，说得还不及自己呢，那更伤心了。

这是一层。况且，戏是给人演的，不是给人读的。写了戏，总希望做戏的一个个渡口生人气给它，让它活过来，在舞台上。人家总想着，写小说的人，编出戏来必定是能读不能演的。我应当怎样去克服这成见呢？

写文章是比较简单的事，思想通过铅字，直接与读者接触。编戏就不然了，内中牵涉到无数我所不明白的纷歧复杂的力量。得到了我所信任尊重的导演和演员，还有"天时，地利，人和"种种问题，不能想，越想心里越乱了。

沿街的房子，楼底下不免嘈杂一点。总不能为了这个躲上楼去罢？

　　* 初载一九四四年四月《杂志》第十三卷第一期，收入《流言》。

自己的文章

　　我虽然在写小说和散文，可是不大注意到理论。近来忽然觉得有些话要说，就写在下面。

　　我以为文学理论是出在文学作品之后的，过去如此，现在如此，将来恐怕还是如此。倘要提高作者的自觉，则从作品中汲取理论，而以之为作品的再生产的衡量，自然是有益处的。但在这样衡量之际，须得记住在文学的发展过程中作品与理论乃如马之两骖，或前或后，互相推进。理论并非高高坐在上面，手执鞭子的御者。

　　现在似乎是文学作品贫乏，理论也贫乏。我发现弄文学的人向来是注重人生飞扬的一面，而忽视人生安稳的一面。其实，后者正是前者的底子。又如，他们多是注重人生的斗争，而忽略和谐的一面。其实，人是为了要求和谐的一面才斗争的。

　　强调人生飞扬的一面，多少有点超人的气质。超人是生在一个时代里的。而人生安稳的一面则有着永恒的意味，虽然这种安稳常是不安全的，而且每隔多少时候就要破坏一次，但仍然是永恒的。它存在于一切时代。它是人的神性，也可以说是妇人性。

　　文学史上素朴地歌咏人生的安稳的作品很少，倒是强调人生的飞扬的作品多，但好的作品，还是在于它是以人生的安稳做底子来描写人生的飞扬的。没有这底子，飞扬只能是浮沫，许多强有力的作品只予人以兴奋，不能予人以启示，就是失败在不知道把握这底子。

斗争是动人的，因为它是强大的，而同时是酸楚的。斗争者失去了人生的和谐，寻求着新的和谐。倘使为斗争而斗争，便缺少回味，写了出来也不能成为好的作品。

我发觉许多作品里力的成分大于美的成分。力是快乐的，美却是悲哀的，两者不能独立存在。"死生契阔，与子成说；执子之手，与子偕老"是一首悲哀的诗，然而它的人生态度又是何等肯定。我不喜欢壮烈。我是喜欢悲壮，更喜欢苍凉。壮烈只有力，没有美，似乎缺少人性。悲壮则如大红大绿的配色，是一种强烈的对照。但它的刺激性还是大于启发性。苍凉之所以有更深长的回味，就因为它像葱绿配桃红，是一种参差的对照。

我喜欢参差的对照的写法，因为它是较近事实的。《倾城之恋》里，从腐旧的家庭里走出来的流苏，香港之战的洗礼并不曾将她感化成为革命女性；香港之战影响范柳原，使他转向平实的生活，终于结婚了，但结婚并不使他变为圣人，完全放弃往日的生活习惯与作风。因之柳原与流苏的结局，虽然多少是健康的，仍旧是庸俗；就事论事，他们也只能如此。

极端病态与极端觉悟的人究竟不多。时代是这么沉重，不容那么容易就大彻大悟。这些年来，人类到底也这么生活了下来，可见疯狂是疯狂，还是有分寸的。所以我的小说里，除了《金锁记》里的曹七巧，全是些不彻底的人物。他们不是英雄，他们可是这时代的广大的负荷者。因为他们虽然不彻底，但究竟是认真的。他们没有悲壮，只有苍凉。悲壮是一种完成，而苍凉则是一种启示。

我知道人们急于要求完成，不然就要求刺激来满足自己都好。他们对于仅仅是启示，似乎不耐烦。但我还是只能这样写。我以为这样写是更真实的。我知道我的作品里缺少力，但既然是个写小说的，就只能尽量表现小说里人物的力，不能代替他们创造出力来。而且我相信，他们虽然不过是软弱的凡人，不及英雄的有力，但正是这些凡人比英雄更能代表这时代的总量。

这时代，旧的东西在崩坏，新的在滋长中。但在时代的高潮来到之前，斩钉截铁的事物不过是例外。人们只是感觉日常的一切都有点儿不对，不对到恐怖的程度。人是生活于一个时代里的，可是这时代却在影子似地沉没下去，人觉得自己是被抛弃了。为要证实自己的存在，抓住一点真实的，最基本的东西，不能不求助于古老的记忆，人类在一切时代之中生活过的记忆，这比瞭望将来要更明晰、亲切。于是他对于周围的现实发生了一种奇异的感觉，疑心这是个荒唐的，古代的世界，阴暗而明亮的。回忆与现实之间时时发现尴尬的不和谐，因而产生了郑重而轻微的骚动，认真而未有名目的斗争。

Michelangelo 的一个未完工的石像，题名《黎明》的，只是一个粗糙的人形，面目都不清楚，却正是大气磅礴的，象征一个将要到的新时代。倘若现在也有那样的作品，自然是使人神往的，可是没有，也不能有，因为人们还不能挣脱时代的梦魇。

我写作的题材便是这么一个时代，我以为用参差的对照的手法是比较适宜的。我用这手法描写人类在一切时代之中生活下来的记忆。而以此给予周围的现实一个启示。我存着这个心，可不知道做得好做不好。一般所说"时代的纪念碑"那样的作品，我是写不出来的，也不打算尝试，因为现在似乎还没有这样集中的客观题材。我甚至只是写些男女间的小事情，我的作品里没有战争，也没有革命。我以为人在恋爱的时候，是比在战争或革命的时候更素朴，也更放恣的。战争与革命，由于事件本身的性质，往往要求才智比要求感情的支持更迫切。而描写战争与革命的作品也往往失败在技术的成分大于艺术的成分。和恋爱的放恣相比，战争是被驱使的，而革命则有时候多少有点强迫自己。真的革命与革命的战争，在情调上我想应当和恋爱是近亲，和恋爱一样是放恣的渗透于人生的全面，而对于自己是和谐。

我喜欢素朴，可是我只能从描写现代人的机智与装饰中去衬出人生的素朴的底子。因此我的文章容易被人看做过于华靡。但我以为用《旧约》那样单纯的写法是做不通的，托尔斯泰晚年就是被这个牺牲了。我也并不赞成唯美派。但我以为唯美派的缺点不在于它的美，而在于它的美没有底子。溪涧之水的浪花是轻佻的，但倘是海水，则看来虽似一般的微波粼粼，也仍然饱蓄着洪涛大浪的气象的。美的东西不一定伟大，但伟大的东西总是美的。只是我不把虚伪与真实写成强烈的对照，却是用参差的对照的手法写出现代人的虚伪之中有真实，浮华之中有素朴，因此容易被人看做我是有所耽溺，流连忘返了。虽然如此，我还是保持我的作风，只是自己惭愧写得不到家。而我也不过是一个文学的习作者。

我的作品，旧派的人看了觉得还轻松，可是嫌它不够舒服。新派的人看了觉得还有些意思，可是嫌它不够严肃。但我只能做到这样，而且自信也并非折衷派。我只求自己能够写得真实些。

还有，因为我用的是参差的对照的写法，不喜欢采取善与恶，灵与肉的斩钉截铁的冲突那种古典的写法，所以我的作品有时候主题欠分明。但我以为，文学的主题论或者是可以改进一下。写小说应当是个故事，让故事自身去说明，比拟定了主题去编故事要好些。许多留到现在的伟大作品，原来的主题往往不再被读者注意，因为事过境迁之后，原来的主题早已不使我们感觉兴趣，倒是随时从故事本身发见了新的启示，使那作品成为永生的。就说《战争与和平》罢，托尔斯泰原来是想归结到当时流行的一种宗教团体的人生态度的，结果却是故事自身的展开战胜了预定的主题。这作品修改七次之多，每次修改都使预定的主题受到了惩罚。终于剩下来的主题只占插话的地位，而且是全书中安放得最不舒服的部份，但也没有新的主题去代替它。因此写成之后，托尔斯泰自己还觉得若有所失。和《复活》比较，《战争与和平》的主题果然是很模糊的，但后者仍然是更伟大的作品。至今我们读它，依然一寸寸都是活的。现代文学作品和过去不同的地方，似乎也就在这一点上，不再那么强调主题，却是让故事自身给它所能给的，而让读者取得他所能取得的。

《连环套》就是这样子写下来的，现在也还在继续写下去。在那作品里，欠注意到主题是真，但我希望这故事本身有人喜欢。我的本意很简单：既然有这样的事情，我就来描写它。现代人多是疲倦的，现代婚姻制度又是不合理的。所以有沉默的夫妻关系，有怕致负责，但求轻松一下的高等调情，有回复到动物的性欲的嫖妓——但仍然是动物式的人，不是动物，所以比动物更为可怖。还有便是姘居，姘居不像夫妻关系的郑重，但比高等调情更负责任，比嫖妓又是更人性的。走极端的人究竟不多，所以姘居在今日成了很普遍的现象。营姘居生活的男人的社会地位，大概是中等或中等以下，倒是勤勤俭俭在过日子的。他们不敢大放肆，却也不那么拘谨得无聊。他们需要活泼的，着实的男女关系，这正是和他们其他方面生活的活泼而着实相适应的。他们需要有女人替他们照顾家庭，所以，他们对于女人倒也并不那么病态。《连环套》里的雅赫雅不过是个中等的绸缎店主，得自己上柜台去的。如果霓喜能够同他相安无事，不难一直相安下去，白头偕老也无不可。他们同居生活的失败是由于霓喜本身性格上的缺陷。她的第二个男人窦尧芳是个规模较好的药材店主，也还是没有大资本家的气派的。和霓喜姘居过的小官吏，也不过仅仅沾着点官气而已。他们对霓喜并没有任何特殊心理，相互之间还是人与人的关系，有着某种真情，原是不足为异的。

姘居的女人呢，她们的原来地位总比男人还要低些，但多是些有着泼辣的生命力的。她们对男人具有一种魅惑力，但那是健康的女人的魅惑力。因为倘使过于病态，便不合那些男人的需要。她们也操作，也吃醋争风打架，可以很野蛮，但不歇斯底里。她们只有一宗不足处：就是她们的地位始终是不确定的。疑忌与自危使她们渐渐变成自私者。

这种姘居生活中国比外国更多，但还没有人认真拿它写过，鸳鸯蝴蝶派文人看看他们不够才子佳人的多情，新式文人又嫌他们既不像爱，又不像嫖，不够健康，又不够病态，缺乏主题的明朗性。

霓喜的故事，使我感动的是霓喜对于物质生活的单纯的爱，而这物质生活却需要随时下死劲去抓住。她要男性的爱，同时也要安全，可是不能兼顾，每致人财两空。结果她觉得什么都靠不住，还是投资在儿女身上，囤积了一点人力——最无人道的囤积。

霓喜并非没有感情的，对于这个世界她要爱而爱不进去。但她并非完全没有得到爱，不过只是撷食人家的残羹冷炙，如杜甫诗里说："残羹与冷炙，到处潜酸辛。"但她究竟是个健康的女人，不至于沦为乞儿相。她倒像是在贪婪地嚼着大量的榨过油的豆饼，虽然依恃着她的体质，而豆饼里也多少有着滋养，但终于不免吃伤了脾胃。而且，人吃畜生的饲料，到底是悲怆的。

至于《连环套》里有许多地方袭用旧小说的词句——五十年前的广东人与外国人，语气像《金瓶梅》中的人物；赛珍珠小说中的中国人，说话带有英国旧文学气息，同属迁就的借用，原是不足为训的。我当初的用意是这样：写上海人心目中的浪漫气氛的香港，已经隔有相当的距离；五十年前的香港，更多了一重时间上的距离，因此特地采用一种过了时的辞汇来代表这双重距离。有时候未免刻意做作，所以有些过份了。我想将来是可以改掉一点的。

＊初载一九四四年五月《新东方》第四期、第五期合刊，收入《流言》。

夜营的喇叭

晚上十点钟,我在灯下看书,离家不远的军营里的喇叭吹起了熟悉的调子。几个简单的音阶,缓缓的上去又下来,在这鼎沸的大城市里难得有这样的简单的心。

我说:"又吹喇叭了。姑姑可听见?"我姑姑说:"没留心。"我怕听每天晚上的喇叭,因为只有我一个人听见。

我说:"啊,又吹起来了。"可是这一次不知为什么,声音极低,绝细的一丝,几次断了又连上。这一次我也不问我姑姑听得见听不见了。我疑心根本没有什么喇叭,只是我自己听觉上的回忆罢了。于凄凉之外还感到恐惧。

可是这时候,外面有人响亮地吹起口哨,信手拾起了喇叭的调子。我突然站起身来,充满喜悦与同情,奔到窗口去,但也并不想知道那是谁,是公寓楼上或是楼下的住客,还是街上过路的。

*初载一九四四年五月五日上海《新中国报·学艺》,收入《流言》。

童言无忌

　　从前人家过年，墙上贴着"抬头见喜"与"童言无忌"的红纸条子。这里我用"童言无忌"来做题目，并没有什么犯忌讳的话，急欲一吐为快，不过打算说说自己的事罢了。小学生下学回来，兴奋地叙述他的见闻，先生如何偏心，王德保如何迟到，和他合坐一张板凳的同学如何被扣一分因为不整洁，说个无了无休，大人虽懒于搭碴，也由着他说。我小时候大约感到了这种现象之悲哀，从此对于自说自话有了一种禁忌。直到现在，和人谈话，如果是人家说我听，我总是愉快的。如果是我说人家听，那我过后思量，总觉十分不安，怕人家嫌烦了。当真憋了一肚子的话没处说，惟有一个办法，走出去干点惊天动地的大事业，然后写本自传，不怕没人理会。这原是幼稚的梦想，现在渐渐知道了，要做个举世瞩目的大人物，写个人手一册的自传，希望是很渺茫，还是随时随地把自己的事写点出来，免得压抑过甚，到年老的时候，一发不可复制，一定比谁都唠叨。

　　然而通篇"我我我"的身边文学是要挨骂的。最近我在一本英文书上看到两句话，借来骂那种对于自己过份感到兴趣的作家，倒是非常切当："他们花费一辈子的时间瞪眼看自己的肚脐，并且想法子寻找，可有其他的人也感到兴趣的，叫人家也来瞪眼看。"
我这算不算肚脐眼展览，我有点疑心，但也还是写了。

钱

不知道"抓周"这风俗是否普及各地。我周岁的时候循例在一只漆盘里拣选一件东西，以卜将来志向所趋。我拿的是钱——好像是个小金镑罢。我姑姑记得是如此，还有一个女佣坚持说我拿的是笔，不知哪一说比较可靠。但是无论如何，从小似乎我就很喜欢钱。我母亲非常诧异地发现这一层，一来就摇头道："他们这一代的人……"我母亲是个清高的人，有钱的时候固然绝口不提钱，即至后来为钱逼迫得很厉害的时候也还把钱看得很轻。这种一尘不染的态度很引起我的反感，激我走到对面去。因此，一学会了"拜金主义"这名词，我就坚持我是拜金主义者。

我喜欢钱，因为我没吃过钱的苦——小苦虽然经验到一些，和人家真吃过苦的比起来实在不算什么——不知道钱的坏处，只知道钱的好处。

在家里过活的时候，衣食无忧，学费，医药费，娱乐费，全用不着操心，可是自己手里从来没有钱。因为怕小孩买零嘴吃，我们的压岁钱总是放在枕头底下过了年便缴还给父亲的，我们也从来没有想到反抗。直到十六七岁我没有单独到店里买过东西，没有习惯，也就没有欲望。

看了电影出来，像巡捕房招领的孩子一般，立在街沿上，等候家里的汽车夫把我认回去（我没法子找他，因为老是记不得家里汽车的号码），这是我回忆中唯一的豪华的感觉。

生平第一次赚钱，是在中学时代，画了一张漫画投到英文大美晚报上，报馆里给了我五块钱，我立刻去买了一支小号的丹琪唇膏。我母亲怪我不把那张钞票留着做个纪念，可是我不像她那么富于情感。对于我，钱就是钱，可以买到各种我所要的东西。

有些东西我觉得是应当为我所有的，因为我较别人更会享受它，因为它给我无比的喜悦。眠思梦想地计画着一件衣裳，临到买的时候还得再三考虑着，那考虑的过程，于痛苦中也有着喜悦。钱太多了，就用不着考虑了；完全没有钱，也用不着考虑了。我这种拘拘束束的苦乐是属于小资产阶级的。每一次看到"小市民"的字样我就局促地想到自己，仿佛胸前佩着这样的红绸字条。

这一年来我是个自食其力的小市民。关于职业女性，苏青说过这样的话："我自己看看，房间里每一样东西，连一粒钉，也是我自己买的。可是，这又有什么快乐可言呢？"这是至理名言，多回味几遍，方才觉得其中的苍凉。

又听见一位女士挺着胸脯子说："我从十七岁起养活我自己，到今年三十一岁，没用过一个男人的钱。"仿佛是很值得自傲的，然而也近于负气罢？

到现在为止，我还是充分享受着自给的快乐的，也许因为这于我还是新鲜的事，我不能够忘记小时候怎样向父亲要钱去付钢琴教师的薪水。我立在烟铺跟前，许久，许久，得不到回答。后来我离开了父亲，跟着母亲住了。问母亲要钱，起初是亲切有味的事，因为我一直是用一种罗曼蒂克的爱来爱着我母亲的。她是个美丽敏感的女人，而且我很少机会和她接触，我四岁的时候她就出洋去了，几次回来了又走了。在孩子的眼里她是辽远而神秘的。有两趟她领我出去，穿过马路的时候，偶尔拉住我的手，便觉得一种生疏的刺激性。可是后来，在她的窘境中三天两天伸手问她拿钱，为她的脾气磨难着，为自己的忘恩负义磨难着，那些琐屑的难堪，一点点的毁了我的爱。

能够爱一个人爱到问他拿零用钱的程度，那是严格的试验。

苦虽苦一点，我喜欢我的职业。"学成文武艺，卖与帝王家"，从前的文人是靠着统治阶级吃饭的，现在情形略有不同，我很高兴我的衣食父母不是"帝王家"而是买杂志的大众。不是拍大众的马屁的话——大众实在是最可爱的雇主，不那么反覆无常，"天威莫测"，不搭架子，真心待人，为了你的一点好处会记得你到五年十年之久。而且大众是抽象的。如果必须要一个主人的话，当然情愿要一个抽象的。

赚的钱虽不够用，我也还囤了点货，去年听见一个朋友预言说：近年来老是没有销路的乔琪绒，不久一定要入时了，因为今日的上海，女人的时装翻不出什么新花样来，势必向五年前的回忆里去寻找灵感。于是我省下几百元来买了一件乔琪绒衣料。囤到现在，在市面上看见有乔琪绒出现了，把它送到寄售店里去，却又希望卖不掉，可以自己留下它。

就是这样充满了矛盾，上街买菜去，大约是带有一种落难公子的浪漫的态度罢？然而最近，一个卖菜的老头秤了菜装进我的网袋的时候，把网袋的绊子衔在嘴里衔了一会儿。我拎着那湿濡的绊子，并没有什么异样的感觉。自己发现与前不同的地方，心里很高兴——好像是一点踏实的进步，也说不出是为什么。

穿

张恨水的理想可以代表一般人的理想。他喜欢一个女人清清爽爽穿件蓝布罩衫，于罩衫下微微露出红绸旗袍，天真老实之中带点诱惑性，我没有资格进他的小说，也没有这志愿。

因为我母亲爱做衣服，我父亲曾经咕噜过："一个人又不是衣裳架子！"我最初的回忆之一是我母亲立在镜子跟前，在绿短袄上别上翡翠胸针，我在旁边仰脸看着，羡慕万分，自己简直等不及长大。我说过："八岁我要梳爱司头，十岁我要穿高跟鞋，十六岁我可以吃粽子汤团，吃一切难于消化的东西。"越是性急，越觉得日子太长。童年的一天一天，温暖而迟慢，正像老棉鞋里面，粉红绒里子上晒着的阳光。

有时候又嫌日子过得太快了，突然长高了一大截子，新做的外国衣服，葱绿织锦的，一次也没有上身，已经不能穿了。以后一想到那件衣服便伤心，认为是终生的遗憾。

有一个时期在继母治下生活着，拣她穿剩的衣服穿，永远不能忘记一件黯红的薄棉袍，碎牛肉的颜色，穿不完地穿着，就像浑身都生了冻疮；冬天已经过去了，还留着冻疮的疤——是那样的憎恶与羞耻。一大半是因为自惭形秽，中学生活是不愉快的，也很少交朋友。

中学毕业后跟着母亲过。我母亲提出了很公允的办法，如果要早早嫁人的话，那就不必读书了，用学费来装扮自己；要继续读书，就没有余钱兼顾到衣装上。我到香港去读大学，后来得了两个奖学金，为我母亲省下了一点钱，觉得我可以放肆一下了，就随心所欲做了些衣服，至今也还沉溺其中。

色泽的调和，中国人新从西洋学到了"对照"与"和谐"两条规矩——用粗浅的看法，对照便是红与绿，和谐便是绿与绿。殊不知两种不同的绿，其冲突倾轧是非常显著的；两种绿越是只推扳一点点，看了越使人不安。红绿对照，有一种可喜的刺激性。可是太直率的对照，大红大绿，就像圣诞树似的，缺少回味。中国人从前也注重明朗的对照。有两句儿歌："红配绿，看不足；红配紫，一泡屎。"《金瓶梅》里，家人媳妇宋蕙莲穿着大红袄，借了条紫裙子穿着；西门庆看着不顺眼，开箱子找了一匹蓝绸与她做裙子。

现代的中国人往往说从前的人不懂得配颜色。古人的对照不是绝对的，而是参差的对照，譬如说：宝蓝配苹果绿，松花色配大红，葱绿配桃红。我们已经忘记了从前所知道的。

过去的那种婉妙复杂的调和，惟有在日本衣料里可以找到。所以我喜欢到虹口去买东西，就可惜他们的衣料都像古画似的卷成圆柱形，不能随便参观，非得让店伙一卷一卷慢慢的打开来。把整个的店铺搅得稀乱而结果什么都不买，是很难为情的事。

和服的裁制极其繁复，衣料上宽绰些的图案往往被埋没了，倒是做了线条简单的中国旗袍，予人的印象较为明晰。

日本花布，一件就是一幅图画。买回家来，没交给裁缝之前我常常几次三番拿出来赏鉴；棕榈树的叶子半掩着缅甸的小庙，雨纷纷的，在红棕色的热带；初夏的池塘，水上结了一层绿膜，飘着浮萍和断梗的紫的白的丁香，仿佛应当填入《哀江南》的小令里；还有一件，题材是"雨中花"，白底子上，阴戚的紫色的大花，水滴滴的。

看到了而没买成的我也记得。有一种橄榄绿的暗色绸，上面掠过大的黑影，满蓄着风雷。还有一种丝质的日本料子，淡湖色，闪着木纹，水纹：每隔一段路，水上飘着两朵茶碗大的梅花，铁画银钩，像中世纪礼拜堂里的五彩玻璃窗画，红玻璃上嵌着沉重的铁质沿边。

市面上最普遍的是各种叫不出名字来的颜色，青不青，灰不灰，黄不黄，只能做背景的，那都是中立色，又叫保护色，又叫文明色，又叫混合色。混合色里面也有秘艳可爱的，照在身上像另一个宇宙里的太阳。但是我总觉得还不够，还不够，像 Van Gogh 画图，画到法国南部烈日下的向日葵，总嫌着色不够强烈，把颜色大量地堆上去，高高凸了起来，油画变了浮雕。

对于不会说话的人，衣服是一种言语，随身带着的一种袖珍戏剧。这样地生活在自制的戏剧气氛里，岂不是成了"套中人"了么！（契诃夫的"套中人"，永远穿着雨衣，打着伞，严严地遮住他自己，连他的表也有表袋，什么都有个套子。）

生活的戏剧化是不健康的。像我们这样生长在都市文化中的人，总是先看见海的图画，后看见海；先读到爱情小说，后知道爱；我们对于生活的体验往往是第二轮的，借助于人为的戏剧，因此在生活与生活的戏剧化之间很难划界。

有天晚上，在月亮底下，我和一个同学在宿舍的走廊上散步，我十二岁，她比我大几岁。她说："我是同你很好的，可是不知道你怎么样。"因为有月亮，因为我生来是一个写小说的人。我郑重地低低说道："我是……除了我的母亲，就只有你了。"她当时很感动，连我也被自己感动了。

还有一件事也使我不安，那更早了，我五岁，我母亲那时候不在中国。我父亲的姨太太是一个年纪比他大的妓女，名唤老八，苍白的瓜子脸，垂着长长的前刘海，她替我做了顶时髦的雪青丝绒的短袄长裙，向我说："看我待你多好！你母亲给你们做衣服，总是拿旧的东拼西改，哪儿舍得用整幅的丝绒？你喜欢我还是你母亲？"我说："喜欢你。"因为这次并没有说谎，想起来更觉耿耿于心了。

吃

小时候常常梦见吃云片糕，吃着吃着，薄薄的糕变成了纸，除了涩，还感到一种难堪的怅惘。

一直喜欢吃牛奶的泡沫，喝牛奶的时候设法先把碗边的小白珠子吞下去。

《红楼梦》上，贾母问薛宝钗爱听何戏，爱吃何物。宝钗深知老年人喜看热闹戏文，爱吃甜烂之物，便都拣贾母喜欢的说了。我和老年人一样的爱吃甜的烂的。一切脆薄爽口的，如腌菜，酱萝卜，蛤蟆酥，都不喜欢，瓜子也不会嗑，细致些的菜如鱼虾完全不会吃，是一个最安分的"肉食者"。

上海所谓"牛肉庄"是可爱的地方，雪白干净，磁砖墙上丁字式贴着"汤肉×× 元，腓利 ×× 元"的深桃红纸条。屋顶上，球形的大白灯上罩着防空的黑布套，衬着大红里子，明朗得很。白外套的伙计们个个都是红润肥胖，笑嘻嘻的，一只脚踏着板凳，立着看小报。他们的茄子特别大，他们的洋葱特别香，他们的猪特别的该杀。门口停着塌车，运了两口猪进来，齐齐整整，尚未开剥，嘴尖有些血渍，肚腹掀开一线，露出大红里子。不知道为什么，看了绝无丝毫不愉快的感觉，一切都是再应当也没有，再合法，再合适也没有。我很愿意在牛肉庄上找个事，坐在计算机前面专管收钱。那里是空气清新的精神疗养院。凡事想得太多了是不行的。

上大人

坐在电车上，抬头看面前立着的人，尽多相貌堂堂，一表非俗的，可是鼻孔里很少是干净的，所以有这句话："没有谁能够在他的底下人跟前充英雄。"

弟弟

我弟弟生得很美而我一点也不。从小我们家里谁都惋惜着，因为那样的小嘴、大眼睛与长睫毛，生在男孩子的脸上，简直是白糟蹋了。长辈就爱问他："你把眼睫毛借给我好不好？明天就还你。"然而他总是一口回绝了。有一次，大家说起某人的太太真漂亮，他问道："有我好看么？"大家常常取笑他的虚荣心。

他妒忌我画的图，趁没人的时候拿来撕了或是涂上两道黑杠子。我能够想像他心理上感受的压迫。我比他大一岁，比他会说话，比他身体好，我能吃的他不能吃，我能做的他不能做。

一同玩的时候，总是我出主意。我们是"金家庄"上能征惯战的两员骁将，我叫月红，他叫杏红，我使一口宝剑，他使两只铜锤，还有许许多多虚拟的伙伴。开幕的时候永远是黄昏，金大妈在公众的厨房里咚咚切菜，大家饱餐战饭，趁着月色翻过山头去攻打蛮人。路人偶尔杀两头老虎，劫得老虎蛋，那是巴斗大的锦毛毯，剖开来像白煮鸡蛋，可是蛋黄是圆的。我弟弟常常不听我的调派，因而争吵起来。他是"既不能令，又不受令"的，然而他实在是秀美可爱，有时候我也让他编个故事：一个旅行的人为老虎追赶着，赶着，赶着，泼风似的跑，后头呜呜赶着……没等他说完，我已经笑倒了，在他腮上吻一下，把他当个小玩意。

有了后母之后，我住读的时候多，难得回家，也不知道我弟弟过的是何等样的生活。有一次放假，看见他，吃了一惊。他变得高而瘦，穿一件不甚干净的蓝布罩衫，租了许多连环图画来看。我自己那时候正在读穆时英的《南北极》与巴金的《灭亡》，认为他的口味大有纠正的必要，然而他只晃一晃就不见了。大家纷纷告诉我他的劣迹，逃学，忤逆，没志气。我比谁都气愤，附和着众人，如此激烈地诋毁他，他们反而倒过来劝我了。

后来，在饭桌上，为了一点小事，我父亲打了他一个嘴巴子。我大大地一震，把饭碗挡住了脸，眼泪往下直淌。我后母笑了起来道："咦，你哭什么？又不是说你！你瞧，他没哭，你倒哭了！"我丢下了碗冲到隔壁的浴室里去，闩上了门，无声地抽噎着，我立在镜子前面，看我自己的掣动的脸，看着眼泪滔滔流下来，像电影里的特写。我咬着牙说："我要报仇。有一天我要报仇。"

浴室的玻璃窗临着阳台，啪的一声，一只皮球蹦到玻璃上，又弹回去了。我弟弟在阳台上踢球。他已经忘了那回事了。这一类的事，他是惯了的。我没有再哭，只感到一阵寒冷的悲哀。

* 初载一九四四年五月《天地》第七期、第八期合刊，收入《流言》。

造人

我一向是对于年纪大一点的人感到亲切，对于和自己差不多岁数的人稍微有点看不起，对于小孩则是尊重与恐惧，完全敬而远之。倒不是因为"后生可畏"。多半他们长大成人之后也都是很平凡的，还不如我们这一代也说不定。

小孩是从生命的泉源里分出来的一点新的力量，所以可敬，可怖。

小孩不像我们想像的那么糊涂。父母大都不懂得子女，而子女往往看穿了父母的为人。我记得很清楚，小时候怎样渴望把我所知道的全部吐露出来，把长辈们大大的吓唬一下。

青年的特点是善忘，才过了儿童时代便把儿童心理忘得干干净净，直到老年，又渐渐和儿童接近起来，中间隔了一个时期，俗障最深，与孩子们完全失去接触——刚巧这便是生孩子的时候。

无怪生孩子的可以生了又生。他们把小孩看做有趣的小傻子，可笑又可爱的累赘。他们不觉得孩子的眼睛的可怕——那么认真的眼睛，像末日审判的时候，天使的眼睛。

凭空制造出这样一双眼睛，这样的有评判力的脑子，这样的身体，知道最细致的痛苦也知道快乐，凭空制造了一个人，然后半饥半饱半明半昧地养大他……造人是危险的工作。做父母的不是上帝而被迫处于神的地位。即使你慎重从事，生孩子以前把一切都给他筹备好了，还保不定他会成为何等样的人物。若是他还没下地之前，一切的环境就是于他不利的，那他是绝少成功的机会——注定了。

当然哪，环境越艰难，越显出父母之爱的伟大。父母子女之间，处处需要牺牲，因而养成了克己的美德。

自我牺牲的母爱是美德，可是这种美德是我们的兽祖先遗传下来的，我们的家畜也同样具有的——我们似乎不能引以自傲。本能的仁爱只是兽性的善。人之所以异于禽兽者并不在此。人之所以为人，全在乎高一等的知觉，高一等的理解力。此种论调或者会被认为过于理智化，过于冷淡，总之，缺乏"人性"——其实倒是比较"人性"的，因为是对于兽性的善的标准表示不满。

兽类有天生的慈爱，也有天生的残酷，于是在血肉淋漓的生存竞争中一代一代活了下来。"自然"这东西是神秘伟大不可思议的，但是我们不能"止于自然"。自然的作风是惊人的浪费——一条鱼产下几百万鱼子，被其他的水族吞噬之下，单剩下不多的几个侥幸孵成小鱼。为什么我们也要这样地浪费我们的骨血呢？文明人是相当值钱的动物，喂养，教养，在在需要巨大的耗费。我们的精力有限，在世的时间也有限，可做，该做的事又有那么多——凭什么我们要大量制造一批迟早要被淘汰的废物？

我们的天性是要人种滋长繁殖，多多的生，生了又生。我们自己是要死的，可是我们的种子遍布于大地。然而，是什么样的不幸的种子，仇恨的种子！

* 初载一九四四年五月《天地》第七期、第八期合刊，收入《流言》。

110

打人

　　在外滩看见一个警察打人，没有缘故，只是一时兴起，挨打的是个十五六岁的穿得相当干净的孩子，棉袄棉裤，腰间系带。警察用的鞭,没看仔细,好像就是警棍头上的绳圈。"呜！"抽下去，一下又一下，把孩子逼在墙跟。孩子很可以跑而不跑，仰头望着他，皱着脸，眯着眼，就像乡下人在田野的太阳里睁不开眼睛的样子，仿佛还带着点笑。事情来得太突兀了，缺乏舞台经验的人往往来不及调整面部表情。

　　我向来很少有正义感。我不愿看见什么，就有本事看不见。然而这一回，我忍不住屡屡回过头去望，气塞胸膛，打一下，就觉得我的心收缩一下。打完之后，警察朝这边踱了过来，我恶狠狠钉住他看，恨不得眼睛里飞出小刀子，很希望我能够表达出充分的鄙夷与愤怒，对于一个麻疯病患者的憎怖。然而他只觉得有人在注意他，得意洋洋紧了一紧腰间的皮带。他是个长脸大嘴的北方人，生得不难看。

　　他走到公众厕所的门前，顺手揪过一个穿长袍而带寒酸相的，并不立即动手打，只定睛看他，一手按着棍子。那人于张皇气恼之中还想讲笑话，问道："阿是为仔我要登坑老？"

大约因为我的思想没受过训练之故，这时候我并不想起阶级革命，一气之下，只想去做官，或是做主席夫人，可以走上前给那警察两个耳刮子。

在民初李涵秋的小说里，这时候就应当跳出一个仗义的西洋传教师，或是保安局长的姨太太（女主角的手帕交，男主角的旧情人）。偶尔天真一下还不要紧，那样有系统地天真下去，到底不大好。

＊初载一九四四年六月《天地》第九期，收入《流言》。

私语

"夜深闻私语,月落如金盆。"那时候所说的,不是心腹话也是心腹话了罢?我不预备装模作样把我这里所要说的话当做郑重的秘密,但是这篇文章因为是被编辑先生催逼着,仓促中写就的,所以有些急不择言了,所写的都是不必去想它,永远在那里的,可以说是下意识的一部份背景。就当它是在一个"月落如金盆"的夜晚,有人喊喊切切絮絮叨叨告诉你听的罢!

今天早上房东派了人来测量公寓里热水汀管子的长度,大约是想拆下来去卖。我姑姑不由得感慨系之,说现在的人起的都是下流的念头,只顾一时,这就是乱世。

乱世的人,得过且过,没有真的家。然而我对于我姑姑的家却有一种天长地久的感觉。我姑姑与我母亲同住多年,虽搬过几次家,而且这些时我母亲不在上海,单剩下我姑姑,她的家对于我一直是一个精致完全的体系,无论如何不能让它稍有毁损。前天我打碎了桌面上的一块玻璃,照样赔一块要六百元,而我这两天刚巧破产,但还是急急的把木匠找了来。

近来不知为什么特别有打破东西的倾向。(杯盘碗匙向来不算数,偶尔我姑姑砸了个茶杯,我总是很高兴地说:"轮到姑姑砸了！"）上次急于到阳台上收衣裳，推玻璃门推不开，把膝盖在门上一抵，豁朗一声，一块玻璃粉粉碎了，膝盖上只擦破一点皮，可是流下血来，直溅到脚面上，擦上红药水，红药水循着血痕一路流下去，仿佛吃了大刀王五的一刀似的。给我姑姑看，她弯下腰去，匆匆一瞥，知道不致命，就关切地问起玻璃，我又去配了一块。

因为现在的家于它的本身是细密完全的，而我只是在里面撞来撞去打碎东西，而真的家应当是合身的，随着我生长的，我想起我从前的家了。

第一个家在天津。我是生在上海的，两岁的时候搬到北方去。北京也去过，只记得被佣人抱来抱去，用手去揪她颈项上松软的皮——她年纪逐渐大起来，颈上的皮逐渐下垂；探手到她颔下渐渐有不同的感觉了。小时候我脾气很坏，不耐烦起来便抓得她满脸的血痕。她姓何，叫"何干"。不知是哪里的方言，我们称老妈子为什么干什么干。何干很像现在时髦的笔名："何若"，"何之"，"何心"。

有一本萧伯纳的戏：《心碎的屋》，是我父亲当初买的。空白上留有他的英文题识：

"天津，华北。

一九二六。三十二号路六十一号。

提摩太·C·张。"

我向来觉得在书上郑重地留下姓氏，注明年月，地址，是近于啰嗦无聊，但是新近发现这本书上的几行字，却很喜欢，因为有一种春日迟迟的空气，像我们在天津的家。

院子里有个秋千架，一个高大的丫头，额上有个疤，因而被我唤做"疤丫丫"的，某次荡秋千荡到最高处，忽地翻了过去，后院子里养着鸡。夏天中午我穿着白地小红桃子纱短衫，红裤子，坐在板凳上，喝完满满一碗淡绿色，涩而微甜的六一散，看一本谜语书，唱出来，"小小狗，走一步，咬一口。"谜底是剪刀。还有一本是儿歌选，其中有一首描写最理想的半村半郭的隐居生活，只记得一句"桃枝桃叶作偏房，"似乎不大像儿童的口吻了。

天井的一角架着个青石砧，有个通文墨，胸怀大志的男底下人时常用毛笔蘸了水在那上面练习写大字。这人瘦小清秀，讲《三国志演义》给我听，我喜欢他，替他取了一个莫名其妙的名字叫"毛物"。毛物的两个弟弟就叫"二毛物""三毛物"。毛物的妻叫"毛物新娘子"，简称"毛娘"。毛娘生着红扑扑的鹅蛋脸，水眼睛，一肚子"孟丽君女扮男装中状元"，是非常可爱的然而心计很深的女人，疤丫丫后来嫁了三毛物，很受毛娘的欺负。当然我那时候不懂这些，只知道他们是可爱的一家。他们是南京人，因此我对南京的小户人家一直有一种与事实不符的明丽丰足的感觉。久后他们脱离我们家，开了个杂货铺子，女佣领了我和弟弟去照顾他们的生意，努力地买了几只劣质的彩花热水瓶，在店堂楼上吃了茶，和玻璃罐里的糖果，还是有一种丰足的感觉。然而他们的店终于蚀了本，境况极窘。毛物的母亲又怪两个媳妇都不给她添孙子，毛娘背地里抱怨说谁教两对夫妇睡在一间房里，虽然床上有帐子。

领我弟弟的女佣唤做"张干"，裹着小脚，伶俐要强，处处占先。领我的"何干"，因为带的是个女孩子，自觉心虚，凡事都让着她。我不能忍耐她的重男轻女的论调，常常和她争起来，她就说："你这个脾气只好住独家村！希望你将来嫁得远远的——弟弟也不要你回来！"她能够从抓筷子的手指的地位上预卜我将来的命运，说："筷子抓得近，嫁得远。"我连忙把手指移到筷子的上端去，说："抓得远呢？"她道："抓得远当然嫁得远。"气得我说不出话来。

张干使我很早地想到男女平等的问题，我要锐意图强，务必要胜过我弟弟。

我弟弟实在不争气，因为多病，必须扣着吃，因此非常的馋，看见人嘴里动着便叫人张开嘴让他看看嘴里可有什么。病在床上，闹着要吃松子糖——松子仁舂成粉，掺入冰糖屑——人们把糖里加了黄连汁，喂给他，使他断念，他大哭，把只拳头完全塞到嘴里去，仍然要。于是他们又在拳头上擦了黄连汁。他吮着拳头，哭得更惨了。

松子糖装在金耳的小花磁罐里。旁边有黄红的蟠桃式磁缸，里面是痱子粉。下午的阳光照到那磨白了的旧梳妆台上。有一次张干买了个柿子放在抽屉里，因为太生了，先收在那里。隔两天我就去开抽屉看看，渐渐疑心张干是否忘了它的存在，然而不能问她，由于一种奇异的自尊心。日子久了，柿子烂成一泡水。我十分惋惜，所以至今还记得。

最初的家里没有我母亲这个人，也不感到任何缺陷，因为她很早就不在那里了。有她的时候，我记得每天早上女佣把我抱到她床上去，是铜床，我爬在方格子青锦被上，跟着她不知所云地背唐诗。她才醒过来总是不甚快乐的，和我玩了许久方才高兴起来。我开始认字块，就是伏在床边上，每天下午认两个字之后，可以吃两块绿豆糕。

后来我父亲在外面娶了姨奶奶，他要带我到小公馆去玩，抱着我走到后门口，我一定不肯去，拼命扳住了门，双脚乱踢，他气得把我横过来打了几下，终于抱去了。到了那边，我又很随和地吃了许多糖。小公馆里有红木家具，云母石心子的雕花圆桌上放着高脚银碟子，而且姨奶奶敷衍得我很好。

我母亲和我姑姑一同出洋去，上船的那天她伏在竹床上痛哭，绿衣绿裙上面钉有抽搐发光的小片子。佣人几次来催说已经到了时候了，她像是没听见，他们不敢开口了，把我推上前去，叫我说："婶婶，时候不早了。"（我算是过继给另一房的，所以称叔叔婶婶。）她不理我，只是哭。她睡在那里像船舱的玻璃上反映的海，绿色的小薄片，然而有海洋的无穷尽的颠波悲恸。

　　我站在竹床前面看着她，有点手足无措，他们又没有教给我别的话，幸而佣人把我牵走了。

　　母亲去了之后，姨奶奶搬了进来。家里很热闹，时常有宴会，叫条子。我躲在帘子背后偷看，尤其注意同坐在一张沙发椅上的十六七岁的两姊妹，打着前刘海，穿着一样的玉色祆袴，雪白的偎倚着，像生在一起似的。

　　姨奶奶不喜欢我弟弟，因此一力抬举我，每天晚上带我到起士林去看跳舞。我坐在桌子边，面前的蛋糕上的白奶油高齐眉毛，然而我把那一块全吃了，在那微红的黄昏里渐渐盹着，照例到三四点钟，背在佣人背上回家。

　　家里给弟弟和我请了先生，是私塾制度，一天读到晚，在傍晚的窗前摇摆着身子。读到"太王事獯于，"把它改为"太王嗜熏鱼"方才记住了。那一个时期，我时常为了背不出书而烦恼，大约是因为年初一早上哭过了，所以一年哭到头。——年初一我预先嘱咐阿妈天明就叫我起来看他们迎新年，谁知他们怕我熬夜辛苦了，让我多睡一会，醒来时鞭炮已经放过了。我觉得一切的繁华热闹都已经成了过去，我没有份了，躺在床上哭了又哭，不肯起来，最后被拉了起来，坐在小藤椅上，人家替我穿上新鞋的时候，还是哭——即使穿上新鞋也赶不上了。

姨奶奶住在楼下一间阴暗杂乱的大房里,我难得进去,立在父亲烟炕前背书。姨奶奶也识字,教她自己的一个侄儿读"池中鱼,游来游去",恣意打他,他的一张脸常常肿得眼睛都睁不开。她把我父亲也打了,用痰盂砸破他的头。于是族里有人出面说话,逼着她走路。我坐在楼上的窗台上,看见大门里缓缓出来两辆塌车,都是她带走的银器家生。仆人们都说:"这下子好了!"

我八岁那年到上海来,坐船经过黑水洋绿水洋,仿佛的确是黑的漆黑,绿的碧绿,虽然从来没在书里看到海的礼赞,也有一种快心的感觉。睡在船舱里读着早已读过多次的《西游记》,《西游记》里只有高山与红热的尘沙。

到上海,坐在马车上,我是非常伤气而快乐的,粉红地子的洋纱衫裤上飞着蓝蝴蝶。我们住着很小的石库门房子,红油板壁。对于我,那也是有一种紧紧的朱红的快乐。

然而我父亲那时候打了过度的吗啡针,离死很近了。他独自坐在阳台上,头上搭一块湿手巾,两目直视,檐前挂下了牛筋绳索那样的粗而白的雨。哗哗下着雨,听不清楚他嘴里喃喃说些什么,我很害怕了。

女佣告诉我应当高兴,母亲要回来了。母亲回来的那一天我吵着要穿上我认为最俏皮的小红袄,可是她看见我第一句话就说:"怎么给她穿这样小的衣服?"不久我就做了新衣,一切都不同了。我父亲痛悔前非,被送到医院里去。我们搬到一所花园洋房里,有狗,有花,有童话书,家里陡然添了许多蕴藉华美的亲戚朋友。我母亲和一个胖伯母并坐在钢琴凳上模仿一出电影里的恋爱表演,我坐在地上看着,大笑起来,在狼皮褥子上滚来滚去。

我写信给天津的一个玩伴,描写我们的新屋,写了三张信纸,还画了图样。没得到回信——那样的粗俗的夸耀，任是谁也要讨厌罢？家里的一切我都认为是美的顶巅。蓝椅套配着旧的玫瑰红地毯，其实是不甚谐和的，然而我喜欢它，连带的也喜欢英国了，因为英格兰三个字使我想起蓝天下的小红房子，而法兰西是微雨的青色，像浴室的磁砖，沾着生发油的香，母亲告诉我英国是常常下雨的，法国是晴朗的，可是我没法矫正我最初的印象。

我母亲还告诉我画图的背景最得避忌红色，背景看上去应当有相当的距离，红的背景总觉得近在眼前，但是我和弟弟的卧室墙壁就是那没有距离的橙红色，是我选择的，而且我画小人也喜欢给画上红的墙，温暖而亲近。

画图之外我还弹钢琴，学英文，大约生平只有这一个时期是具有洋式淑女的风度的。此外还充满了优裕的感伤，看到书里夹的一朵花，听我母亲说起它的历史，竟掉下泪来。我母亲见了就向我弟弟说："你看姊姊不是为了吃不到糖而哭的！"我被夸奖着，一高兴，眼泪也干了，很不好意思。

《小说月报》上正登着老舍的《二马》，杂志每月寄到了，我母亲坐在抽水马桶上看，一面笑，一面读出来，我靠在门框上笑。所以到现在我还是喜欢《二马》，虽然老舍后来的《离婚》《火车》全比《二马》好得多。

我父亲把病治好之后，又反悔起来，不拿出生活费，要我母亲贴钱，想把她的钱逼光了，那时她要走也走不掉了。他们剧烈地争吵着，吓慌了的仆人们把小孩拉了出去，叫我们乖一点，少管闲事。我和弟弟在阳台上静静骑着三轮的小脚踏车，两人都不作声，晚春的阳台上，挂着绿竹帘子，满地密条的阳光。

父母终于协议离婚。姑姑和父亲一向也是意见不合的，因此和我母亲一同搬走了，父亲移家到一所街堂房子里。（我父亲对于"衣食住"向来都不考究，单只注意到"行"，惟有在汽车上舍得花点钱。）他们的离婚，虽然没有征求我的意见，我是表示赞成的，心里自然也惆怅，因为那红的蓝的家无法维持下去了。幸而条约上写明了我可以常去看母亲。在她的公寓里第一次见到生在地上的磁砖沿盆和煤气炉子，我非常高兴，觉得安慰了。

不久我母亲动身到法国去，我在学校里住读，她来看我，我没有任何惜别的表示，她也像是很高兴，事情可以这样光滑无痕迹地度过，一点麻烦也没有，可是我知道她在那里想："下一代的人，心真狠呀！"一直等她出了校门，我在校园里隔着高大的松杉远远望着那关闭了的红铁门，还是漠然，但渐渐地觉到这种情形下眼泪的需要，于是眼泪来了，在寒风中大声抽噎着，哭给自己看。

母亲走了，但是姑姑的家里留有母亲的空气，纤灵的七巧板桌子，轻柔的颜色，有些我所不大明白的可爱的人来来去去。我所知道的最好的一切，不论是精神上还是物质上的，都在这里了。因此对于我，精神上与物质上的善，向来是打成一片的，不是像一般青年所想的那样灵肉对立，时时要起冲突，需要痛苦的牺牲。

另一方面有我父亲的家，那里什么我都看不起，鸦片，教我弟弟做《汉高祖论》的老先生，章回小说，懒洋洋灰扑扑地活下去。像拜火教的波斯人，我把世界强行分作两半，光明与黑暗，善与恶，神与魔。属于我父亲这一边的必定是不好的，虽然有时候我也喜欢。我喜欢鸦片的云雾，雾一样的阳光，屋里乱摊着小报（直到现在，大叠的小报仍然给我一种回家的感觉），看着小报，和我父亲谈谈亲戚间的笑话——我知道他是寂寞的，在寂寞的时候他喜欢我。父亲的房间里永远是下午，在那里坐久了便觉得沉下去，沉下去。

在前进的一方面我有海阔天空的计画，中学毕业后到英国去读大学，有一个时期我想学画卡通影片，尽量把中国画的作风介绍到美国去。我要比林语堂还出风头，我要穿最别致的衣服，周游世界，在上海自己有房子，过一种干脆俐落的生活。

然而来了一件结结实实的，真的事。我父亲要结婚了。我姑姑初次告诉我这消息，是在夏夜的小阳台上。我哭了，因为看过太多的关于后母的小说，万万没想到会应在我身上。我只有一个迫切的感觉：无论如何不能让这件事发生。如果那女人就在眼前，伏在铁阑干上，我必定把她从阳台上推下去，一了百了。

我后母也吸鸦片。结了婚不久我们搬家搬到一所民初式样的老洋房里去，本是自己的产业，我就是在那房子里生的。房屋里有我们家的太多的回忆，像重重叠叠复印的照片，整个的空气有点模糊。有太阳的地方使人瞌睡，阴暗的地方有古墓的清凉。房屋的青黑的心子里是清醒的，有它自己的一个怪异的世界。而在阴阳交界的边缘，看得见阳光，听得见电车的铃与大减价的布店里一遍又一遍吹打着"苏三不要哭"，在那阳光里只有昏睡。

我住在学校里，很少回家，在家里虽然看到我弟弟与年老的"何干"受磨折，非常不平，但是因为实在难得回来，也客客气气敷衍过去了。我父亲对于我的作文很得意，曾经鼓励我学作诗。一共作过三首七绝，第二首咏"夏雨"，有两句经先生浓圈密点，所以我也认为很好了："声如羯鼓催花发，带雨莲开第一枝。"第三首咏花木兰，太不像样，就没有兴致再学下去了。

中学毕业那年，母亲回国来，虽然我并没觉得我的态度有显著的改变，父亲却觉得了。对于他，这是不能忍受的，多少年来跟着他，被养活，被教育，心却在那一边。我把事情弄得更糟，用演说的方式向他提出留学的要求，而且吃吃艾艾，是非常坏的演说。他发脾气，说我受了人家的挑唆。我后母当场骂了出来，说："你母亲离了婚还要干涉你们家的事。既然放不下这里，为甚么不回来？可惜迟了一步，回来只好做姨太太！"

沪战发生，我的事暂且搁下了。因为我们家邻近苏州河，夜间听见炮声不能入睡，所以到我母亲处住了两个礼拜。回来那天，我后母问我："怎样你走了也不在我跟前说一声？"我说我向父亲说过了。她说："噢，对父亲说了！你眼睛里哪儿还有我呢？"她刷地打了我一个嘴巴，我本能地要还手，被两个老妈子赶过来拉住了。我后母一路锐叫着奔上楼去："她打我！她打我！"在这一刹那间，一切都变得非常明晰，下着百叶窗的暗沉沉的餐室，饭已经开上桌了，没有金鱼的金鱼缸，白磁缸上细细描出橙红的鱼藻。我父亲趿着拖鞋，拍达拍达冲下楼来，揪住我，拳足交加，吼道："你还打人！你打人我就打你！今天非打死你不可！"我觉得我的头偏到这一边，又偏到那一边，无数次，耳朵也震聋了。我坐在地下，躺在地下了，他还揪住我的头发一阵踢。终于被人拉开。我心里一直很清楚，记起我母亲的话："万一他打你，不要还手，不然，说出去总是你的错，"所以也没有想抵抗。他上楼去了，我立起来走到浴室里照镜子，看我身上的伤，脸上的红指印，预备立刻报巡捕房去。走到大门口，被看门的巡警拦住了说："门锁着呢，钥匙在老爷那儿。"我试着撒泼，叫闹踢门，企图引起铁门外岗警的注意，但是不行，撒泼不是容易的事。我回到家里来，我父亲又炸了，把一只大花瓶向我头上掷来，稍微歪了一歪，飞了一房的碎磁。他走了之后，何干向我哭，说："你怎么会弄到这样的呢？"

我这时候才觉得满腔冤屈，气涌如山地哭起来，抱着她哭了许久。然而她心里是怪我的，因为爱惜我，她替我胆小，怕我得罪了父亲，要苦一辈子；恐惧使她变得冷而硬。我独自在楼下的一间空房里哭了一整天，晚上就在红木炕床上睡了。

第二天，我姑姑来说情，我后母一见她便冷笑："是来捉鸦片的么？"不等她开口我父亲便从烟铺上跳起来劈头打去，把姑姑也打伤了，进了医院，没有去报捕房，因为太丢我们家的面子。

我父亲扬言说要用手枪打死我。我暂时被监禁在空房里，我生在里面的这座房屋忽然变成生疏的了，像月光底下的，黑影中现出青白的粉墙，片面的，癫狂的。

Beverley Nichols 有一句诗关于狂人的半明半昧："在你的心中睡着月亮光，"我读到它就想到我们家楼板上的蓝色的月光，那静静的杀机。

我也知道我父亲绝不能把我弄死，不过关几年，等我放出来的时候已经不是我了。数星期内我已经老了许多年。我把手紧紧捏着阳台上的木阑干，仿佛木头上可以榨出水来。头上是赫赫的蓝天，那时候的天是有声音的，因为满天的飞机。我希望有个炸弹掉在我们家，就同他们死在一起我也愿意。

何干怕我逃走，再三叮嘱："千万不可以走出这扇门呀！出去了就回不来了。"然而我还是想了许多脱逃的计划，《三剑客》《基度山恩仇记》一齐到脑子里来了。记得最清楚的是《九尾龟》里章秋谷的朋友有个恋人，用被单结成了绳子，从窗户里缒了出来。我这里没有临街的窗，惟有从花园里翻墙头出去。靠墙倒有一个鹅棚可以踏脚，但是更深人静的时候，惊动两只鹅，叫将起来，如何是好？

花园里养着呱呱追人啄人的大白鹅，唯一的树木是高大的白玉兰，开着极大的花，像污秽的白手帕，又像废纸，抛在那里，被遗忘了，大白花一年开到头。从来没有那样邋遢丧气的花。

正在筹划出路，我生了沉重的痢疾，差一点死了。我父亲不替我请医生，也没有药。病了半年，躺在床上看着秋冬的淡青的天，对面的门楼上挑起灰石的鹿角，底下累累两排小石菩萨——也不知道现在是哪一朝，哪一代……朦胧地生在这所房子里，也朦胧地死在这里么？死了就在园子里埋了。

然而就在这样想着的时候，我也倾全力听着大门每一次的开关，巡警咕滋咖滋抽出锈涩的门闩，然后呛啷啷一声巨响，打开了铁门。睡里梦里也听见这声音，还有通大门的一条煤屑路，脚步下沙子的吱吱叫。即使因为我病在床上他们疏了防，能够无声地溜出去么？

一等到我可以扶墙摸壁行走，我就预备逃。先向何干套口气打听了两个巡警换班的时间，隆冬的晚上，伏在窗子上用望远镜看清楚了黑路上没有人，挨着墙一步一步摸到铁门边，拔出门闩，开了门，把望远镜放在牛奶箱上，闪身出去。——当真立在人行道上了！没有风，只是阴历年左近的寂寂的冷，街灯下只看见一片寒灰，但是多么可亲的世界呵！我在街沿急急走着，每一脚踏在地上都是一个响亮的吻。而且我在距家不远的地方和一个黄包车夫讲起价钱来了——我真高兴我还没忘了怎样还价。真是发了疯呀！随时可以重新被抓进去。事过境迁，方才觉得那惊险中的滑稽。

后来知道何干因为犯了和我同谋的嫌疑，大大的被带累。我后母把我一切的东西分着给了人，只当我死了。这是我那个家的结束。

我逃到母亲家，那年夏天我弟弟也跟着来了，带了一双报纸包着的篮球鞋，说他不回去了。我母亲解释给他听她的经济力量只能负担一个人的教养费，因此无法收留他。他哭了，我在旁边也哭了。后来他到底回去了，带着那双篮球鞋。

何干偷偷摸摸把我小时的一些玩具私运出来给我做纪念，内中有一把白象牙骨子淡绿鸵鸟毛摺扇，因为年代久了，一扇便掉毛，漫天飞着，使人咳呛下泪。至今回想到我弟弟来的那天，也还有类似的感觉。

我补书预备考伦敦大学。在父亲家里孤独惯了，骤然想学做人，而且是在窘境中做"淑女"，非常感到困难。同时看得出我母亲是为我牺牲了许多，而且一直在怀疑着我是否值得这些牺牲。我也怀疑着。常常我一个人在公寓的屋顶阳台上转来转去，西班牙式的白墙在蓝天上割出断然的条与块。仰脸向着当头的烈日，我觉得我是赤裸裸的站在天底下了，被裁判着像一切的惶惑的未成年的人，困于过度的自夸与自鄙。

这时候，母亲的家不复是柔和的了。

考进大学，但是因为战事，不能上英国去，改到香港，三年之后又因为战事，书没读完就回上海来。公寓里的家还好好的在那里，虽然我不是那么绝对地信仰它了，也还是可珍惜的。现在我寄住在旧梦里，在旧梦里做着新的梦。

写到这里，背上吹的风有点冷了，走去关上玻璃门，阳台上看见毛毛的黄月亮。

古代的夜里有更鼓，现在有卖馄饨的梆子，千年来无数人的梦的拍板："托，托，托，托，"——可爱又可哀的年月呵！

* 初载一九四四年七月《天地》第十期，收入《流言》。

说胡萝卜

有一天，我们饭桌上有一样萝卜煨肉汤。我问我姑姑："洋花萝卜跟胡萝卜都是古时候从外国传进来的罢？"她说："别问我这些事。我不知道。"她想了一想，接下去说道：

"我第一次同胡萝卜接触，是小时候养'叫油子'，就喂它胡萝卜。还记得那时候奶奶（指我的祖母）总是把胡萝卜一切两半，再对半一切，塞在笼子里，大约那样算切得小了。——要不然我们吃的菜里是向来没有胡萝卜这样东西的。——为什么给'叫油子'吃这个，我也不懂。"

我把这一席话暗暗记下，一字不移地写下来，看看忍不住要笑，因为只消加上"说胡萝卜"的标题，就是一篇时髦的散文，虽说不上冲淡隽永，至少放在报章杂志里也可以充充数。而且妙在短——才抬头，已经完了，更使人低徊不已。

＊初载一九四四年七月《杂志》第十三卷第四期，收入《流言》。

炎樱语录

我的朋友炎樱说："每一个蝴蝶都是从前的一朵花的鬼魂，回来寻找它自己。"

炎樱个子生得小而丰满，时时有发胖的危险，然而她从来不为这担忧，很达观地说："两个满怀较胜于不满怀。"（这是我根据"软玉温香抱满怀"勉强翻译的。她原来的话是："Two armfuls is better than no armful."）

关于加拿大的一胎五孩，炎樱说："一加一等于二，但是在加拿大，一加一等于五。"

炎樱描写一个女人的头发，"非常非常黑，那种黑是盲人的黑。"

炎樱在报摊上翻阅画报，统统翻遍之后，一本也没买。报贩讽刺地说："谢谢你！"炎樱答道："不要客气。"

有人说："我本来打算周游世界，尤其是想看看撒哈拉沙漠，偏偏现在打仗了。"炎樱说:"不要紧,等他们仗打完了再去。撒哈拉沙漠大约不会给炸光了的。我很乐观。"

炎樱买东西,付账的时候总要抹掉一些零头,甚至于在虹口,犹太人的商店里,她也这样做。她把皮包的内容兜底掏出来,说:"你看,没有了,真的,全在这儿了。还多下二十块钱,我们还要吃茶去呢。专为吃茶来的,原没有想到要买东西,后来看见你们这儿的货色实在好……"

犹太女人微弱地抗议了一下:"二十块钱也不够你吃茶的……"

可是店老板为炎樱的孩子气所感动——也许他有过这样的一个棕黄皮肤的初恋,或是早夭的妹妹。他凄惨地微笑,让步了。"就这样罢。不然是不行的,但是为了吃茶的缘故……"他告诉她附近那一家茶室的蛋糕最好。

炎樱说:"月亮叫喊着,叫出生命的喜悦;一颗小星是它的羞涩的回声。"

中国人有这句话:"三个臭皮匠,凑成一个诸葛亮。"西方有一句相仿佛的谚语:"两个头总比一个头好。"炎樱说:"两个头总比一个好——在枕上。"她这句话是写在作文里面的,看卷子的教授是教堂的神父。她这种大胆,任何以大胆著名的作家恐怕也望尘莫及。

炎樱也颇有做作家的意思,正在积极学习华文。在马路上走着,一看见店铺招牌,大幅广告,她便停住脚来研究,随即高声读出来："大什么昌。老什么什么。'表'我认得，'飞'我认得——你说'鸣'是鸟唱歌；但是'表飞鸣'是什么意思？'咖啡'的'咖'是什么意思？"

中国字是从右读到左的，她知道。可是现代的中文有时候又是从左向右。每逢她从左向右读，偏偏又碰着从右向左。中国文字奥妙无穷，因此我们要等这位会说俏皮话，而于俏皮话之外还另有使人吃惊的思想的文人写文章给我们看，还得等些时。

＊初载一九四四年八月上海《小天地》第一期，收入《流言》。

写什么

有个朋友问我："无产阶级的故事你会写么？"我想了一想，说："不会。要末只有阿妈她们的事，我稍微知道一点。"后来从别处打听到，原来阿妈不能算无产阶级。幸而我并没有改变作风的计画，否则要大为失望了。

文人讨论今后的写作路径，在我看来是不能想像的自由——仿佛有充分的选择的余地似的。当然，文苑是广大的，游客买了票进去，在九曲桥上拍了照，再一窝蜂去参观动物园，说走就走，的确可羡慕。但是我认为文人该是园里的一棵树，天生在那里的，根深蒂固，越往上长，眼界越宽，看得更远，要往别处发展，也未尝不可以，风吹了种子，播送到远方，另生出一棵树，可是那到底是很艰难的事。

初学写文章，我自以为历史小说也会写，普洛文学，新感觉派，以至于较通俗的"家庭伦理"，社会武侠，言情艳情，海阔天空，要怎样就怎样。越到后来越觉得拘束。譬如说现在我得到了两篇小说的材料，不但有了故事与人物的轮廓，连对白都齐备，可是背景在内地，所以我暂时不能写。到那里去一趟也没有用，那样的匆匆一瞥等于新闻记者的访问。最初印象也许是最强烈的一种。

可是，外国人观光燕子窝，印象纵然深，我们也不能从这角度去描写燕子窝顾客的心理罢？

走马看花固然无用，即使去住两三个月，放眼搜集地方色彩，也无用，因为生活空气的浸润感染，往往是在有意无意中的，不能先有个存心。文人只须老老实实生活着，然后，如果他是个文人，他自然会把他想到的一切写出来。他写所能够写的，无所谓应当。

为什么常常要感到改变写作方向的需要呢？因为作者的手法常犯雷同的毛病，因此嫌重复。以不同的手法处理同样的题材既然办不到，只能以同样的手法适用于不同的题材上——然而这在实际上是不可能的，因为经验上不可避免的限制。有几个人能够像高尔基像石挥那样到处流浪，哪一行都混过？其实这一切的顾虑都是多余的罢？只要题材不太专门性，像恋爱结婚，生老病死，这一类颇为普遍的现象，都可以从无数各各不同的观点来写，一辈子也写不完。如果有一天说这样的题材已经没的可写了，那想必是作者本人没的可写了。即使找到了崭新的题材，照样的也能够写出滥调来。

* 初载一九四四年八月《杂志》第十三卷第五期，收入《流言》。

诗与胡说

　　夏天的日子一连串烧下去，雪亮，绝细的一根线，烧得要断了，又给细细的蝉声连了起来，"吱呀，吱呀，吱……"

　　这一个月，因为生病，省掉了许多饭菜，车钱，因此突然觉得富裕起来。虽然生的是毫无风致的病，肚子疼得哼哼唧唧在席子上滚来滚去，但在夏天，闲在家里，重事不能做，单只写篇文章关于 Cezanne 的画，关于看过的书，关于中国人的宗教，到底是风雅的。我决定这是我的"风雅之月"，所以索性高尚一下，谈起诗来了。

　　周作人翻译的有一首著名的日本诗："夏日之夜，有如苦竹，竹细节密，顷刻之间，随即天明。"我劝我姑姑看一遍，我姑姑是"轻性智识份子"的典型，她看过之后，摇摇头说不懂，随即又寻思，说："既然这么出名，想必总有点什么东西罢？可是也说不定。一个人出名到某一个程度，就有权利胡说八道。"

　　我想起路易士。第一次看见他的诗，是在杂志的"每月文摘"里的《散步的鱼》，那倒不是胡话，不过太做作了一点。小报上逐日笑他的时候，我也跟着笑，笑了许多天。在这些事上，我比小报还要全无心肝，譬如上次，听见说顾明道死了，我非常高兴，理由很简单，因为他的小说写得不好。其实我又不认识他，而且如果认识，想必也有理由敬重他，因为他是这样的一个模范文人，历尽往古今来一切文人的苦难。而且他已经过世了，我现在来说这样的话，太岂有此理，但是我不由得想起《明日天涯》在新闻报上连载的时候，我非常讨厌里面的前进青年孙家光和他资助求学的小姑娘梅月珠，每次他到她家去，她母亲总要大鱼大肉请他吃饭表示谢意，添菜的费用超过学费不知多少倍。梅太太向孙家光叙述她先夫的操行与不幸的际遇，报上一天一段，足足叙述了两个礼拜之久，然而我不得不读下去，纯粹因为它是一天一天分载的，有一种最不耐烦的吸引力。我有个表姊，也是看新闻报的，我们一见面就骂《明日天涯》，一面叽咕一面望下看。

顾明道的小说本身不足为奇，值得注意的是大众读者能够接受这样没颜落色的愚笨。像《秋海棠》的成功，至少是有点道理的。

把路易士和他深恶痛疾的鸳蝴派相提并论，想必他是要生气的。我想说明的是，我不能因为顾明道已经死了的缘故原谅他的小说，也不能因为路易士从前作过好诗的缘故原谅他后来的有些诗。但是读到了《傍晚的家》，我又是一样想法了，觉得不但《散步的鱼》可原谅，就连这人一切幼稚恶劣的做作也应当被容忍了。因为这首诗太完全，所以必须整段地抄在这里……

"傍晚的家有了乌云的颜色，

风来小小的院子里，

数完了天上的归鸦，

孩子们的眼睛遂寂寞了。

晚饭时妻的琐碎的话——

几年前的旧事已如烟了，

而在青菜汤的淡味里，

我觉出了一些生之凄凉。"

路易士的最好的句子全是一样的洁净，凄清，用色吝惜，有如墨竹。眼界小，然而没有时间性，地方性，所以是世界的，永久的。譬如像：

"二月之雪又霏霏了，

黯色之家浴着春寒，

哎，纵有温情已迢迢了：

妻的眼睛是寂寞的。"

还有《窗下吟》里的

"然而说起我的，

青青的，

平如镜的恋，

却是那么辽远。

那辽远，

对于瓦雀与幼鸦们，

乃是一个荒诞……"

这首诗较长，音调的变换极尽娉婷之致。《二月之窗》写的是比较朦胧微妙的感觉，倒是现代人所特有的：——

"西去的迟迟的云是忧人的，

载着悲切而悠长的鹰呼，

冉冉地，如一不可思议的帆。

而每一个不可思议的日子，

无声地，航过我的二月窗。"

在整本的书里找到以上的几句，我已经觉得非常之满足，因为中国的新诗，经过胡适，经过刘半农，徐志摩，就连后来的朱湘，走的都像是绝路，用唐朝人的方式来说我们的心事，仿佛好的都已经给人说完了，用自己的话呢，不知怎么总说得不像话，真是急人的事。可是出人意料之外的好诗也有。倪弘毅的《重逢》，我所看到的一部份真是好：——

"紫石竹你叫它是片恋之花，

三年前，

夏色瘫软

就在这死市

你困惫失眠夜……

夜色滂薄

言语似夜行车

你说

未来的墓地有夜来香

我说种'片刻之恋'吧……"

用字像"瘫软"、"片恋"，都是极其生硬，然而不过是为了经济字句，得压紧，更为结实，绝不是蓄意要它"语不惊人死不休"。我尤其喜欢那比仿，"言语似夜行车，"断断续续，远而凄怆。再如后来的

"你在同代前殉节

疲于喧哗

看不到后面，

掩脸沉没……"

末一句完全是现代画幻丽的笔法，关于诗中人我虽然知道得

不多，也觉得像极了她，那样的宛转的绝望，在影子里徐徐下陷，伸着弧形的，无骨的白手臂。

诗的末一句似是纯粹的印象派，作者说恐怕人家不懂：——

"你尽有苍绿。"

但是见到她也许就懂了，无量的"苍绿"中有安详的创楚。然而这是一时说不清的，她不是树上拗下来，缺乏水分，褪了色的花，倒是古绸缎上的折枝花朵，断是断了的，可是非常的美，非常的应该。

所以活在中国就有这样可爱：脏与乱与忧伤之中，到处会发现珍贵的东西，使人高兴一上午，一天，一生一世。听说德国的马路光可鉴人，宽敞，笔直，齐齐整整，一路种着参天大树，然而我疑心那种路走多了要发疯的。还有加拿大，那在多数人的印象里总是个毫无兴味的，模糊荒漠的国土，但是我姑姑说那里比什么地方都好，气候偏于凉，天是蓝的，草碧绿，到处是红顶的黄白洋房，干净得像水洗过的，个个都附有花园。如果可以选择的话，她愿意一辈子住在那里。要是我就舍不得中国——还没离开家已经想家了。

*初载一九四四年八月《杂志》第十三卷第五期，收入《流言》。

中国人的宗教

这篇东西本是写给外国人看的，所以非常粗浅，但是我想，有时候也应当像初级教科书一样地头脑简单一下，把事情弄明白些。

表面上中国人是没有宗教可言的。中国知识阶级这许多年来一直是无神论者。佛教对于中国哲学的影响又是一个问题。可是佛教在普通人的教育上似乎留下很少的痕迹。就因为对一切都怀疑，中国文学里弥漫着大的悲哀。只有在物质的细节上，它得到欢悦——因此《金瓶梅》、《红楼梦》仔仔细细开出整桌的菜单，毫无倦意，不为什么，就因为喜欢——细节往往是和美畅快，引人入胜的，而主题永远悲观。一切对于人生的笼统观察都指向虚无。

世界各国的人都有类似的感觉，中国人与众不同的地方是：这"虚无的空虚，一切都是虚空"的感觉总像个新发现，并且就停留在这阶段。一个一个中国人看见花落水流，于是临风洒泪，对月长吁，感到生命之暂，但是他们就到这里为止，不往前想了。灭亡是不可避免的，然而他们并不因此就灰心，绝望，放浪，贪嘴，荒淫——对于欧洲人，那似乎是合逻辑的反应。像文艺复兴时代的欧洲人，一旦不相信死后的永生了，便大大地作乐而且作恶，闹得天翻地覆。

受过教育的中国人认为人一年年地活下去，并不走到哪里去；人类一代一代下去，也并不走到哪里去。那么，活着有什么意义呢？不管有意义没有，反正是活着的。我们怎样处置自己，并没多大关系，但是活得好一点是快乐的，所以为了自己的享受，还是守规矩的好。在那之外，就小心地留下了空白——并非懵腾地骚动着神秘的可能性的白雾，而是一切思想悬崖勒马的绝对停止，有如中国画上部严厉的空白——不可少的空白，没有它，图画便失去了均衡。不论在艺术里还是人生里，最难得的就是知道什么时候应当歇手。中国人最引以自傲的就是这种约束的美。

当然，下等人在这种缺少兴趣的、稀薄的空气里是活不下去的。他们的宗教是许多不相连系的小小迷信组合而成的——星相、狐鬼、吃素。上等人与下等人所共有的观念似乎只有一个祖先崇拜，而这对于知识阶级不过是纯粹的感情作用，对亡人尽孝而已，没有任何宗教上的意义。

中国人的一厢情愿

但是仔细一研究，我们发现大家有一个共通的宗教背景。读书人和愚民唯一的不同之点是：读书人有点相信而不大肯承认；愚民承认而不甚相信。这模糊的心理背景一大部份是佛教与道教，与道教后期的神怪混合在一起，在中国人的头脑里浸了若干年，结果与原来的佛教大不相同了。下层阶级的迷信是这广大的机构中取出的碎片——这机构的全貌很少有人检阅过，大约因为太熟悉了的缘故。下层阶级的迷信既然是有系统的宇宙观的一部份，就不是迷信。

这宇宙观能不能算一个宗教呢？中国的农民，你越是苦苦追问，他越不敢作肯定的答覆，至多说："鬼总是有的罢？看是没看见过。"至于知识阶级呢，他们嘴里说不信，其实也并没说谎，可是他们的思想行动偷偷地感染上了宗教背景的色彩，因为信虽不信，这是他们所愿意相信的。宗教本来一大半是一厢情愿。我们且看中国人的愿望。

中国的地狱

中国人有一个道教的天堂与一个佛教的地狱，死后一切灵魂都到地狱里去受审判，所以不像基督教的地底火山，单只恶人在里面受罪的，我们的地府是比较空气流通的地方。"阴间"理该永远是黄昏，但有时也像个极其正常的都市，游客兴趣的集中点是那十八层地窖的监牢。生魂出窍，飘流到地狱里去，遇见过世的亲戚朋友，领他们到处观光，是常有的事。

鬼的形态，有许多不同的传说，比较学院派的理论，说鬼只不过是一口气不散，是气体；以此为根据，就断定看上去是个灰或黑色的剪影，禁不起风吹，随着时间的进展渐渐消磨掉，所以"新鬼大，故鬼小"。但是群众的理想总偏于照相式，因此一般的鬼现形起来总与死者一模一样。

阴司的警察拘捕亡人的灵魂，最高法庭上坐着冥王，冥王手下的官僚是从干练的鬼中选出来的。生前有过大善行的囚犯们立即被释放，踏着金扶梯登天去了。滞留在地狱里的罪人，依照各种不同性质的罪过受各种不同的惩罚。譬如说，贪官污吏被迫喝下大量的铜的溶液。

投胎

中等的人都去投胎。下一辈子境况与遭际全要看上一世的操行如何。好人生在富家。如果他不是绝无缺点的，他投胎到富家做女人——女人是比男人苦得多的。如果他在过去没有品行，他投生做下等人，或是低级动物。屠夫化作猪。欠债未还的做牛马，为债主做工。

离去之前，鬼们先喝下了迷魂汤，便忘记了前生。他们被驱上一只有齿的巨轮，爬到顶上，他们惊惶地往下看，被鬼卒在背后一戳，便跌下来——跌到收生婆手中。轮回之说为东方各国所共有，但是哪里都没有像在中国这样设想得清晰、着实。屁股上有青记的小孩，当初一定是跨踌着不敢往下跳，被鬼卒一脚踢下来的。母亲把小孩摇着，拍着，责问："你这样地不愿意来么？"

法律上的麻烦

犯了罪受罚，也许是在地狱里，也许在来生，也许就在今生——不孝的儿子自己的儿子也不孝，鞭打丫头的太太，背上生了溃烂的皮肤病。有时候这样的报应在人间与阴间同时发生。有人到地狱里去参观，看见他认识的一个太太被鞭打，以为她一定是死了；还阳之后发现她仍然活着，只是背上生了疮。

拘捕与审判的法律手续也不是永远照办的。有许多案件，某人损害某人，因而致死，法庭或许把一切仪式全部罢免，让被害者亲自去捉拿犯人。鬼魂附身之后，犯人就用死者的声音说话，暴露他自己的秘密，然后自杀。比这更为直接痛快的办法是天雷打，只适用于罪大恶极的案件。雷神将罪名书写在犯人烧焦的背骨上。"雷文"的标本曾经被收集成为一本书，刊行于世。

既然没有一定，阴司的行政可以由得我们加以种种猜度解释。所以中国的因果报应之说是无懈可击的，很容易证明它的存在，绝对不能证明它不存在。

中国的幽冥，极其明白，没有什么神秘。阴间的法度与中国文明后期的法度完全相同。就因为它以人性为基本，阴司也有做错事的时候。亡魂去地狱之前每每要经过当地城隍庙的预审。城隍庙是阴曹的地方法院，城隍往往由死去的大员充任（像林黛玉的父亲林如海，在《红楼圆梦》里就做了城隍），而他们是有受贿的可能性的。地狱的最高法院虽然比较公正，但常常查错了帐簿，一个人阳寿未满便被拘了来。费了许多周折，查出错误之后，他不得不"借尸还魂"，因为原有的尸首已经不可收拾了。

为什么对棺材这么感兴趣

死后既可另行投胎，可见灵魂之于身体是有独立性的，躯壳不过是暂时的，所以中国神学与埃及神学不同，不那么注重尸首。然则为什么这样地重视棺材呢？不论有多大的麻烦与花费，死在他乡的人，灵柩必须千里迢迢运回来葬在祖坟上。中国的棺材，质地越好越沉重。制棺材的本意是要四人至六十四人或更多的人来扛抬的，因此停灵的房屋如果失了火，当前的问题十分尴尬痛苦，死者的家属只有一个救急的办法，临时在地上挖个洞，将棺材掩埋妥当，然后再逃命。普通的坟地力求其温暖干燥，假若发现坟里潮湿、有风、出蚂蚁，子孙心里是万万过不去的。于是风水之学滋长加繁，专门研究祖坟的情形与环境对于子孙运命的影响。

对于父母遗体过度的关切，唯一的解释是：在中国，为人子的感情有着反常的发展。中国人传统上虚拟的孝心是一种伟大的、吞没一切的热情；既然它是唯一合法的热情，它的畸形发达是与他方面的冲淡平静完全失去了比例的。模范儿子以食人者热烈的牺牲方式，割股煨汤喂给生病的父母吃。这一类的行为，普通只有疯狂地恋爱着的人才做得出。由此类推，他们对于父母死后的安全舒适，关心到神经过敏的程度，也是意料中的事了。

为自己定做棺材，动机倒不见得是自我恋而是合实际的远虑。农业社会中的居民储藏一切的生活必需品，都认为是理所当然的事。中国的富人常被形容为"米烂陈仓"。在过去，在一个较有余裕的时代，寿衣寿材都是家常必备的东西，总归有一天用得着的。

斤斤于物质上为亡人谋福利，也不是完全无意义的，因为受审判的灵魂在投生之前也许有无限制的耽延。从前有个一番争论，不能决定过渡时期的鬼魂是附在墓上还是神主牌上。中国宗教的织造有许多散乱的线，有时候又给接上了头。譬如说，定命论与"善有善报"之说似乎是冲突的，但是后来加入了最后一分钟的补救，两者就没有什么不调和了。命中无子的老人，积德的结果，姨太太给他添了双胞胎；奄奄一息的人，寿命给延长了十年二十年，不通的学童考试及格……

好死与横死

中国人对于各种不同的死有各种不同的看法。讣闻里的典型词句描摹了最理想的结束:"寿终正寝"。死因纯粹是岁数关系,而且死在正房里,可见他是一家之主,有人照应,有人举哀。中国人虽然考究怎样死,有些地方却又很随便,棺材头上刻着生动美丽的"吕布戏貂蝉",大出丧的音乐队吹打着"苏三不要哭"。

中国人说一个人死了,就说他"仙逝",或是"西游"(到印度,释迦牟尼的原籍),又称棺材为"寿器"。加上了这样轻描淡写愉快的涂饰,普通的病死比较容易被接受了,可是凶死还是被认为可怕。不得好死的人没有超生的机会,非要等到另有人遇到同样的不幸,来做他的替身。于是急于投生的鬼不择手段诱人自杀。有谁心境不佳,鬼便发现了他的可能性。如果它当初是吊死的,它就在他眼前挂下个绳圈,圈子里望进去仿佛是个可爱的花园。人把头往里一伸,绳圈立即收缩。死于意外,也是同样情形。假使有一辆汽车在某一个地点撞坏了,以后不断的就有其他的汽车在那里撞坏。高桥的游泳场是出了名的每年都有溺毙的人。鬼们似乎为残酷的本能所支配,像蜘蛛与猛兽。

非人的骗子

中国人将精灵的世界与下等生物联系在一起。狐仙、花妖木魅,都是处于人类之下而不肯安分，妄想越过自然造化的阶段，修到人身——最可羡慕的生存方式是人类的，因为最安全。有志气的动植物对于它们自己的贫穷愚鲁感到不满，不得不铤而走险，要得到一点人气，惟有偷窃。它们化作美丽的女人，吸收男子的精液。

人的世界与鬼魅世界交互叠印，占有同一的空间与时间，造成了一个拥挤的宇宙。欺软怕硬的鬼怪专门魅惑倒运的人，身体衰微、精神不振的，但是遇见了走运的人、正直的人、有官衔的人，它们总是躲得远远的。人们生活在极度的联合高压下——社会的制裁加上阴曹的制裁加上无数的虎视眈眈在旁乘机而入的贪婪势利的精灵。然而一个有思想的人倒也不必惧怕妖魅，因为它们的是一种较软弱、暗淡、冲薄的生存方式。许多故事说到亡夫怎样可怜地阻止妻子再嫁，在花轿左右呜呜地哭，在新房里哭到天明，但也无用。同时，神仙的生活虽然在某种方面是完美的，也还不及人生——比较单调，有限制。

道教的天堂

虽然说有琼楼玉宇，琪花瑶草，总带着一种洁净的空白的感觉，近于"无为"，那是我们道教的天堂唯一的道教色彩。这图画的其他部份全是根据在本土历代的传统上。玉皇直接地统治无数仙宫，间接地统治人间与地狱。对于西方的如来佛紫竹林的观音，以及各有势力范围的诸大神，他又是封建的主公。地上的才女如果死得早，就有资格当选做天宫的女官。天女不小心打破了花瓶，或是在行礼的时候笑出声来，或是调情被抓住了，就被打下凡尘，恋爱、受苦难，给民间故事制造资料。天堂里永久的喜乐这样地间断一下，似乎也不是不愉快的。

天上的政府实行极端的分工制，有文人的神、武人的神、财神、寿星。地上每一个城有城隍，每一个村有土地，每一家有两个门神，一个灶神，每一个湖与河有个龙王，此外有无职业的散仙。

尽管亵渎神灵

中国的天堂虽然格局伟大，比起中国的地狱来，却显得苍白无光，线条欠明确，因为天堂不像地狱，与人群毕竟没有多大关系。可是即使中国人不拿天堂当回事，他们能够随时的爱相信就相信。他们的幻想力委实强韧得可惊。举个例子，无线电里两个绍兴戏的恋人正在千叮万嘱说再会，一迭一声含泪叫着"贤妹啊！""梁兄啊！"报告人趁调弦子的时候插了进来——"安南路慈厚北里十三号三楼王公馆毒特灵一瓶——马上送到！"而戏剧气氛绝对没有被打破。

因为中国人对于反高潮不甚敏感，中国人的宗教禁得起随便多少亵渎。"玉皇大帝"是太太的代名词——尤其指一个泼悍的太太。虔诚与顽笑之间，界线不甚分明。诸神中有王母，她在中国神话中最初出现的时候是奇丑的，但是后来被装点成了一个华美的老夫人；还有麻姑，八仙之一，这两个都是寿筵上的好点缀，可并不是信仰的对象。然而中国人并不反对她们和观音大士平起平坐。像外国人就不能想像圣诞老人与上帝有来往。

最低限度的得救

中国人的"灵魂得救"是因人而异的。对于一连串无穷无尽的世俗生活感到满意的人，根本不需要"得救"，做事只要不出情理之外，就不会铸下不得超生的大错。

有些人见到现实生活的苦难，希望能够创造较合意的环境，大都采用佛教的方式，沉默，孤独，不动。受这影响的中国人可以约略分成二派。较安静的信徒——告老的官、老太太、寡妇、不得夫心的妻子——将他们自己关闭在小屋里，抄写他们并不想懂的经文。与世隔绝，没有机会作恶，这样就造成了消极性的善，来生可以修到较好的环境，多享一点世俗的快乐。完全与世隔绝，常常办不到，只得大大地让步。譬如说吃素，那不但减去了杀生的罪过，而且如果推行到不吃烟火食的极端，还有积极的价值；长年专吃水果，总有一天浑身生白毛，化为仙猿，跳跃而去。然而中国持斋的人这样地留恋着肉，他们发明了"素鸡"、"素火腿"，更好的发明是吃"花素"的制度，吃素只限初一十五或是菩萨的生辰之类。虔诚的中国人出世入世，一只脚跨出跨进，认为地下的书记官一定会忠实地记录下来每一寸每一分的退休。

救世工作体育化

至于好动的年轻人，他们暂时出世一下，求得知识与权力，再回来的时候便可以除暴安良，改造社会。他们接连静坐数小时，胸中一念不生。在黎明与半夜他们作深呼吸运动，吸入日月精华，帮助超人的"浩然之气"的发展。对于中国人，体操总带有一点微妙的道义精神，与"养气"、"练气"有关。拳师的技巧与隐士内心的和平是相得益彰的。

这样一路打拳打入天国，是中国冒险小说的中心思想——中国也有与西方的童子军故事相等地位的小说，读者除了学生学徒之外还有许多的成年人。书中的侠客，替天行道之前先到山中学习拳术、刀法、战略。要改善人生先得与人生隔绝，这观念，即是在不看武侠小说的人群中也是根深柢固的。

不必要的天堂

仅将现实加以改良，有人觉得不够，还要更上一层。大多数人宁可成仙，不愿成神，因为神的官衔往往是大功德的酬报，得到既麻烦，此后成为天国的官员，又有许多职责。一个清廉的县长死后自动地就成神，如果人民为他造一座庙。特别贞节的女人大都有她们自己的庙，至于她们能不能继续享受地方上的供养爱护，那要看她们对于田稻收获、天气，以及私人的祷告是否负责。

发源自道教的仙人较可羡慕，他们过的是名士派的生活，林语堂所提倡的各种小愉快，应有尽有。仙人的正途出身需要半世纪以上的印度式的苦修，但是没有印度隐士对于肉体的凌辱。走偏锋的可以炼丹，或是仗着上头的援引——仙人化装做游方僧道来选出有慧根的人，三言两语点醒了他，两人一同失踪。五十年后一个老相识也许在他乡外县遇见他，胡子还是一样的黑。

有人名列仙班，完全由于好运气。研究神学有相当修养的狐精，会把它的呼吸凝成一只光亮的小球，每逢月夜，将它掷入空中，练习吐纳。人如果乘机抓到这球，即刻吞了它，这狐狸的终身事业就完了。兽类求长生，先得经过人的阶段，需要走比人长的路，因此每每半路上被拦劫，失去辛苦得来的道行。

生活有绝对保障的仙人以冲淡的享乐，如下棋、饮酒、旅行，来消磨时间。他们生存在另一个平面的时间里，仙家一日等于世上千年。这似乎没有多大好处——虽然长命都白活了。

神仙没有性生活与家庭之乐，于是人们又创造了两栖动物的"地仙"——地仙除了长生不老之外，与普通的财主无异。人迹不到的山谷岛屿中有地仙的住宅，与回教的乐园一般地充满了黑眼睛的侍女，可是不那么大众化。偶尔与人群接触一下，更觉得地位优越的愉快。像那故事里的人，被地仙招了女婿，乘了游艇在洞庭湖碰见个老朋友，请他上船吃酒，送了他许多珠宝，朋友下船之后，女子乐队打起鼓来，白雾陡起，游艇就此不见了。

仙人无牵无挂享受他的财富，虽然是快乐的，在这不负责的生活里他没有机会行使他的待人接物的技术，而这技术，操练起来无论怎样痛苦，到底是中国人的特长，不甘心放弃的。因此中国人对于仙境的态度很游移，一半要，一半又憎恶。

中国人的天堂其实是多余的。于大多数人，地狱是够好的了。只要他们品行不太坏，他们可以预期一连串无限的、大致相同的人生，在这里头他们实践前缘，无心中又种下未来的缘分、结冤、解冤——因与果密密组织起来如同篾席，看着头晕。中国人特别爱悦人生的这一面——一喜欢就不放手，他们的脾气向来如此。电影《万世流芳》编成了京戏；《秋海棠》小说编成话剧，绍兴戏、滑稽戏、弹词、申曲，同一批观众忠心地去看了又看。中国乐曲，题目不论是《平沙落雁》还是《汉宫秋》，永远把一个调子重复又重复，平心静气咀嚼回味，没有高潮，没有完——完了之后又开始，这次用另一个曲牌名。

中国人的"坏"

十七世纪罗马派到中国来的神父吃惊地观察到天朝道德水准之高，没有宗教而有如此普及的道德纪律，他们再也想不通。然而初恋样的金闪闪的憧憬终于褪色；大队跟进来的洋商接触到的中国人似乎全都是鬼鬼祟祟，毫无骨气的骗子。中国人到底是不是像初见面时看上去那么好呢？

中国人笑嘻嘻说："这孩子真坏，"是夸奖他的聪明。"忠厚乃无用之别名，"可同时中国人又惟恐自己的孩子太机灵，锋芒太露是危险的，呆人有呆福。不傻也得装傻。一般人往往特别重视他们所缺乏的——听说旧约时代的犹太民族宗教感的早熟，就是因为他们天性好淫。像中国人是天生地贪小，爱占便宜，因而有"戒之在得"的反应，反倒奖励痴呆了。

中国人并非假道学，他们认真相信性善论，一切反社会的，自私的本能都不算本能。这样武断的分类，施之于德育，倒很有效，因为谁都不愿意你说他反常。

然而要把自己去适合过高的人性的标准，究竟麻烦，因此中国人时常抱怨"做人难"。"做"字是创造，摹拟，扮演，里面有吃力的感觉。

努力的结果，中国人到底发展成为较西方人有道德的民族了。中国人是最糟的公民，但是从这一方面去判断中国人是不公平的——他们始终没有过多少政治生活的经验。在家庭里，朋友之间，他们永远是非常的关切，克己。最小的一件事，也须经过道德上的考虑。很少人活得到有任性的权利的高年。

因为这种心理教育的深入，分析中国人的行为，很难辨认什么是训练，什么是本性。夏天施送痧药水的捐款，没有人敢吞没，然而石菩萨的头，一个个给砍下来拿去卖给外国人，却不算一回事。对于无知识的群众，抽象的道德观念竟比具体的偶像崇拜有力，是颇为特殊的现象。

孔教为不求甚解的读书人安排好了一切，但是好奇心重的愚民不由地要向宇宙的秘密里窥探窥探。本土的、舶来的、传说的碎片被系统化、人情化之后，孔教的制裁就伸展到中国人的幻想最辽阔的边疆。这宗教虽然不成体统，全亏它给了孔教一点颜色与体质。中国的超自然的世界是荒芜苍白的，对照之下，更显出了人生的丰富与自足。

外教在中国

天主教的上帝、圣母、耶稣，中国人很容易懂得他们的血统关系与统治权，而圣母更有一种辽远的艳异，比本地的神多点吸引力。但是由于她的黄头发，究竟有些隔膜，虽然有圣诞卡片试着为她穿上中国古装，黄头发上罩了披风，还是不行。并且在这三位之下还有许多小圣。各有各的难记的名字、历史背景、特点与事迹。用一群神来代替另一群，还是用虚无或是单独的一个神来代替，比较容易。所以天主教在中国，虽然组织精严，仍然敌不过基督教。

基督教的神与信徒发生个人关系，而且是爱的关系。中国的神向来公事公办，谈不到爱。你前生犯的罪，今生茫然不知的，他也要你负责。天罚的执行有时候是刁恶的骗局。譬如像那七个女婿中的一个，梦见七个人被红绳拴在一起，疑心是凶兆，从此见了他的连襟就躲开。恶作剧的亲戚偏逼着他们在一间房里吃酒，把门锁了。屋子失火，七个女婿一齐烧死。原来这梦是神特地遣来引诱他的。

现代中国电影与文学表现肯定的善的时候，这善永远带有基督教传教士的气氛，可见基督教对于中国生活的影响。模范中国人镇静地微笑着，勇敢地愉快着，穿着二年前的时装，称太太为师母，女的结绒线，孩子在钢琴上弹奏《一百零一支最好的歌》。女作家们很快就抓到了礼拜堂晚钟与跪在床前做祷告的抒情的美。流行杂志上小说里常常有个女主角建立孤儿院来纪念她过去的爱人。这些故事该是有兴趣的，因为它们代表了一般受过教育的妻与母亲的灵的飞翔。

教会学校的学生，正在容易受影响的年龄，惯于把赞美诗与教堂和庄严、纪律、青春的理想联系在一起，这态度可以一直保持到成年之后，即使他们始终没受洗礼。年轻的革命者仇视着固有的宗教，倒不反对基督教，因为跟着它来的是医院、化学实验室。

《人海慈航》影片里有一夫一妻，丈夫在交易所里浪掷钱财精力，而妻子做医生为人群服务，空下来还陪着小孩喜孜孜在地窖里从事化学试验。《人海慈航》是唯一的一出中国电影，这样不断地贤德下去，贤德到二十分钟以上。普通电影里的善只是匆匆一瞥，当作黑暗面的对照。

在古中国，一切肯定的善都是从人的关系里得来的。孔教政府的最高理想不过是足够的食粮与治安，使亲情友谊得以和谐地发挥下去。近代的中国人突然悟到家庭是封建余孽，父亲是专制魔王，母亲是好意的傻子，时髦的妻是玩物，乡气的妻是祭桌上的肉。一切基本关系经过这许多攻击，中国人像西方人一样地变得局促多疑了。而这对于中国人是格外痛苦的，因为他们除了人的关系之外没有别的信仰。

所以也难怪现代的中国人描写善的时候如此感到困难。小说戏剧做到男女主角出了迷津，走向光明去，即刻就完了——任是批评家怎么鞭笞责骂，也不得不完。

因为生活本身不够好的，现在我们要在生活之外另有个生活的目标。去年新闻报上就有个前进的基督徒这样可怜地说了：就算是利用基督教为工具，问他们借一个目标来也好。

但是基督教在中国也有它不可忽视的弱点。基督教感谢上帝在七天之内（或是经过亿万年的进化程序）为我们创造了宇宙。中国人则说是盘古开天辟地，但这没有多大关系——中国人仅仅上溯到第五代，五代之上的先人在祭祖的筵席上就没有他们的份。因为中国人对于亲疏的细致区别，虽然讲究宗谱，却不大关心到生命最初的泉源。第一爱父母，轮到父母的远代祖先的创造者，那爱当然是冲淡又冲淡了。

受过教育的中国人认为达尔文一定是对的，既然他有欧洲学术中心的拥护，假使一旦消息传来，他的理论被证实是错的，中国人立刻毫无痛苦地放弃了它。他们从来没认真把猴子当祖宗，况且这一切都发生在时间的黎明之前。世界开始的时候，黄帝统治着与我们一般无二，只有比我们文明些的人民。中国人臆想中的历史是一段悠长平均的退化，而不是进化；所以他们评论圣贤，也以时代先后为标准，地位越古越高。

对于生命的起源既不感兴趣，而世界末日又是不能想像的。欧洲黑暗时代，末日审判的画面在大众的幻想中是鲜明亲切的，也许因为罗马帝国的崩溃，神经上受到打击，都以为世界末日将在纪元一〇〇〇年来到。中国在发展过程中没有经过这样断然的摧折，因此中国人觉得历史走的是竹节运，一截太平日子间着一劫，直到永远。

中国宗教衡人的标准向来是行为而不是信仰，因为社会上最高级的份子几乎全是不信教的，同时因为刑罚不甚重而赏额不甚动人，信徒多半采取消极态度，只求避免责罚。中国人积习相沿，对于责任总是一味地设法推卸；出于他们意料之外，基督教献给他们一只"赎罪的羔羊"，无代价地负担一切责任，你只要相信就行了。这样，惯于讨价还价的中国人反倒大大地动了疑。

但是中国人信基督教最大的困难还是：它所描画的来生不是中国人所要的。较旧式的耶教天堂，在里面无休无歇弹着金的竖琴，歌颂上天之德，那个我们且不去说它。较前进的理想，把地球看作一个道德的操场，让我们在这里经过训练之后，到另一个渺茫的世界里去大献身手，对于自满的、保守性的中国人，一向视人生为宇宙的中心的，这也不能被接受。至于说人生是大我的潮流里一个暂时的泡沫，这样无个性的永生也没多大意思。基督教给我们很少的安慰，所以本土的传说，对抗着新旧耶教的高压传教，还是站得住脚，虽然它没有反攻，没有大量资本的支持，没有宣传文学，优美和平的布景，连一本经书都没有——佛经极少人懂，等于不存在。

不可捉摸的中国的心

然而，中国的宗教究竟是不是宗教？是宗教，就该是一种虔诚的信仰。下层阶级认为信教比较安全，因为如果以后发现完全是谎话，也无伤，而无神论者可就冒了不必要的下地狱的危险。这解释了中国对于外教的传统的宽容态度。无端触犯了基督教徒，将来万一落到基督教的地狱里，举目无亲，那就要吃亏了。

但是无论怎样模棱两可，在宗教里有时候不能用外交辞令含糊过去，必须回答"是"或"否"。

譬如有人失去了一切，惟有靠了内在的支持才能够振作起来，创造另一个前途。可是在中国，这样的事很少见。虽然相信"吃得苦中苦，方为人上人"，一旦做了人上人再跌下来，就再也不会爬起来。因为这缘故，中国报纸上的副刊差不多每隔两天总要转载一次爱迪生或是富兰克林的教训："失败为成功之母。"

中国人认输的时候，也许自信心还是有的，他要做的事或许是好的，可是不合时宜。天从来不帮着失败的一边。中国知识份子的"天"与现代思想中的"自然"相吻合，伟大，走着它自己无情的路，与基督教慈爱的上帝无关。在这里，平民的宗教也受了士人的天的影响：有罪必罚，因为犯罪是阻碍了自然的推行，而孤独的一件善却不一定得到奖赏。

虽说"天无绝人之路"，真的沦为乞丐的时候，是很少翻身的机会的。在绝境中的中国人，可有一点什么来支持他们呢？宗教除了告诉他们这是前世作孽的报应，此外任何安慰也不给么？

乞丐不是人，因为在孔教里，人性的范围很有限。人的资格最重要的一个条件是人与人的关系；就连这些关系也被限制到五伦之内。太穷的人无法奉行孔教，因为它先假定了一个人总得有点钱或田地，可以养家活口，适应社会的要求。乞丐不能有家庭或是任何人与人的关系，除掉乞怜于人的这一种，而这又是有损于个人道德的；于是乞丐被逐出宗教的保护之外。

穷人又与赤贫的不同。世界各国向来都以下层阶级为最虔诚，因为他们比较热心相信来生的补报。而中国的下层阶级，因为住得挤，有更繁多的人的关系、限制、责任，更亲切地体验到中国宗教背景中神鬼人拥挤的、刻刻被侦察的情况。

将死的人也不算人；痛苦与扩大的自我感切断了人与人的关系。因为缺少同情，临终的病人的心境在中国始终没有被发掘。所有的文学，涉及这一点，总限于旁观者的反应，因此常常流为毫无心肝的讽刺滑稽，像那名唤"无常"的鬼警察，一个白衣丑角，高帽子上写着"对我生财"。

对于生命的来龙去脉毫不感到兴趣的中国人，即便感到兴趣也不大敢朝这上面想。思想常常漂流到人性的范围之外是危险的，邪魔鬼怪可以乘隙而入，总是不去招惹它的好。中国人集中注意力在他们眼面前热闹明白的，红灯照里的人生小小的一部。在这范围内，中国的宗教是有效的；在那之外，只有不确定的、无所不在的悲哀。什么都是空的，像阎惜姣所说："洗手净指甲，做鞋泥里踏。"

* 初载一九四四年八月、九月、十月《天地》第十一期、第十二期、第十三期，收入一九八七年五月台北皇冠出版社《余韵》。

忘不了的画

有些图画是我永远忘不了的，其中只有一张是名画，果庚的《永远不再》。一个夏威夷女人裸体躺在沙发上，静静听着门外的一男一女一路说着话走过去。门外的玫瑰红的夕照里的春天，雾一般地往上喷，有升华的感觉，而对于这健壮的，至多不过三十来岁的女人，一切都完了。女人的脸大而粗俗，单眼皮，她一手托腮，把眼睛推上去，成了吊梢眼，也有一种横泼的风情，在上海的小家妇女中时常可以看到的，于我们颇为熟悉。身子是木头的金棕色。棕黑的沙发，却画得像古铜，沙发套子上现出青白的小花，罗甸样地半透明。嵌在暗铜背景里的户外天气则是彩色玻璃，蓝天，红蓝的树，情侣，石阑干上站着童话里的稚拙的大鸟。玻璃，铜，与木，三种不同的质地似乎包括了人手打得到的世界的全部，而这是切实的，像这女人。想必她曾经结结实实恋爱过，现在呢，"永远不再"了。虽然她睡的是文明的沙发，枕的是柠檬黄花布的荷叶边枕头，这里面有一种最原始的悲怆。不像在我们的社会里，年纪大一点的女人，如果与情爱无缘了还要想到爱，一定要碰到无数小小的不如意，龌龊的刺恼，把自尊心弄得千疮百孔，她这里的却是没有一点渣滓的悲哀，因为明净，是心平气和的，那木木的棕黄脸上还带着点不相干的微笑。仿佛有面镜子把户外的阳光迷离地反映到脸上来，一晃一晃。

美国的一个不甚著名的女画家所作的《感恩节》，那却是绝对属于现代文明的。画的是一家人忙碌地庆祝感恩节，从电灶里拖出火鸡，桌上有布丁，小孩在桌肚下乱钻。粉红脸，花衣服的主妇捧着大叠杯盘往饭厅里走，厨房砖地是青灰的大方块，青灰的空气里有许多人来回跑，一阵风来，一阵风去。大约是美国小城市里的小康之家，才做了礼拜回来，照他们垦荒的祖先当初的习惯感谢上帝给他们一年的好收成，到家全都饿了，忙着预备这一顿特别丰盛的午餐。但虽是这样积极的全家福，到底和从前不同，也不知为什么，没那么简单了。这些人尽管吃喝说笑，脚下仿佛穿着雨中踩湿的鞋袜，寒冷，黏搭搭。活泼唧溜的动作里有一种酸惨的铁腥气，使人想起下雨天走得飞快的电车的脊梁，黑漆的，打湿了，变了很淡的钢蓝色。

叫做《明天与明天》的一张画，也是美国的，画一个妓女，在很高的一层楼上租有一间房间，阳台上望得见许多别的摩天楼。她手扶着门向外看去，只见她的背影，披着黄头发，绸子浴衣是陈年血迹的淡紫红，罪恶的颜色，然而代替罪恶，这里只有平板的疲乏。明天与明天……丝袜溜下去，臃肿地堆在脚踝上；旁边有白铁床的一角，邋遢的枕头，床单，而阳台之外是高天大房子，黯淡而又白浩浩，时间的重压，一天沉似一天。

画娼妓，没有比这再深刻了。此外还记得林风眠的一张，中国的洋画家，过去我只喜欢一个林风眠。他那些宝蓝衫子的安南缅甸人像，是有着极圆熟的图案美的。比较回味深长的却是一张着色不多的，在中国的一个小城，土墙下站着个黑衣女子，背后跟着鸨妇。因为大部份用的是淡墨，虽没下雨而像是下雨，在寒雨中更觉得人的温暖。女人不时髦，面目也不清楚，但是对于普通男子，单只觉得这女人是有可能性的，对她就有点特殊的感情，像孟丽君对于她从未见过面的未婚夫一样的，仿佛有一种微妙的牵挂。林风眠这张画是从普通男子的观点去看妓女的，如同鸳鸯蝴蝶派的小说，感伤之中不缺少斯文扭捏的小趣味，可是并无恶意，普通女人对于娼妓的观感则比较复杂，除了恨与看不起，还又有羡慕着，尤其是上等妇女，有其太多的闲空与太少的男子，因之往往幻想妓女的生活为浪漫的。那样的女人大约要被卖到三等窑子里去才知道其中的甘苦。

日本美女画中有著名的《青楼十二时》，画出艺妓每天二十四个钟点内的生活。这里的画家的态度很难得到我们的了解，那培异的尊重与郑重。中国的确也有苏小妹董小宛之流，从粉头群里跳出来，自处甚高，但是在中国这是个性的突出，而在日本就成了一种制度——在日本，什么都会成为一种制度的。艺妓是循规蹈矩训练出来的大众情人，最轻飘的小动作里也有传统习惯的重量，没有半点游移。《青楼十二时》里我只记得丑时的一张，深宵的女人换上家用的木屐，一只手捏住胸前的轻花衣服，防它滑下肩来，一只手握着一炷香，香头飘出细细的烟。有丫头蹲在一边伺候着，画得比她小许多。她立在那里，像是太高，低垂的颈子太细，太长，还没踏到木屐上的小白脚又小得不适合，然而她确实知道她是被爱着的，虽然那时候只有她一个人在那里。因为心定，夜显得更静了，也更悠久。

这样地把妓女来理想化了，我能想到的唯一解释是日本人对于训练的重视，而艺妓，因为训练得格外彻底，所以格外接近女性的美善的标准。不然我们再也不能懂得谷崎润一郎在《神与人之间》里为什么以一个艺妓来代表他的"圣洁的 Madonna"。

说到欧洲的圣母，从前没有电影明星的时候，她是唯一的大众情人，历代的大美术家都替她画过像。其中有这样的画题："有着无瑕的子宫的圣母"。从前的 Oomph Girl 等于现在的 Womb Girl。但现代的文明人到底拘谨得多，绝对不会那么公然地以"无瑕的子宫"为号召了。

欧洲各国的圣母，不论是荷兰的，丝丝缕缕披着稀薄的金色头发，面容长而冷削，金的，玉的，寂寞的，像玛琳黛德丽；还是意大利的，农田里的，摆水果摊子的典型，重重的青黑的眉眼，多肉，多娇；还是德国的，像是给男人打怕了的，凸出了淡蓝的大眼睛，于惊恐中生出德国人特别喜欢的那种活泼娥媚；美的标准不同，但是宗教画家所要表现的总是一个天真的乡下姑娘，极度谦卑，然而因为天降大任于身，又有一种新的尊贵，双手捧了皇儿，将来要以他的血来救世界，她把他献给世界。画家无法表现小儿的威权智慧，往往把他画成了一个满身横肉的，老气的婴孩。有时候他身上覆了轻纱，母亲揭开纱，像是卖弄地揭开了贵重礼物的盒盖。有时候她也逗着他玩，或是温柔地凝视着怀中的他，可是旁边总仿佛有无数眼睁睁的看戏的。

单只为这缘故我也比较喜欢日本画里的《山姥与金太郎》，大约是民间传说，不清楚两人是否母子关系，金太郎也许是个英雄，被山灵抚养大的。山姥披着一头乱蓬蓬的黑发，丰肥的长脸，眼睛是妖淫的，又带着点潇潇的笑，像是想得很远很远；她把头低着，头发横飞出去，就像有狂风把漫山遍野的树木吹得往一边倒。也许因为倾侧的姿势，她的乳在颈项底下就开始了，长长地下垂，是所谓"口袋奶"，蟹壳脸的小孩金太郎偎在她胸脯上，圆睁怪眼，有时候也顽皮地用手去捻她的乳头，而她只是不介意地潇潇笑着，一手执着描了花的博浪鼓逗着他，眼色里说不出是诱惑，是卑贱，是涵容笼罩，而胸前的黄黑的小孩于强凶霸道之外，又有大智慧在生长中。这里有母子，也有男女的基本关系。因为只有一男一女，没人在旁看戏，所以是正大的，觉得一种开天辟地之初的气魄。

由此我又想到拉斐尔最驰名的圣母像，The Sistine Madonna 抱着孩子出现在云端，脚下有天使与下跪的圣徒。这里的圣母最可爱的一点是她的神情，介于惊骇与矜持之间，那骤然的辉煌。一个低三下四的村姑，蓦地被提拔到皇后的身分，她之所以入选，是因为她的天真，平凡，被抬举之后要努力保持她的平凡，所以要做戏了。就像在美国，各大商家选举出一个典型的"普通人"，用他做广告："普通人先生"爱吸××牌香烟，用××牌剃刀，穿××牌雨衣，赞成罗斯福，反对女人太短的短裤。举世瞩目之下，普通人能够普通到几时？这里有一种寻常中的反常。而山姥看似妖异，其实是近人情的。

超写实派的梦一样的画，给我印象最深的是一张无名的作品，一个女人睡倒在沙漠里，有着埃及人的宽黄脸，细瘦玲珑的手与脚；穿着最简单的麻袋样的袍子，白地红条，四周是无垠的沙；沙上的天，虽然夜深了还是淡淡的蓝，闪着金的沙质。一只黄狮子走来闻闻她，她头边搁着乳白的瓶，想是汲水去，中途累倒了。一层沙，一层天，人身上压着大自然的重量，沉重清净的睡，一点梦也不做，而狮子咻咻地来嗅了。

题名作《夜的处女》的一张，也有同样的清新的恐怖气息。四个巨人，上半身是犹太脸的少女，披着长发，四人面对面站立，突出的大眼睛静静地互相看着，在商量一些什么。脚下的圆白的石块在月光中个个分明，远处有砖墙，穿门下恍惚看见小小的一个男子的黑影，像是生魂出窍——就是他做了这梦。

中国人画油画，因为是中国人，仿佛有便宜可占，借着参用中国固有作风的藉口，就不尊重西洋画的基本条件。不取巧呢，往往就被西方学院派的传统拘束了。最近看到胡金人先生的画，那却是例外。最使我吃惊的是一张白玉兰，土瓶里插着银白的花，长圆的瓣子，半透明，然而又肉嘟嘟，这样那样伸展出去，非那么长着不可的样子；贪欢的花，要什么，就要定了，然而那贪欲之中有喜笑，所以能够被原谅，如同青春。玉兰丛里夹着一枝迎春藤，放烟火似的一路爆出小金花。连那棕色茶几也画得有感情，温顺的小长方，承受着上面热闹的一切。

另有较大的一张，也是白玉兰，薄而亮，像玉又像水晶，像杨贵妃牙痛起来含在嘴里的玉鱼的凉味。迎春花强韧的线条开张努合，它对于生命的控制是从容而又霸道的。

两张画的背景都是火柴盒反面的紫蓝色。很少看见那颜色被运用得这么好的。叫做《暮春》的一幅画里，阴阴的下午的天又是那闷蓝。公园里，大堆地拥着绿树，小路上两个女人急急走着，被可怕的不知什么所追逐，将要走到更可怕的地方去。女人的背影是肥重的，摇摆着大屁股，可是那俗气只有更增加了恐怖的普照。

文明人的驯良，守法之中，时而也会发现一种意想不到的，怯怯的荒寒。《秋山》又是恐怖的，淡蓝的天，低黄的夕照，两棵细高的白树，软而长的枝叶，鳗鱼似地在空中游，互相绞搭，两个女人缩着脖子挨得紧紧地急走，已经有冬意了。

《夏之湖滨》，有女人坐在水边，蓝天白云，白绿的大树在热风里摇着，响亮的蝉——什么都全了，此外好像还多了一点什么，仿佛树荫里应当有个音乐茶座，内地初流行的歌，和着水声蝉声沙沙而来，粗俗宏大的。

《老女仆》脚边放着炭钵子，她弯腰伸手向火，膝盖上铺着一条白毛毡，更托出了那双手的重拙辛苦。她戴着绒线帽，庞大的人把小小的火四面八方包围起来，微笑着，非常满意于一切。这是她最享受的一刹那，因之更觉得惨了。

有一张静物，深紫褐的背景上零零落落布置着乳白的瓶罐，刀，荸荠，荐菇，紫菜苔，篮，抹布。那样的无章法的章法，油画里很少见，只有十七世纪中国的绸缎磁器最初传入西方的时候，英国的宫廷画家曾经刻意模仿中国人画"岁朝清供"的作风，白纸上一样一样物件分得开开地。这里的中国气却是在有意无意之间。画面上紫色的小浓块，显得丰富新鲜，使人幻想到《流着乳与蜜的国土》里，晴天的早饭。

还有《南京山里的秋》，一条小路，银溪样地流去；两棵小白树，生出许多黄枝子，各各抖着，仿佛天刚亮。稍远还有两棵树，一个蓝色，一个棕色，潦草像中国画，只是没有格式。看风景的人像是远道而来，喘息未定，蓝糊的远山也波动不定。因为那倏忽之感，又像是鸡初叫，席子嫌冷了的时候的迢遥的梦。

＊初载一九四四年九月《杂志》第十三卷第六期，收入《流言》。

传奇再版的话

以前我一直这样想着：等我的书出版了，我要走到每一个报摊上去看看，我要我最喜欢的蓝绿的封面给报摊子上开一扇夜蓝的小窗户，人们可以在窗口看月亮，看热闹。我要问报贩，装出不相干的样子："销路还好吗？——太贵了，这么贵，真还有人买吗？"呵，出名要趁早呀！来得太晚的话，快乐也不那么痛快。最初在校刊上登两篇文章，也是发了疯似地高兴着，自己读了一遍又一遍，每一次都像是第一次见到。就现在已经没那么容易兴奋了。所以更加要催：快，快，迟了来不及了，来不及了！

个人即使等得及，时代是仓促的，已经在破坏中，还有更大的破坏要来。有一天我们的文明，不论是升华还是浮华，都要成为过去。如果我最常用的字是"荒凉"，那是因为思想背景里有这惘惘的威胁。

在上海已经过了时的蹦蹦戏，我一直想去看一次，只是找不到适当的人一同去；对这种破烂，低级趣味的东西如此感到兴趣，都不好意思向人开口。直到最近才发现一位太太，她家里谁都不肯冒暑陪她去看朱宝霞，于是我们一块儿去了。拉胡琴的一开始调弦子，听着就有一种奇异的惨伤，风急天高的调子，夹着嘶嘶的嗄声。天地玄黄，宇宙洪荒，塞上的风，尖叫着为空虚所追赶，无处可停留。一个穿蓝布大褂的人敲着竹筒打拍子，辣手地："伈！伈！伈！"索性站到台前，离观众近一点，故意压倒了歌者："伈！唉哇！唉哇！"一下一下不容情地砸下来，我坐在第二排，震得头昏眼花，脑子里许多东西渐渐地都给砸了出来，剩下的只有最原始的。在西北的寒窑里，人只能活得很简单，而这已经不容易了。剧中人声嘶力竭与胡琴的酸风与梆子的铁拍相斗。扮作李三娘的一个北方少女，黄着脸，不搽一点胭脂粉，单描了墨黑的两道长眉，挑着担子汲水去，半路怨苦起来："虽然不比王三姐……"两眼定定地望着地，一句一句认真地大声喊出。正在井台上取水，"在马上忽闪出了一小将英豪"，是她的儿子，母子凑巧相会，彼此并不认识。后来小将军开始怀疑这"贫娘"就是他的母亲，因而查问她的家世，"你父姓甚名谁？你母何人？你兄何人？"她一一回答，她把我读作"哇"，连嫂子的来历也交代清楚，"哇嫂张氏……"黄土窟里住着，外面永远是飞沙走石的黄昏，寒缩的生存也只限于这一点；父亲是什么人，母亲是什么人，哥哥，嫂嫂……可记的很少，所以记得牢牢的。

　　正戏之前还有一出谋杀亲夫的玩笑戏，荡妇阔大的脸上塌着极大的两片胭脂，连鼻翅都搽红了，只留下极窄的一条粉白的鼻子，这样装出来的希腊风的高而细的鼻梁与她宽阔的脸很不相称，水汪汪的眼睛仿佛生在脸的两边，近耳朵，像一头兽。她嘴里有金牙齿，脑后油腻的两绺青丝一直垂到腿弯，妃红衫袖里露出一截子黄黑，滚圆的肥手臂。她丈夫的冤魂去告状，轿子里的官员得到报告说，"有旋风拦道。"官问："是男旋女旋？"捕快仔细观察一下，答是"男旋。"官便吩咐他去"追赶旋风，不得有误。"追到一座新坟上。上坟的小寡妇便被拘捕。她跪着解释她丈夫有一天晚上怎样得病死的,百般譬喻,官仍旧不明白。她唱道:"大人哪!谁家的灶门里不生火? 哪一个烟囱里不冒烟? "观众喝采了。

蛮荒世界里得势的女人,其实并不是一般人幻想中的野玫瑰,燥烈的大黑眼睛,比男人还刚强,手里一根马鞭子,动不动抽人一下,那不过是城里人需要新刺激,编造出来的。将来的荒原下,断瓦颓垣里,只有蹦蹦戏花旦这样的女人,她能够夷然地活下去,在任何时代,任何社会里,到处是她的家。

所以我觉得非常伤心了。常常想到这些,也许是因为威尔斯的许多预言。从前以为都还远着呢,现在似乎并不很远了。然而现在还是清如水,明如镜的秋天,我应当是快乐的。

*收入一九四四年九月上海杂志社《传奇》。亦收入《流言》,改题《〈传奇〉再版序》;一九六八年七月台北皇冠出版社版《流言》删去此篇。

谈音乐

我不大喜欢音乐。不知为什么，颜色与气味常常使我快乐，而一切的音乐都是悲哀的。即使是所谓"轻性音乐"，那跳跃也像是浮面上的，有点假。譬如说颜色：夏天房里下着帘子，龙须草席上堆着一叠旧睡衣，摺得很齐整，翠蓝夏布衫，青绸裤，那翠蓝与青在一起有一种森森细细的美，并不一定使人发生什么联想，只是在房间的薄暗里挖空了一块，悄没声地留出这块地方来给喜悦。我坐在一边，无心中看到了，也高兴了好一会。

还有一次，浴室里的灯新加了防空罩，青黑的灯光照在浴缸面盆上，一切都冷冷地，白里发青发黑，镀上一层新的润滑，而且变得简单了，从门外望进去，完全像一张现代派的图画，有一种新的立体。我觉得是绝对不能够走进去的，然而真的走进去了。仿佛做到了不可能的事，高兴而又害怕，触了电似地微微发麻，马上就得出来。

总之，颜色这样东西，只有没颜落色的时候是凄惨的；但凡让人注意到，总是可喜的，使这世界显得更真实。

气味也是这样的。别人不喜欢的有许多气味我都喜欢，雾的轻微的霉气，雨打湿的灰尘，葱蒜，廉价的香水。像汽油，有人闻见了要头昏，我却特意要坐在汽车夫旁边，或是走到汽车后面，等它开动的时候"布布布"放气。每年用汽油擦洗衣服，满房都是那清刚明亮的气息；我母亲从来不要我帮忙，因为我故意把手脚放慢了，尽着汽油大量蒸发。

牛奶烧糊了，火柴烧黑了，那焦香我闻见了就觉得饿。油漆的气味，因为簇崭新，所以是积极奋发的，仿佛在新房子里过新年，清冷，干净，兴旺。火腿咸肉花生油搁得日子久，变了味，有一种"油哈"气，那个我也喜欢，使油更油得厉害，烂熟，丰盈，如同古时候的"米烂陈仓"。香港打仗的时候我们吃的菜都是椰子油烧的，有强烈的肥皂味，起初吃不惯要呕，后来发现肥皂也有一种寒香。战争期间没有牙膏，用洗衣服的粗肥皂擦牙齿我也不介意。

气味总是暂时的，偶尔的；长久嗅着，即使可能，也受不了。所以气味到底是小趣味。而颜色，有了个颜色就有在那里了，使人安心。颜色和气味的愉快性也许和这有关系。不像音乐，音乐永远是离开了它自己到别处去的，到哪里，似乎谁都不能确定，而且才到就已经过去了，跟着又是寻寻觅觅，冷冷清清。

我最怕的是凡哑林，水一般地流着，将人生紧紧把握贴恋着的一切东西都流了去了。胡琴就好得多，虽然也苍凉，到临了总像着北方人的"话又说回来了，"远兜远转，依然回到人间。

凡哑林上拉出的永远是"绝调"，回肠九转，太显明地赚人眼泪，是乐器中的悲旦。我认为戏里只能有正旦贴旦小旦之分而不应当有"悲旦"，"风骚泼旦"，"言论老生"。（民国初年的文明戏里有专门发表政治性演说的"言论老生"。）

凡哑林与钢琴合奏，或是三四人的小乐队，以钢琴与凡哑林为主，我也讨厌，零零落落，历碌不安，很难打成一片，结果就像中国人合作的画，画一个美人，由另一个人补上花卉，又一个人补上背景的亭台楼阁，往往没有情调可言。

大规模的交响乐自然又不同，那是浩浩荡荡五四运动一般地冲了来，把每一个人的声音都变了它的声音，前后左右呼啸喊嚓的都是自己的声音，人一开口就震惊于自己的声音的深宏远大；又像在初睡醒的时候听见人向你说话，不大知道是自己说的还是人家说的，感到模糊的恐怖。

然而交响乐，因为编起来太复杂，作曲者必须经过艰苦的训练，以后往往就沉溺于训练之中，不能自拔。所以交响乐常有这个毛病：格律的成分过多。为什么隔一阵子就要来这么一套？乐队突然紧张起来，埋头咬牙，进入决战最后阶段，一鼓作气，再鼓三鼓，立志要把全场听众扫数肃清铲除消灭。而观众只是默默抵抗着，都是上等人，有高级的音乐修养，在无数的音乐会里坐过的；根据以往的经验，他们知道这音乐是会完的。

我是中国人，喜欢喧哗吵闹，中国的锣鼓是不问情由，劈头劈脑打下来的，再吵些我也能够忍受，但是交响乐的攻势是慢慢来的，需要不少的时间把大喇叭小喇叭钢琴凡哑林一一安排布置，四下里埋伏起来，此起彼应，这样有计画的阴谋我害怕。

我第一次和音乐接触，是八九岁时候，母亲和姑姑刚回中国来，姑姑每天练习钢琴，伸出很小的手，手腕紧匝着绒线衫的窄袖子，大红绒线里绞着细银丝。琴上的玻璃瓶里常常有花开着。琴弹出来的，另有一个世界，可是并不是另一个世界，不过是墙上挂着一面大镜子，使这房间看上去更大一点，然而还是同样的斯文雅致的，装着热水汀的一个房间。

有时候我母亲也立在姑姑背后，手按在她肩上，"拉拉拉拉"

吊嗓子。我母亲学唱，纯粹因为肺弱，医生告诉她唱歌于肺有益。无论什么调子，由她唱出来都有点像吟诗（她常常用拖长了的湖南腔背诵唐诗），而且她的发音一来就比钢琴低半个音阶，但是她总是抱歉地笑起来，有许多娇媚的解释。她的衣服是秋天的落叶的淡赭，肩上垂着淡赭的花球，永远有飘堕的姿势。

我总站在旁边听，其实我喜欢的并不是钢琴而是那种空气。我非常感动地说："真羡慕呀！我要弹得这么好就好了！"于是大人们以为我是罕有的懂得音乐的小孩，不能埋没了我的天才，立即送我去学琴。母亲说："既然是一生一世的事，第一要知道怎样爱惜你的琴。"琴键一个个雪白，没洗过手不能碰。每天用一块鹦哥绿绒布亲自揩去上面的灰尘。

我被带到音乐会里，预先我母亲再三告诫："绝对不可以出声说话，不要让人家骂中国人不守秩序。"果然我始终沉默着，坐在位子上动也不动，也没有睡着。休息十分钟的时候，母亲和姑姑窃窃议论一个红头发的女人："红头发真是使人为难的事呀！穿衣服很受限制了，一切的红色黄色都犯了冲，只有绿，红头发穿绿，那的确……"在那灯光黄暗的广厅里，我找来找去看不见那红头发的女人，后来在汽车上一路想着，头发难道真有大红的么？很为困惑。

以后我从来没有自动去听过音乐会，就连在夏夜的公园里，远远坐着不买票，享受露天音乐厅的交响乐，我都不肯。

教我琴的先生是俄国女人，宽大的面颊上生着茸茸的金汗毛，时常夸奖我，容易激动的蓝色大眼睛里充满了眼泪，抱着我的头吻我。我客气地微笑着，记着她吻在什么地方，隔了一会才用手绢子去擦擦。到她家去总是我那老女佣领着我，我还不会说英文，不知怎样地和她话说得很多，连老女佣也常常参加谈话。有一个星期尾她到高桥游泳了回来，骄傲快乐地把衣领解开给我们看，粉红的背上晒塌了皮，虽然已经隔了一天，还有兴兴轰轰的汗味太阳味。客室的墙壁上挂满了暗沉沉的棕色旧地毯，安着绿漆纱门，每次出进都是她丈夫极有礼貌地替我们开门，我很矜持地，从来不向他看，因此几年来始终不知道他长得是什么样子，似乎是不见天日的阴白的脸，他太太教琴养家，他不做什么事。

后来我进了学校，学校里的琴先生时常生气，把琴谱往地上一掼，一掌打在手背上，把我的手横扫到钢琴盖上去，砸得骨节震痛。越打我越偷懒，对于钢琴完全失去了兴趣，应当练琴的时候坐在琴背后的地板上看小说。琴先生结婚之后脾气好了许多。她搽的粉不是浮在脸上——离着脸总有一寸远。松松的包着一层白粉，她竟向我笑了，说："早！"但是我还是害怕，每次上课之前立在琴间门口等着铃响，总是浑身发抖，想到浴室里去一趟。

因为已经下了几年的工夫，仿佛投资开店，拿不出来了，弃之可惜，所以一直学了下去，然而后来到底不得不停止了。可是一方面继续在学校里住读，常常要走过那座音乐馆，许多小房间，许多人叮叮咚咚弹琴，纷纷的琴字有摇落，寥落的感觉，仿佛是黎明，下着雨，天永远亮不起来了，空空的雨点打在洋铁棚上，空得人心里难受。弹琴的偶尔踩动下面的踏板，琴字连在一起和成一片，也不过是大风把雨吹成了烟，风过处，又是滴滴搭搭稀稀朗朗的了。

弹着琴，又像在几十层楼的大厦里，急急走上仆人苦力推销员所用的后楼梯，灰色水泥楼梯，黑铁阑干，两旁夹着灰色水泥墙壁，转角处堆着红洋铁桶与冬天的没有气味的灰寒的垃圾。一路走上去，没遇见一个人；在那阴风惨惨的高房子里，只是往上走。

后来离钢琴的苦难渐渐远了，也还听了一些交响乐（大都是留声机上的，因为比较短），总嫌里面慷慨激昂的演说腔太重。倒是比较喜欢十八世纪的宫廷音乐，那些精致的 Minuet，尖手尖脚怕碰坏了什么似的——的确那时候的欧洲人迷上了中国的磁器，连房间家具都用磁器来做，白地描金，非常细巧的椅子。我最喜欢的古典音乐家不是浪漫派的贝多芬或萧邦，却是较早的巴哈，巴哈的曲子并没有宫样的纤巧，没有庙堂气也没有英雄气，那里面的世界是笨重的，却又得心应手；小木屋里，墙上的挂钟滴答摇摆；从木碗里喝羊奶；女人牵着裙子请安；绿草原上有思想着的牛羊与没有思想的白云彩；沉甸甸的喜悦大声敲动像金色的结婚的钟。如同勃朗宁的诗里所说的：

"上帝在他的天庭里，

世间一切都好了。"

这歌剧样东西是贵重的，也止于贵重。歌剧的故事大都很幼稚，譬如像妒忌这样的原始的感情，在歌剧里也就是最简单的妒忌，一方面却用最复杂最文明的音乐把它放大一千倍来奢侈地表现着，因为不调和，更显得吃力。"大"不一定是伟大。而且那样的隆重的热情，那样的捶胸脯打手势的英雄，也讨厌。可是也有它伟大的时候——歌者的金嗓子在高压的音乐下从容上升，各种各样的乐器一个个惴惴慑伏了；人在人生的风浪里突然站直了身子，原来他是很高很高的，眼色与歌声便在星群里也放光。不看他站起来，不知道他平常是在地上爬的。

外国的通俗音乐，我最不喜欢半新旧的，例如《一百零一支最好的歌》，带有十九世纪会客室的气息，黯淡，温雅，透不过气来——大约因为那时候时行束腰，而且大家都吃得太多。所以有一种饱闷的感觉。那里的悲哀不是悲哀而是惨沮不舒。《在黄昏》是一支情歌：

"在黄昏，想起我的时候，不要记恨，亲爱的……"

听口气是端方的女人，多年前拒绝了男人，为了他的好，也为了她的好。以为什么事都没有发生，她一个人住着，一个人老了。虽然到现在还是理直气壮，同时却又抱歉着。这原是温柔可爱的，只是当中隔了多少年的慢慢的死与腐烂，使我们对于她那些过了时的逻辑起了反感。

苏格兰的民歌就没有那些逻辑，例如《萝门湖》，这支古老的歌前两年曾经被美国流行乐队拿去爵士化了，大红过一阵：

"你走高的路罢，

我走低的路……

我与我真心爱的永远不会再相逢，

在萝门湖美丽，美丽的湖边。"

可以想像多山多雾的苏格兰，遍山坡的 heather，长长地像蓬蒿，淡紫的小花浮在上面像一层紫色的雾。空气清扬寒冷。那种干净，只有我们的《诗经》里有。

一般的爵士乐，听多了使人觉得昏昏沉沉，像是起来得太晚了，太阳黄黄的，也不知是什么时候，没有气力，也没有胃口，没头没脑。那显著的摇摆的节拍，像给人捶腿似的，却是非常舒服的。我最喜欢的一支歌是《本埠新闻里的姑娘》，在中国不甚流行，大约因为立意新颖了一点，没有通常的"六月"，"月亮"，"蓝天"，"你"：——

"因为我想她，想那

本埠新闻里的姑娘

想那粉红纸张的

本埠新闻里的

年轻美丽的黑头发女人。"

完全是大城市的小市民。

南美洲的曲子，如火如荼，是烂漫的春天的吵嚷。夏威夷音乐很单调，永远是"吉他"的琤琤。仿佛在夏末初秋，席子要收起来了，挂在竹竿上晒着，花格子的台湾席，黄草席，风卷起的边缘上有一条金黄的日色。人坐在地下，把草帽合在脸上打瞌睡。不是一个人——靠在肩上的爱人的鼻息咻咻地像理发店的吹风。极单纯的沉湎，如果不是非常非常爱着的话，恐怕要嫌烦，因为耗费时间的感觉太分明，使人发急。头上是不知道倦怠的深蓝的天，上下几千年的风吹日照，而人生是不久长的，以此为永生的一切所激恼了。

中国的通俗音乐里，大鼓书我嫌它太像赌气，名手一口气贯串奇长的句子，脸不红，筋不爆，听众就专门要看他的脸红不红，筋爆不爆。《大西厢》费了大气力描写莺莺的思春，总觉得是京油子的耍贫嘴。

弹词我只听见过一次，一个瘦长脸的年轻人唱《描金凤》，每隔两句，句尾就加上极其肯定的"嗯，嗯，嗯，"每"嗯"一下，把头摇一摇，像是咬着人的肉不放似的。对于有些听众这大约是软性刺激。

比较还是申曲最为老实恳切。申曲里表现"急急忙忙向前奔"，有一种特殊的音乐，的确像是慌慌张张，脚不点地，耳际风生。最奇怪的是，表现死亡，也用类似的调子，气氛却不同了。唱的是:"三魂渺渺,三魂渺渺,七魄悠悠,七魄悠悠;阎王叫人三更死,并不留人,并不留人到五更!"忒楞楞急雨样的,平平的,重复又重复,仓皇,嘈杂,仿佛大事临头,旁边的人都很紧张,自己反倒不知道心里有什么感觉——那样的小户人家的死,至死也还是有人间味的。

中国的流行歌曲,从前因为大家有"小妹妹"狂,歌星都把喉咙逼得尖而扁,无线电扩音机里的《桃花江》听上去只是"价啊价,叽价价叽家啊价……"外国人常常骇异地问中国女人的声音怎么是这样的。现在好多了。然而中国的流行歌到底还是没有底子,仿佛是决定了新时代应当有新的歌,硬给凑了出来的。所以听到一两个悦耳的调子像《蔷薇处处开》,我就忍不住要疑心是从西洋或日本抄了来的。有一天深夜,远处飘来跳舞厅的音乐,女人尖细的喉咙唱着:"蔷薇蔷薇处处开!"偌大的上海,没有几家人家点着灯,更显得夜的空旷。我房间里倒还没熄灯,一长排窗户,拉上了暗蓝的旧丝绒帘子,像文艺滥调里的"沉沉夜幕"。丝绒败了色的边缘被灯光喷上了灰扑扑的淡金色,帘子在大风里蓬飘。街上急急驶过一辆奇异的车,不知是不是捉强盗,"哗!哗!"锐叫,像轮船的汽笛,凄长地,"哗!哗……哗!哗!"大海就在窗外,海船上的别离,命运性的决裂,冷到人心里去。"哗!哗!"渐渐远了。在这样凶残的,大而破的夜晚,给它到处开起蔷薇花来,是不能想像的事,然而这女人还是细声细气很乐观地说是开着的。即使不过是绸绢的蔷薇,缀在帐顶,灯罩,帽沿,袖口,鞋尖,阳伞上,那幼小的圆满也有它的可爱可亲。

*初载一九四四年十月上海《苦竹》第一期,收入《流言》。

谈跳舞

　　中国是没有跳舞的国家。从前大概有过，在古装话剧电影里看过，是把雍容揖让的两只大袖子徐徐伸出去，向左比一比，向右比一比；古时的舞女也带着古圣贤风度，虽然单调一点，而且根据唐诗，"舞低杨柳楼心月"，似乎是较泼剌的姿态，把月亮都扫下来了，可是实在年代久远，"大垂手""小垂手"究竟是怎样的步骤，无法考查了，凭空也揣拟不出来。明朝清朝虽然还是笼统地歌舞并称，舞已经只剩下戏剧里的身段手势。就连在从前有舞的时候，大家也不过看看表演而已，并不参加。所以这些年来，中国虽有无数的人辛苦做事，为动作而动作，于肢体的流动里感到飞扬的喜悦，却是没有的。（除非在背人的地方，所以春宫画特别多。）浩浩荡荡的国土，而没有山水欢呼拍手的气象，千年万代的静止，想起来是有可怕的。中国女人的腰与屁股所以生得特别低，背影望过去，站着也像坐着。

　　然而现在的中国人很普遍地跳着社交舞了。有人认为不正当，也有人为它辩护，说是艺术，如果在里面发现色情趣味，那是自己存心不良。其实就普通的社交舞来说，实在是离不开性的成分的，否则为什么两个女人一同跳就觉得无聊呢？

装扮得很像样的人，在像样的地方出现，看见同类，也被看见，这就是社交。话说多了怕露出破绽，一直说着"今天天气哈哈哈"，这"哈哈哈"的部份实在是颇为吃力的；为了要避免交换思想，所以要找出各种谈话的替代品，例如"手谈"。跳舞是"脚谈"，本来比麻将扑克只有好，因为比较基本，是最无伤的两性接触。但是里面艺术的成分，如果有的话，只是反面的；跳舞跳得好的人没有恶劣重拙的姿态，不踩对方的脚尖，如此而已。什么都讲究一个"写意相"，所以我们的文明变得很淡薄。

外国的老式跳舞，也还不是这样的，有深艳的情感，契诃夫小说里有这么一段，是我所看见的写跳舞最好的文章：

"……她又和一个高大的军官跳波兰舞；他动得很慢，仿佛是着了衣服的死尸，缩着肩和胸，很疲倦的踏着脚。——他跳得很吃力的，而她又偏偏以她的美貌和赤裸裸的颈子鼓动他，刺激他；她的眼睛挑拨的燃起火来，她的动作是热情的，他渐渐的不行了，举起手向着她，死板得同国王一样。

看的人齐声喝采：'好呀！好呀！'

但是，渐渐的那高大的军官也兴奋起来了；他慢慢的活泼起来，为她的美丽所克服，跳得异常轻快，而她呢，只是移动她的肩部，狡猾地看着他，仿佛现在她做了王后，他做了她的奴仆。"

现在的探戈，情调和这略有点相像，可是到底不同。探戈来自西班牙。西班牙是个穷地方，初发现美洲殖民地的时候大阔过一阵，阔得荒唐闪烁，一船一船的金银宝贝往家里运。很快地又败落下来，过往的华美只留下一点累赘的回忆，女人头上披的黑蕾丝纱，头发上插的玳瑁嵌宝梳子；男人的平金小褂，鲜红的阔腰带，毒药，匕首，抛一朵玫瑰花给斗牛的英雄——没有罗曼斯，只有罗曼斯的规矩。这夸大，残酷，黑地飞金的民族，当初的发财，因为太突兀，本就有恶梦的阴惨离奇，现在的穷也是穷得不知其所以然，分外地绝望。他们的跳舞带一点凄凉的酒意，可是心里发空，再也灌不醉自己，行动还是有许多虚文，许多讲究。永远是循规蹈矩的拉长了的进攻回避，半推半就，一放一收的拉锯战，有礼貌的淫荡。

这种啰唆，现代人是并不喜欢的，因此探戈不甚流行，舞场里不过偶然请两个专家来表演一下，以资点缀。

美国有一阵子举国若狂跳着Jitterbugs（翻译出来这种舞可以叫做"惊蛰"），大家排队开步走像在幼稚园的操场上，走几步，擎起一只手，大叫一声"哦咦！"叫着，叫着，兴奋起来，拚命踢跳，跳到筋疲力尽为止。倦怠的交际花，商人，主妇，都在这里得到解放，返老还童了。可是头脑简单不一定是稚气。孩子的跳舞并不是这样的，倒近于伊莎多娜·邓肯提倡的自由式，如果有格律，也是比较悠悠然的。

印度有一种颠狂的舞，也与这个不同，舞者剧烈地抖动着，屈着膝盖，身子短了一截，两腿不知怎样绞来绞去，身子底下烧了个火炉似地，坐立不安。那音乐也是痒得难堪，高而尖的，抓爬的聒噪。歌者嘴里就像含了热汤，喉咙颤抖不定。这种舞的好，因为它仿佛是只能如此的，与他们的气候与生活环境相谐和，以此有永久性。地球上最开始有动物，是在泥沼里。那时候到处是泥沼，终年湿热，树木不生，只有一丛丛壮大的厚叶子水草。太阳炎炎晒在污黑的水面上，水底有小的东西蠢动起来了，那么剧烈的活动，可是没有形式，类如气体的蒸发。看似蠕蠕，其实只是混沌。蠕蠕永远是由于闭塞，由于局部的死；那样元气旺盛的东西是不醒醒的。这种印度舞就是如此。

文明人要原始也原始不了;他们对野蛮没有恐怖,也没有尊敬。他们自以为他们疲倦了的时候可以躲到孩子里去,躲到原始人里去,疏散疏散,其实不能够——他们只能在愚蠢中得到休息。

我在香港,有一年暑假里,修道院附属小学的一群女孩到我们宿舍里来歇夏。饭堂里充满了白制服的汗酸气与帆布鞋的湿臭,饭堂外面就是坡斜的花园,水门汀道,围着铁阑干,常常铁阑干外只有雾或是雾一样的雨,只看见海那边的一抹青山。我小时候吃饭用的一个金边小碟子,上面就描着这样的眉弯似的青山,还有绿水和船和人,可是渐渐都磨了去了,只剩下山的青。这碟子和一双红骨筷,我记得很清楚,看到眼前这些孩子的苦恼,虽然一样地讨厌她们,有时候也觉得漠漠的悲哀。她们虽然也成天吵嚷着,和普通小孩没有什么不同,只要一声叱喝,就统统不见了,仿佛一下子给抹掉了,可是又抹不干净,清空的饭堂里,黑白方砖上留着横七竖八的鞋印子和湿阴阴的鞋臭。她们有一只留声机,一天到晚开唱同样的一张片子,清朗的小女子的声音唱着:

"我母亲说的,

我再也不能

和吉卜西人

到树林里去。"

最快乐的时候也还是不准,不准,一百个不准。大敞着饭堂门,开着留声机,外面陡地下起雨来,拍拍的大点打在水门汀上,一打一个乌痕。俄国女孩纳塔丽亚跟着唱片唱:"我母亲说的,我再也不能……"两臂上伸,一扭一扭在雨中跳起舞来了。大家笑着喊:"纳塔丽亚,把耳朵动给我们看!"纳塔丽亚的耳朵会动。她和她姊姊玛丽亚都是孤儿，给个美国太太拣去，养到五六岁，大人回国去，又把她们丢给此地的修道院。在美国人家里似乎是非常享福的，自己也不明白怎样会落到这凄惨的慈善的地方，常常不许做声，从腥气的玻璃杯里喝水，面包上敷一层极薄的淡红果酱，背诵经文，每次上课下课全班绰缪下跪做祷告。纳塔丽亚苍白的小长脸上，绿眼睛狭窄地一笑，显得很意赖。像普通的烂污的俄国人，她脾气好而邋遢，常常挨打，她姊姊玛丽亚比较懂事，对上头人知道恭顺，可是大蓝眼睛里也会露出钝钝的恨毒。玛丽亚生着美丽的小凸脸，才来的时候，听说有一头的金黄鬈发，垂到脚跟，修道院的尼僧因为梳洗起来太麻烦，给她剪了去。

有一次我们宿舍里来过贼，第二天早上发现了，女孩们兴奋地楼上楼下跑，整个的暑假没有这么自由快乐过。她们拥到我房门口问："爱玲小姐，你丢了什么吗？"充满了希望，仿佛应当看见个空房间。我很不安地说没丢什么。

还有个暹罗女孩子玛德莲，家在盘谷，会跳他们家乡祭神的舞，纤柔的棕色手腕，折断了似地别到背后去。庙宇里的舞者都是她那样的十二三岁的女孩，尖尖的棕黄脸刷上白粉，脸是死的，然而下面的腰腿手臂各有各的独立生命，翻过来，拗过去，活得不可能，各自归荣耀给它的神。然而家乡的金红煊赫的神离这里很远了，玛德莲只得尽力照管自己，成为狡黠的小奴才。

除开这些孩子，我们自己的女同学，马来亚来的华侨，大都经过修道院教育。淡黑脸，略有点刨牙的金桃是娇生惯养的，在修道院只读过半年书，吃不了苦。金桃学给大家看马来人怎样跳舞的：男女排成两行，摇摆着小步小步走，或是仅只摇摆；女的捏着大手帕子悠悠挥洒，唱道："沙扬啊！沙扬啊！"沙扬是爱人的意思；歌声因为单调，更觉得太平美丽。那边的女人穿洋装或是短袄长裤，逢到喜庆大典才穿旗袍。城中只有一家电影院，金桃和其他富户的姑娘每晚在戏园子里遇见，看见小姊妹穿着洋装，嘴里并不做声，急忙在开演前赶回家去换了洋装再来。她生活里的马来亚是在蒸闷的野蛮的底子上盖一层小家气的文明，像一床太小的花洋布棉被，盖住了头，盖不住脚。

从另一个市镇来的有个十八九岁的姑娘，叫做月女，那却是非常秀丽的，洁白的圆圆的脸，双眼皮，身材微丰。第一次见到她，她刚到香港，在宿舍的浴室里洗了澡出来，痱子粉喷香，新换上白地小花的睡衣，胸前挂着小银十字架，含笑鞠躬，非常多礼。她说："这里真好。在我们那边的修道院里读书的时候，洗澡是大家一同洗的，一个水门汀的大池子，每人发给一件白罩衫穿着洗澡。那罩衫的式样……"她掩着脸吃吃笑起来，仿佛是难以形容。"你没看见过那样子——背后开条缝，宽大得像蚊帐。人站在水里，把罩衫搂到膝盖上，偷偷地在罩衫下擦肥皂。真是……"她脸上时常有一种羞耻伤恸的表情，她那清秀的小小的凤眼也起了红锈。她又说到那修道院，园子里生着七八丈高的笔直的椰子树，马来小孩很快地盘呀盘，就爬到顶上采果子了，简直是猴子。不知为什么，就说到这些事她脸上也带着羞耻伤恸不能相信的神气。

她父亲是商人，好容易发达了，盖了座方方的新房子，全家搬进去住不了多时，他忽然迷上了个不正经的女人，把家业抛荒了。

"我们在街上遇见她都远远地吐口唾沫。都说她一定是懂得巫魇的。"

"也许……不必用巫魇也能够……"我建议。

"不，一定是巫魇！她不止三十岁了，长得又没什么好。"

"即使过了三十岁，长得又不好，也许也……"

"不，一定是巫魇，不然他怎么那么昏了头，回家来就打人——前两年我还小，给他抓住了辫子把头往墙上撞。"

会妖法的马来人，她只知道他们的坏。"马来人顶坏！骑脚踏车上学去，他们就喜欢追上来撞你一撞！"

她大哥在香港大学读书，设法把她也带出来进大学。打仗的时候她哥哥嘱托炎樱与我多多照顾她，说："月女是非常天真的女孩子。"她常常想到被强奸的可能，整天整夜想着，脸色惨白浮肿。可是有一个时期大家深居简出，不大敢露面，只有她一个人倚在阳台上看排队的兵走过，还大惊小怪叫别的女孩子都来看。

她的空虚是像一间空关着的，出了霉虫的白粉墙小房间，而且是阴天的小旅馆——华侨在思想上是无家可归的，头脑简单的人活在一个并不简单的世界里，没有背景，没有传统，所以也没有跳舞。月女她倒是会跳交际舞的，可是她只肯同父亲同哥哥跳。

在上海的高尚仕女之间，足尖舞被认为非常高级的艺术。曾经有好几个朋友这样告诉我："……还有那颜色！单为了他们服装布景的颜色你也得去看看！那么鲜明——你一定喜欢的。"他们的色彩我并不喜欢，因为太在意想中。阴森的盗窟，照射着蓝光，红头巾的海盗，觳觫的难女穿着白袍，回教君王的妖妃，黑纱衫上钉着蛇鳞亮片。同样是廉价的东西，这还不及我们的香烟画片来得亲切可念，因为不是我们的。后宫春色那一幕，初开幕的时候，许多舞女扮出各种姿态，凝住不动，嵌在金碧辉煌的布景里，那一刹那的确有点像中古时代僧侣手抄书的插画，珍贵的"泥金手稿"，细碎的金色背景，肉红的人，大红，粉蓝的点缀。但是过不了一会，舞女开始跳舞，空气即刻一变，又沦为一连串的香烟画片了。我们的香烟画片，我最喜欢它这一点：富丽中的寒酸。画面用上许多金色，凝妆的美人，大乔小乔，立在洁净发光的方砖地上，旁边有朱漆大柱，锦绣帘幕，但总觉得是穷人想像中的富贵，空气特别清新。我喜欢反高潮——艳异的空气的制造与突然的跌落，可以觉得传奇里的人性呱呱啼叫起来。可是足尖舞里的反高潮我不能够原谅；就坐在最后一排也看得见俄罗斯舞女大腿上畸形发达的球状的筋，那紧硬臃肿的白肉，也替她们担忧，一个不小心，落脚太重，会咚地一响。

舞剧《科赛亚》，根据拜伦的长诗；用舞来说故事，也许这种故事是特别适宜的，就在拜伦的诗里也充满了风起云涌的动作。但是这里的动作，因为要弄得它简单明了，而又没有民间传说的感情作底子，结果很浅薄。被掠卖的美人，像笼中的鸟，绝望地乱飞乱撞。一身表情，而且永远是适当的表情，所以无味而不真实。真实往往是不适当的。譬如《红楼梦》，高鹗续成的部分，与前面相较，有一种特殊的枯寒的感觉，并不是因为贾家败落下来了，应当奄奄无生气，而是他写得不够好的缘故。高鹗所拟定的收场，不能说他不合理，可是理到情不到，里面的情感仅仅是sentiments，不像真的。

《科赛亚》里的英雄美人经过许多患难，女的被献给国王，王妃怕她夺宠，放她和她的恋人一同逃走。然而他们的小船在大风浪里沉没了。最后一幕很短，只看到机关布景，活动的海涛，天上的云迅速往后移，表示小舟的前进。船上挤满了人，抢救危亡之际也还手忙脚乱摆了两个足尖舞的架势，终于全体下沉，那样草草的悲壮结局在我看来是非常可笑的。机关布景，除了在滑稽歌舞杂耍（Vaudeville）里面，恐怕永远是吃力不讨好。看惯了电影里的风暴，沉船，战争，火灾，舞台上的直接表现总觉得欠真实。然而中国观众喜欢的也许正是这一点。话剧《海葬》就把它学了去，这次没有翻船，船上一大群人之间跳下了两个，扑咚蹲在台板上，波涛汹涌，齐腰推动着，须臾，方才一蹲身不见了。船继续往前划，观众受了很大的震动起身回家。据说非得有这样的东西才能够把他们送走，不然他们总以为戏还没有完。

印度舞我只看过一次，舞者阴蒂拉·黛薇并不是印度人，不知是中欧哪一个小国里的，可是在印度经过特别训练，以后周游列国，很出名。那一次的表演是非正式的，台很小，背景只是一块简陋的幕，可是那瘦小的妇人合着手坐在那里，盘起一只腿，脚搁在膝盖上，静静垂下清明的衣摺，却真有天神的模样。许久，她没有动。印度的披纱，和希腊的古装相近，这女人非但没有希腊石像的肉体美，而且头太大，眼睛太大，坚硬的小瘪嘴，已经见得苍老，然而她的老是没有年岁，这样坐着也许有几千年。望到她脸上有一种冷冷的恐怖之感，使人想起萧伯纳的戏《长生》（*Back to Methuselah*）戏里说将来人类发展到有一天，不是胎生而是卵生，而且儿童时期可以省掉了，蛋里孵出来的就是成熟的少男少女，大家跳舞作乐恋爱画图塑像，于四年之内把这些都玩够了，厌倦于一切物质的美，自己会走开去，思索艰深的道理。这样可以继续活到千万年，仅仅是个生存着的思想，身体被遗忘了，风吹日晒，无分男女，都是黑瘦，直条条的，腰间围一块布。未满四岁的青年男女把他们看作怪物，称他们为"古人"。唯有"男性的古人"与"女性的古人"之分，看上去并没多少不同。他们研究数理科学贯通到某一个程度，体质可以自由变化，随时能够生出八条手臂；如果要下山，人可以瘫倒了变成半液体，顺着地势流下去。阴蒂拉·黛薇的舞，动的部分就有那样的感觉。她掐着手指，并着两指，翘起一指，迅疾地变换着，据说每一个手势在婆罗门教的传统里都有神秘的象征意义，但据我看来只是表示一种对于肢体的超人的控制，仿佛她的确能够随心所欲长出八条手臂来。

第二支舞，阴蒂拉·黛薇换了一条浅色的披纱，一路拍着手跳出来，踢开红黄相间的百摺裙，臂上金钏铿锵，使人完全忘记了她的老丑。圆眼珠闪闪发光，她是古印度的少女，得意洋洋形容给大家看她的情人是什么模样，有多高，肩膀有多宽，眼睛是怎样的，鼻子，嘴，胸前佩着护心镜，腰间带着剑，笑起来是这样的，生起气来这样的……描写不出，描写不出——你们自己看罢！他就快来了，就快来了。她屡次跑去张看，攀到树上瞭望，在井里取水洒在脸上，用簪子蘸了铜质混合物的青液把眼尾描得长长的。

阴蒂拉·黛薇自己编的有一个节目叫做《母亲》，跳舞里加入写实主义的皮毛，很受欢迎，可是我讨厌它。死掉了孩子的母亲惘惘地走到神龛前跪拜，回想着，做梦似地摇着空的摇篮，终于愤怒起来，把神龛推倒了，砰地一声，又震惊于自己的叛道，下跪求饶了。题材并不坏，用来描写多病多灾的印度，印度妇女的迷信与固执的感情，可以有一种深而狭的悲惨。可是这里表现的只有母爱——应当加个括弧的"母爱"。母爱这大题目，像一切大题目一样，上面做了太多的滥调文章。普通一般提倡母爱的都是做儿子而不做母亲的男人，而女人，如果也标榜母爱的话，那是她自己明白她本身是不足重的，男人只尊敬她这一点，所以不得不加以夸张，混身是母亲了。其实有些感情是，如果时时把它戏剧化，就光剩下戏剧了；母爱尤其是。

提起东宝歌舞团，大家必定想起广告上的短裤子舞女，歪戴着鸡心形的小帽子。可是他们的西式跳舞实在很有限，永远是一排人联臂立正，向右看齐，屈起一膝，一踢一踢；呛地一声锣响，把头换一个方向，重新来过；进去换一套衣服，又重新来过。西式节目常常表演，听说是因为中国观众特别爱看的缘故。我只喜欢他们跳自己的舞，有一场全体登台，穿着明丽的和服，排起队来，手搭在前面人的背上，趔趄着脚，碎步行走，一律把头左右摇晃，活络的颈子仿佛是装上去的，整个地像小玩具，"绢制的人儿"。把女人比作玩具，是侮辱性的，可是她们这里自己也觉得自己是好玩的东西，一颗头可以这样摇那样摇——像小孩玩弄自己的脚趾头，非常高兴而且诧异。日本之于日本人，如同玩具盒的纸托子，挖空了地位，把小壶小兵嵌进去，该是小壶的是小壶，该是小兵的是小兵。从个人主义者的立场来看这种环境，我是不赞成的，但是事实上，把大多数人放进去都很合适，因为人到底很少例外，许多被认为例外或是自命为例外的，其实都在例内。社会生活的风格化，与机械化不同，来得自然，总有好处。由此我又想到日本风景画里点缀的人物，那绝不是中国画里飘飘欲仙的渔翁或是拄杖老人，而是极家常的；过桥的妇女很可能是去接学堂里的小孩。画上的颜色也是平实深长的，蓝塘绿柳树，淡墨的天，风调雨顺的好年成，可是正因为天下太平，个个安分守己，女人出嫁，伺候丈夫孩子，梳一样的头，说一样的客气话，这里面有一种压抑，一种轻轻的哀怨，成为日本艺术的特色。

东宝歌舞团还有一支舞给我极深的印象，《狮与蝶》，舞台上的狮子由人扮，当然不会太写实。中国的舞狮子与一般的石狮子的塑像，都不像狮子而像叭儿狗，眼睛滚圆突出。我总疑心中国人见到的狮子都是进贡的，匆匆一瞥，没看仔细，而且中国人不知为什么特别喜欢创造怪兽，如同麒麟之类——其实人要创造，多造点房子磁器衣料也罢了，造兽是不在行的。日本舞里扮狮子的也好好地站着像个人，不过戴了面具，大白脸上涂了下垂的彩色条纹，脸的四周生着朱红的鬃毛，脑后拖着蓬松的大红尾巴，激动的时候甩来甩去。《狮与蝶》开始的时候，深山里一群蝴蝶在跳舞，两头狮子在正中端坐，锣鼓声一变，狮子甩动鬃尾立起来了，的确有狮子的感觉，蝴蝶纷纷惊散；像是在梦幻的边缘上看到的异象，使人感到华美的，玩具似的恐怖。

　　这种恐怖是很深很深的小孩子的恐怖。还是日本人顶懂得小孩子，也许因为他们自己也是小孩。他们最伟大的时候是对小孩说话的时候。中国人对小孩的态度很少得当的。中国人老法一点的是客气而疏远，父母子女仿佛是事务上的结合，以冷淡的礼貌教会了孩子："我可以再吃一片吗？我可以带小熊睡觉吗？"新法的父母未结婚先就攻读儿童心理学，研究得越多越发慌，大都偏于放纵，"亲爱的，请不要毁坏爸爸的书，"那样恳求着；吻他早安，吻他晚安，上学吻他，下课吻他。儿歌里说，"小女孩子是什么做成的？糖与香料，与一切好东西。"可是儿童世界并不完全是甜甜蜜蜜，光明玲珑，"小朋友，大家搀着手"那种空气。美国有一个革命性的美术学校，鼓励儿童自由作画，特出的作品中有一张人像，画着个烂牙齿戴眼镜的坏小孩，还有一张，画着红紫的落日的湖边，两个团头团脑阴黑的鬼；还有一张，全是重重叠叠的小手印子，那真是可怕的。

日本电影《狸宫歌声》里面有个女仙，白木莲老树的精灵，穿着白的长衣，分披着头发，苍白的，太端正的蛋形小脸，极高极细的单调的小嗓子，有大段说白，那声音尽管娇细，听了叫人背脊上一阵阵发冷。然而确实是仙不是鬼，也不是女明星，与《白雪公主》卡通片里葡萄干广告式的仙女也大不相同。神怪片《狸宫歌声》与狄斯耐的卡通同是幻丽的童话，狄斯耐的《白雪公主》与《木偶奇遇记》是大人在那里卑躬曲节讨小孩喜欢，在《狸宫歌声》里我找不出这样的痕迹。

有一阵子我常看日本电影，最满意的两张是《狸宫歌声》（原名《狸御殿》）与《舞城秘史》（原名《阿波之踊》）。有个日本人藐视地笑起来说前者是给小孩子看的，后者是给没受过教育的小姐们看的，可是我并不觉得惭愧。《舞城秘史》的好，与它的传奇性的爱仇交织的故事绝不相干。固然故事的本身也有它动人之点，父亲被迫将已经定了亲的女儿送给有势力的人作妾，辞别祖先。父亲直挺挺跪着，含着眼泪，颤声诉说他的不得已，女儿跪在后面，只是俯伏不动，在那寒冷的白格扇的小小的厅堂里，有一种绵绵不绝的家族之情。未婚夫回来报仇，老仆人引她去和他见一面，半路上她忽然停住了，低着头，背过身去。仆人为难地唤着："小姐……小姐……"她只是低徊着。仆人说："……在那边等着呢。"催了又催，她才委委屈屈前去。未婚夫在沙滩上等候，历尽千辛万苦冒险相会，两人竟没有面对面说一句知心话；他自管自向那边走去，感慨地说："真想不到还有今天这一面……"她默默地在后面跟随，在海边银灰色的天气里。他突然旋过身来，她却又掉过身去往回走，垂着头徐徐在前走，他便在后面远远跟着。最近中国话剧的爱情场面里可以看到类似的缠绵的步子，一个走，一个跟，尽在不言中。或是烈士烈女，大义凛然地往前踏一步，胆小如鼠的坏蛋便吓得往后退一步，目中无人地继续往前走，他便连连后退，很有跳舞的意味了。

《舞城秘史》以跳舞的节日为中心，全城男女老少都在耀眼的灰白的太阳下舒手探脚百般踢跳，唱着："今天是跳舞的日子！谁不跳舞的是呆子！"许是光线太强的缘故，画面很淡，迷茫地看见花衣服格子布衣服里冒出来的狂欢的肢体脖项，女人油头上的梳子，老人颠动着花白的鬓，都是淡淡的，无所谓地方色彩，只是人……在人丛里，英雄抓住了他的仇人，一把捉住衣领，细数罪状，说了许多"怎么也落在我手里"之类的话，用日文来说，分外地长。跳舞的人们不肯做他的活动背景，他们不像好莱坞歌舞片里如林的玉腿那么服从指挥——潮水一般地涌上来，淹没了英雄与他的恩仇。画面上只看见跳舞，跳舞，耀眼的太阳下耀眼的灰白的旋转。再拍到英雄，英雄还在那里和他的仇人说话，不知怎么一来仇人已经倒在地下，被杀死了。拿这个来做传奇剧的收梢，真太没劲了，简直滑稽——都是因为这跳舞。

* 初载一九四四年十一月《天地》第十四期，收入《流言》。

被窝

连夜抄写了一万多字，这在我是难得的事，因为太疲倦，上床反而睡不着。外面下着雨，已经下了许多天，点点滴滴，歪歪斜斜，像我的抄不完的草稿，写在时事消息油印的反面，黄色油印字迹透过纸背，不论我写的是什么，快乐的、悲哀的，背后永远有那黄阴阴的一行一行；蓝墨水盖它不住——阴凄凄的新闻。"××秘书长答记者问：户口米不致停止配给，外间所传不确⋯⋯"黄黯单调的一行一行⋯⋯滴沥滴沥，搭啦啦啦，雨还在下，一阵密，一阵疏，一场空白。

淋雨的晚上，黏唧唧地，更觉得被窝的存在。翻个身，是更冷的被窝。外国式的被窝，把毯子底下托了被单，紧紧塞到褥子底下，是非常坚牢的布置，睡相再不好的人也蹬它不开。可是空荡荡地，面积太大，不容易暖和；热燥起来，又没法子把脚伸出去。中国式的被窝，铺在褥子上面，折成了筒子，恰恰套在身上，捂一会就热了，轻便随和，然而不大牢靠，一下子就踢开了。由此可以看出国民性的不同。日本被窝，不能说是"窝"。方方的一块覆在身上，也不叠一叠，再厚些底下也是风飕飕，被面上印着大来大去的鲜丽活泼的图案，根本是一张画，不过下面托了层棉胎。

在这样的空气流通的棉被底下做的梦，梦里也不会耽于逸乐，或许会梦见隆冬郊外的军事训练。

中国人怕把娇艳的丝质被面弄脏了，四周用被单包过来，草草地缝几针，被面不能下水，而被单随时可以拆下来洗濯，是非常合乎实际的打算。外国人的被单不钉在毯子上，每天铺起床来比较麻烦，但他们洗被单的意志似乎比我们更为坚决明断，而他们也的确比我们洗得勤些。被单不论中外，都是白色的居多，然而白布是最不罗曼蒂克的东西，至多只能做到一个干净，也还不过是病院的干净，有一点惨戚。淡粉红的就很安乐，淡蓝看着是最奢侈的白，真正雪雪白，像美国广告里用他们的肥皂粉洗出来的衣裳。中国人从前，只有小孩子与新嫁娘可以用粉红的被单，其余都是白的。被的一头有时另加上一条白布，叫做"被挡头"，可以常常洗，也是偷懒的办法。日本仿佛也有一种"被挡头"，却是黑丝绒的长条，头上的油垢在上面擦来擦去，虽然耐脏，看着却有点腻心。天鹅绒这样东西，因为不是日本固有的织物，他们虽然常常用，用得并不好。像冬天他们女人和服上加一条深红丝绒的围巾，虽比绒线结的或是毛织品的围巾稍许相称些，仍旧不大好看。

想着也许可以用这作为材料写篇文章，但是一想到文章，心里就急起来，听见隐隐的两声鸡叫，天快亮了，越急越睡不着。我最怕听鸡叫。"明日白露，光阴往来，"那是夜。在黎明的鸡啼里，却是有去无来，有去无来，凄凄地，急急地，淡了下去；没有影子——影子至少还有点颜色。

鸡叫得渐渐多起来，东一处，西一处，却又好些，不那么虚无了。我想，如果把鸡鸣画出来，画面上应当有赭红的天，画幅很长很长，卷起来，一路打开，全是天，悠悠无尽。而在顶底下略有一点影影绰绰的城市或是墟落，鸡声从这里出来，蓝色的一缕一缕，战抖上升，一捺，一顿，方才停了。可是一定要多留点地方给那深赭红的天……多多留些地方……这样，我睡着了。

* 初载一九四四年十一月十九日《新中国报·学艺》，收入一九九四年七月台北皇冠出版社《对照记》。

关于倾城之恋的老实话

　　《倾城之恋》，因为是一年前写的，现在看看，看出许多毛病来，但也许不是一般的批评认为是毛病的地方。

　　《倾城之恋》似乎很普遍的被喜欢，主要的原因大概是报仇罢？旧式家庭里地位低的，年青人，寄人篱下的亲族，都觉得流苏的"得意缘"，间接给他们出了一口气。年纪大一点的女人也高兴，因为向来中国故事里的美女总是二八佳人，二九年华，而流苏已经近三十了。同时，一班少女在范柳原里找到她们的理想丈夫，豪富，聪明，漂亮，外国派。而普通的读者最感到兴趣的恐怕是这一点，书中人还是先奸后娶呢？还是始乱终弃？先结婚，或是始终很斯文，这两个可能性在这里是不可能的，因为太使人失望。

　　我并没有怪读者的意思，也不怪故事的取材。我的情节向来是归它自己发展，只有处理方面是由我支配的。男女主角的个性表现得不够。流苏实在是一个相当厉害的人，有决断，有口才，柔弱的部分只是她的教养与阅历。这仿佛需要说明似的。我从她的观点写这故事，而她始终没有彻底懂得柳原的为人，因此我也用不着十分懂得他。现在想起来，他是因为思想上没有传统的背景，所以年轻时候的理想禁不起一点摧毁就完结了，终身躲在浪荡油滑的空壳里。在现代中国实在很普通，倒也不一定是华侨。

写《倾城之恋》，当时的心理我还记得很清楚。除了我所要表现的那苍凉的人生的情义，此外我要人家要什么有什么，华美的罗曼斯，对白，颜色，诗意，连"意识"都给预备下了：（就像要堵住人的嘴）艰苦的环境中应有的自觉……

我讨厌这些顾忌，但《倾城之恋》我想还是不坏的，是一个动听的而又近人情的故事。结局的积极性仿佛很可疑，这我在《自己的文章》里试着加以解释了。因为我用的是参差的对照的写法，不喜欢采取善与恶，灵与肉的斩钉截铁的冲突那种古典的写法，所以我的作品有时候主题欠分明……

我喜欢参差的对照的写法，因为它是较近事实的。《倾城之恋》里，从腐旧的家庭里走出来的流苏，香港之战的洗礼并不曾将她感化成为革命女性；香港之战影响范柳原，使他转向平实的生活，终于结婚了，但结婚并不使他变为圣人，完全放弃往日的生活习惯与作风。因之柳原与流苏的结局，虽然多少是健康的，仍旧是庸俗；就事论事，他们也只能如此。

极端的病态与极端觉悟的人究竟不多。时代是这么沉重，不容易那么容易就大彻大悟。这些年来，人类到底也这么生活了下来，可见疯狂是疯狂，还是有分寸。

编成戏，因为是我第一次的尝试，极力求其平稳，总希望它顺当地演出，能够接近许多人。

* 初载一九四四年十二月九日上海《海报》，收入《对照记》。

罗兰观感

罗兰排戏，我只看过一次，可是印象很深。第一幕白流苏应当穿一件寒素的蓝布罩袍，罗兰那天恰巧就穿了这么一件，怯怯的身材，红削的腮颊，眉梢高吊，幽咽的眼，微风振箫样的声音，完全是流苏，使我吃惊，而且想：当初写《倾城之恋》，其实还可以写得这样一点的……还可以写得那样一点的……

《倾城之恋》的故事我当然是烂熟的；小姐落难，为兄嫂所欺凌，"李三娘"一类的故事，本来就是烂熟的。然而有这么一刹那，我在旁边看着，竟想掉泪。罗兰演得实在好——将来大家一定会哄然赞好的，所以我想，我说好还得赶快说，抢在人家头里。

戏里，阖家出动相亲回来，因为她盖过了她妹子，一个个气烘烘，她挨身而入，低着头、像犯了法似地，悄悄地往里一溜。导演说："罗兰，不要板着脸。……也不要不板着脸。你知道我的意思……"罗兰问："得意啊？"果然，还是低着头，掩在人背后奔了进来，可是有一种极难表现的闪烁的昂扬。走到幕后，她夸张地摇头晃脑的一笑，说："得意！我得意！"众人听着她的话都笑起来了。

流苏的失意得意，始终是下贱难堪的，如同苏青所说："可怜的女人呀！"外表上看上去世界各国妇女的地位高低不等，实际上女人总是低的，气愤也无用，人生不是赌气的事。日本女人有意养成一种低卑的美，像古诗里的"伸腰长跪拜，问客平安不？"温厚光致，有绢画的画意，低是低的，低得泰然。西洋的淑女每每苦于上去了下不来。中国女人则是参差不齐，低中有高，高中见低。逃荒的身边带着女儿，随时可以变钱，而北方一般的好人家，嫁女儿，贴上许多妆奁不算，一点点聘金都不肯收，唯恐人家说一声卖女儿，的确尊贵得很。像流苏这样，似乎是惨跌了，一声喊，跌将下来，划过一道光，把原来与后来的境地都照亮了，怎么样就算高，怎么样就算低，也弄个明白。

流苏与流苏的家，那样的古中国的碎片，现社会里还是到处有的。就像现在，常常没有自来水，要到水缸里去舀水，凸出小黄龙的深黄水缸里静静映出自己的脸，使你想起多少年来井边打水的女人，打水兼照镜子的情调。我希望《倾城之恋》的观众不拿它当个遥远的传奇，它是你贴身的人与事。

* 初载一九四四年十二月八日、九日上海《力报》，收入《对照记》。

汪宏声记张爱玲书后

　　中学时代的先生我最喜欢的一个是汪宏声先生，教授法新颖，人又是非常好的。所以从香港回上海来，我见到老同学就问起汪先生的近况，听说他不在上海，没有机会见到，很惆怅。没想到今天在路上遇到钱公侠先生，知道汪先生为《语林》写了一篇文章关于我。我等不及，立刻跟钱先生到印刷所去看清样，终于在黄昏的印刷所里，轰隆轰隆命运性的机器声中，万感交集地写了这几行字。

张爱玲

　　* 初载一九四四年十二月上海《语林》第一卷第一期，未收集，标题为本书所加。

致力报编者

××先生：

　　谢谢您的信。《力报》由您来编，一定非常精彩。我对于小报向来并没有一般人的偏见。只有中国有小报；只有小报有这种特殊的，得人心的机智风趣，——实在是可珍贵的。我从小就喜欢看小报，看了这些年，更有一种亲切感。从前我写过一篇涉及小报的文字，想不到竟得罪了一些敏感的人。但我也没有去解释，懂得的人自然会懂的。

　　写稿子我自然也愿意凑凑热闹，可是实在忙不过来了。连我常写的杂志以后也想少写，宁可自己印书。您不要给我送报来，使我太不过意。

　　很高兴您喜欢我的画。有些实在不成东西，这次我要出的散文集《流言》里有两张比较好点。

　　此颂

大安

　　　　　　　　　　张爱玲　十一月十五日

　　＊初载一九四四年十二月上海《春秋》第二年第二期，未收集，标题为本书所加。

雨伞下

　　下大雨，有人打着伞，有人没带伞。没伞的挨着有伞的，钻到雨伞底下去躲雨，多少有点掩蔽，可是伞的边缘滔滔流下水来，反而比外面的雨更来得凶。挤在伞沿下的人，头上淋得稀湿。

　　当然这是说教式的寓言，意义很明显：穷人结交富人，往往要赔本，某一次在雨天的街头想到这一节，一直没有写出来，因为太像讷厂先生茶话的作风了。

＊初载一九四四年五月十一日《新中国报·学艺》，收入《流言》。

谈画

我从前的学校教室里挂着一张《蒙纳·丽萨》，意大利文艺复兴时代的名画。先生说："注意那女人脸上的奇异的微笑。"的确是使人略感不安的美丽恍惚的笑，像是一刻也留它不住的，即使在我努力注意之际也滑了开去，使人无缘无故觉得失望。先生告诉我们，画师画这张图的时候曾经费尽心机搜罗了全世界各种罕异可爱的东西放在这女人面前，引她现出这样的笑容。我不喜欢这解释。绿毛龟，木乃伊的脚，机器玩具，倒不见得使人笑这样的笑。使人笑这样的笑，很难罢？可也说不定很容易。一个女人蓦地想到恋人的任何一个小动作，使他显得异常稚气，可爱又可怜，她突然充满了宽容，无限制地生长到自身之外去，荫庇了他的过去与将来，眼睛里就许有这样的苍茫的微笑。

《蒙纳·丽萨》的模特儿被考证出来，是个年轻的太太。也许她想起她的小孩今天早晨说的那句聪明的话——真是什么都懂得呢——到八月里才满四岁——就这样笑了起来，但又矜持着，因为画师在替她画像，贵妇人的笑是不作兴露牙齿的。

然而有个十九世纪的英国文人——是不是 Walter de la Mare，记不清了——写了一篇文章关于《蒙纳·丽萨》，却说到鬼灵的智慧，深海底神秘的鱼藻。看到画，想作诗，我并不反对——好的艺术原该唤起观众各个人的创造性，给人的不应当是纯粹被动的欣赏——可是我憎恶那篇《蒙纳·丽萨》的说明，因为是有限制的说明，先读了说明再去看图画，就不由得要到女人眼睛里去找海底的鱼影子。那样的华美的附会，似乎是增多，其实是减少了图画的意义。

国文课本里还读到一篇《画记》，那却是非常简炼，只去计算那些马，几匹站着，几匹卧着。中国画上题的诗词，也只能拿它当做字看，有时候的确字写得好，而且给了画图的结构一种脱略的，有意无意的均衡，成为中国画的特点。然而字句的本身对于图画总没有什么好影响，即使用的是极优美的成句，一经移植在画上，也觉得不妥当。

因此我现在写这篇文章关于我看到的图画，有点知法犯法的感觉，因为很难避免那种说明的态度——而对于一切好图画的说明，总是有限制的说明，但是临下笔的时候又觉得不必有那些顾忌。譬如朋友见面，问："这两天晚上月亮真好，你看见了没有？"那也很自然罢？

新近得到一本赛尚画册，有机会把赛尚的画看个仔细。以前虽然知道赛尚是现代画派第一个宗师，倒是对于他的徒子徒孙较感兴趣，像 Gauguin, Van Gogh, Matisse，以至后来的 Picasso，都是抓住了他的某一特点，把它发展到顶点，因此比较偏执，鲜明，引人入胜。而充满了多方面的可能性的，广大的含蓄的赛尚，过去给我唯一的印象是杂志里复制得不很好的静物，几只灰色的苹果，下面衬着桌布，后面矗立着酒瓶，从苹果的处理中应当可以看得出他于线条之外怎样重新发现了"块"这样东西，但是我始终没大懂。

我这里这本书名叫《赛尚与他的时代》，是日文的，所以我连每幅画的标题也弄不清楚。早期的肖像画中有两张成为值得注意的对比。一八六〇年的一张，画的是个宽眉心大眼睛诗人样的人，云里雾里，暗金质的画面上只露出一部份的脸面与白领子。我不喜欢罗曼蒂克主义的传统，那种不求甚解的神秘，就像是把电灯开关一捻，将一种人造的月光照到任何事物身上，于是就有模糊的蓝色的美艳，有黑影，里头唧唧阁阁叫着兴奋与恐怖的虫与蛙。

再看一八六三年的一张画，里面也有一种奇异的，不安于现实的感觉，但不是那样廉价的诗意。这张画里我们看见一个大头的小小的人，年纪已在中年以上了，波鬓的淡色头发照当时的式样长长地分披着。他坐在高背靠椅上，流转的大眼睛显出老于世故的，轻蔑浮滑的和悦，高翘的仁丹胡子补足了那点笑意。然而这张画有点使人不放心，人体的比例整个地错误了，腿太短，臂膊太短，而两只悠悠下垂的手却又是很长，那白削的骨节与背后的花布椅套相衬下，产生一种微妙的，文明的恐怖。

一八六四年所作的僧侣肖像，是一个须眉浓鸷的人，白袍，白风兜，胸前垂下十字架，抱着胳膊，两只大手，手与脸的平面特别粗糙，隐现冰裂纹。整个的画面是单纯的灰与灰白，然而那严寒里没有凄楚，只有最基本的，人与风雹山河的苦斗。

欧洲文艺复兴以来许多宗教画最陈腐的题材，到了赛尚手里，却是大不相同了。《抱着基督尸身的圣母像》，实在使人诧异。圣母是最普通的妇人，清贫，论件计值地做点缝纫工作，灰了心，灰了头发，白鹰钩鼻子与紧闭的嘴里有四五十年来狭隘的痛苦。她并没有抱住基督，背过身去正在忙着一些什么，从她那暗色衣裳的摺叠上可以闻得见焐着的贫穷的气味。抱着基督的倒是另一个屠夫样的壮大男子，石柱一般粗的手臂，秃了的头顶心雪白地连着阴森的脸，初看很可怕，多看了才觉得那残酷是有它的苦楚的背景的，也还是一个可同情的人。尤为奇怪的是基督本人，皮肤发黑，肌肉发达，脸色和平，伸长了腿，横贯整个的画面，他所有的只是图案美，似乎没有任何其他意义。

《散步的人》，一个高些，戴着绅士气的高帽子，一个矮些的比较像武人，头戴卷檐大毡帽，脚踏长统皮靴，手扶司的克。那炎热的下午，草与树与淡色的房子蒸成一片雪亮的烟，两个散步的人衬衫里焖着一重重新的旧的汗味，但仍然领结打得齐齐整整，手揿着手，茫然地，好脾气地向我们走来，显得非常之楚楚可怜。

《野外风景》里的两个时髦男子的背影也给人同样的渺小可悲的感觉。主题却是两个时装妇女。这一类的格局又是一般学院派肖像画的滥调——满头珠钻，严妆的贵族妇人，昂然立在那里像一座小白山；背景略点缀些树木城堡，也许是她家世袭的采邑。然而这里的女人是绝对写实的。一个黑头发的支颐而坐，低额角，壮健，世俗，有一种世俗的伶俐。一个黄头发的多了一点高尚的做作，斜签身子站着，卖弄着长尾巴的鸟一般的层叠的裙幅，将面颊偎着皮手笼，眉目冲淡的脸上有一种朦胧的诗意。把这样的两个女人放在落荒的地方，风吹着远远的一面大旗，是奇怪的，使人想起近几时的超写实派，画一棵树，树顶上嵌着一只沙发椅，野外的日光照在碎花椅套上，梦一样的荒凉。赛尚没有把这种意境发展到它的尽头，因此更为醇厚可爱。

《牧歌》是水边的一群男女，蹲着，躺着，坐着，白的肉与白的衣衫，音乐一般地流过去，低回作 U 字形。转角上的一个双臂上伸，托住自己颈项的裸体女人，周身的肉都波动着，整个的画面有异光的宕漾。

题名《奥林匹亚》的一幅，想必是取材于希腊的神话。我不大懂，只喜欢中央的女像，那女人缩做一团睡着，那样肥大臞肿的腿股，然而仍旧看得出来她是年轻坚实的。

我不喜欢《圣安东尼之诱惑》，那似乎是他偏爱的题材，前后共画过两幅，前期的一张阴暗零乱，圣安东尼有着女人的乳房，梦幻中出现的女人却像一匹马，后期的一张则是淡而混乱。

《夏之一日》抓住了那种永久而又暂时的，日光照在身上的感觉。水边的小孩张着手，揸开腿站着，很高兴的样子，背影像个虾蟆。大日头下打着小伞的女人显得可笑。对岸有更多的游客，绿云样的树林子，淡蓝天窝着荷叶边的云，然而热，热到极点。小船的白帆发出镕铁的光，船夫，工人都烧得焦黑。

两个小孩的肖像，如果放在一起看，所表现的人性的对比是可惊的。手托着头的小孩，突出的脑门上闪着一大片光，一脸的聪明，疑问，调皮，刁泼，是人类最利害的一部份在那里往前挣。然而小孩毕竟是小孩，宽博的外套里露出一点白衬衫，是那样的一个小的白的，容易被摧毁的东西，到了一定的年纪，不安分的全部都安分守己了，然而一下地就听话的也很多，像这里的另一个小朋友，一个光致致的小文明人，粥似地温柔，那凝视着你的大眼睛，于好意之中未尝没有些小奸小坏，虽然那小奸小坏是可以完全被忽略的，因为他不中用，没出息，三心两意，歪着脸。

在笔法方面，前一张似乎已经是简无可简了，但是因为要表示那小孩的错杂的灵光，于大块着色中还是有错杂的笔触，到了七年后的那张孩子的肖像，那几乎全是大块的平面了，但是多么充实的平面！

有个名叫"却凯"的人（根据日文翻译出来，音恐怕不准），想必是赛尚的朋友，这里共有他的两张画像。我们第一次看见他的时候，已经是老糊涂模样，哆着嘴，跷着腿坐在椅上，一只手搭在椅背上，十指交叉，从头顶到鞋袜，都用颤抖狐疑的光影表现他的畏怯，唠叨，琐碎。显然，这人经过了许多事，可是不曾悟出一条道理来，因此很着慌，但同时自以为富有经验，在年高德劭的石牌楼底下一立，也会教训人了。这里的讽刺并不缺少温情，但在九年后的一张画像里，这温情扩张开来，成为最细腻的爱抚。这一次他坐在户外，以繁密的树叶为背景，一样是白头发，瘦长条子，人显得年轻了许多。他对于一切事物以不明了而引起的惶恐，现在混成一片大的迷惑，因为广大，反而平静下来了，低垂的眼睛里有那样的忧伤，惆怅，退休；瘪进去的小嘴带着微笑，是个愉快的早晨罢，在夏天的花园里。这张画一笔一笔里都有爱，对于这人的，这人对于人生的留恋。

对现代画中夸张扭曲的线条感兴趣的人，可以特别注意那只放大了的，去了主角的手。

画家的太太的几张肖像里也可以看得出有意义的心理变迁。最早的一张，是把传统故事中的两个恋人来作画题的，但是我们参考后来的肖像，知道那女人的脸与他太太有许多相似之处。很明显地，这里的主题就是画家本人的恋爱。背景是罗曼蒂克的，湖岸上生着芦苇一类的植物，清晓的阳光照在女人的白头巾上，有着"蒹葭苍苍，白露为霜"的情味。女人把一只手按在男人赤膊的肩头，她本底子是浅薄的，她的善也只限于守规矩，但是恋爱的太阳照到她身上的时候，她在那一刹那变得宽厚聪明起来，似乎什么都懂得了，而且感动得眼里有泪光。画家要她这样，就使她成为这样，他把自己反倒画成一个被动的，附属的，没有个性的青年，垂着头坐在她脚下，接受她的慈悲，他整个的形体仿佛比她小一号。

赛尚的太太第一次在他画里出现，是这样的一个方圆脸盘，有着微凸的大眼睛，一切都很淡薄的少女，大约经过严厉的中等家庭教育，因此极拘谨，但在恋爱中感染了画家的理想，把他们的关系神圣化了。

她第二次出现，着实使人吃惊。想是多年以后了，她坐在一张乌云似的赫赫展开的旧绒沙发上，低着头缝衣服，眼泡突出，鼻子比前尖削了，下巴更方，显得意志坚强，铁打的紧紧束起的发髻，洋铁皮一般硬的衣领衣袖，背后看得见房门，生硬的长方块，门上安着锁；墙上糊的花纸，纸上的花，一个个的也是小铁十字架；铁打的妇德，永生永世的微笑的忍耐——做一个穷艺术家的太太不是容易的罢？而这一切都是一点一点来的——人生真是可怕的东西呀！

然而五年后赛尚又画他的太太，却是在柔情的顷刻间抓住了她。她披散着头发，穿的也许是寝衣，缎子的，软而亮的宽条纹的直流，支持不住她。她偏着头，沉沉地想她的心事，回忆使她年轻了——当然年轻人的眼睛里没有那样的凄哀。为理想而吃苦的人，后来发现那理想剩下很少很少，而那一点又那么渺茫，可是因为当中吃过苦，所保留的一点反而比从前好了，像远处飘来的音乐，原来很单纯的调子，混入了大地与季节的鼻息。

然而这神情到底是暂时的。在另一张肖像里，她头发看上去仿佛截短了，像个男孩子，脸面也使人想起一个饱经风霜的孩子，有一种老得太早了的感觉。下巴向前伸，那尖尖的半侧面像个锈黑的小洋刀，才切过苹果，上面腻着酸汁。她还是微笑着，眼睛里有惨淡的勇敢——应当是悲壮的，但是悲壮是英雄的事，她只做得到惨淡。

再看另一张，那更不愉快了。画家的夫人坐在他的画室里，头上斜吊着鲜艳的花布帘幕，墙上有日影，可是这里的光亮不是她的，她只是厨房里的妇人。她穿着油腻的暗色衣裳，手里捏着的也许是手帕，但从她捏着它的姿势上看来，那应当是一块抹布。她大约正在操作，他叫她来做模特儿，她就像敷衍小孩子似的，来坐一会儿。这些年来她一直微笑着，现在这画家也得承认了——是这样的疲乏，粗蠢，散漫的微笑。那吃苦耐劳的脸上已经很少女性的成分了，一只眉毛高些，好像是失望的讽刺，实在还是极度熟悉之后的温情。要细看才看得出。

赛尚夫人最后的一张肖像是热闹鲜明的。她坐在阳光照射下的花园里，花花草草与白色的路上腾起春夏的烟尘。她穿着礼拜天最考究的衣裙，鲸鱼骨束腰带紧匝着她，她恢复了少妇的体格，两只手伸出来也有着结实可爱的手腕。然而背后的春天与她无关。画家的环境渐渐好了，苦日子已经成了过去，可是苦日子里熬炼出来的她反觉过不惯。她脸上的愉快是没有内容的愉快。去掉那鲜丽的背景，人脸上的愉快就变得出奇地空洞，简直近于痴骏。

看过赛尚夫人那样的贤妻，再看到一个自私的女人，反倒有一种松快的感觉。《戴着包头与皮围巾的女人》，苍白的长脸长鼻子，大眼睛里有阴冷的魅惑，还带着城里人下乡的那种不屑的神气。也许是个贵妇，也许是个具有贵妇风度的女骗子。

叫做《塑像》的一张画，不多的几笔就达出那坚致酸硬的，石头的特殊的感觉。图画不能比这更为接近塑像了。原意是否讽刺，不得而知，据我看来却有点讽刺的感觉——那典型的小孩塑像，用肥胖的突出的腮，突出的肚子与筋络来表示神一般的健康与活力，结果却表示了贪嗔，骄纵，过度的酒色财气，和神差得很远，和孩子差得更远了。

此外有许多以集团出浴为题材的，都是在水边林下，有时候是清一色的男子，但以女子居多，似乎注重在难画的姿势与人体的图案美的布置，尤其是最后的一张《水浴的女人们》，人体的表现逐渐抽象化了，开了后世立体派的风气。

《谢肉祭》的素描有两张，画的大约是狂欢节男女间公开的追逐。空气混乱，所以笔法也乱得很，只看得出一点：一切女人的肚子都比男人大。

《谢肉祭最后之日》却是一张杰作。两个浪子，打扮做小丑模样，大玩了一通回来了，一个挟着手杖；一个立脚不稳，弯腰撑着膝盖，身段还是很俏皮，但他们走的是下山路。所有的线条都是倾斜的，空气是满足了欲望之后的松弛。"谢肉祭"是古典的风俗，久已失传了，可是这里两个人的面部表情却非常之普遍，佻㒓，简单的自信，小聪明，无情也无味。

《头盖骨与青年》画着一个正在长大的学生坐在一张小桌子旁边，膝盖紧抵桌腿，仿佛挤不下，处处扦格不入。学生的脸的确是个学生，顽皮，好问，有许多空想，不大看得起人。廉价的荷叶边桌子，可以想像那水浪形的边缘嵌在肉上的感觉。桌上放着书，尺，骷髅头压着纸。医学上所用的骷髅是极亲切的东西，很家常，尤其是学生时代的家常，像出了汗的脚闷在篮球鞋里的气味。

描写老年有《戴着荷叶边帽子的妇人》，她垂着头坐在那里数她的念珠，帽子底下露出狐狸样的脸，人性已经死去了大部份，剩下的只有贪婪，又没气力去偷，抢，囤，因此心里时刻不安；她念经不像是为了求安静，也不像是为了天国的理想，仅仅是数点手里咭唎咕碌的小硬核，数着眼面前的东西，她和它们在一起的日子也不久长了，她也不能拿它们怎样，只能东舐舐，西舐舐，使得什么上头都沾上一层腥液。

赛尚本人的老年就不像这样。他的末一张自画像，戴着花花公子式歪在一边的"打鸟帽"，养着白胡须，高挑的细眉毛，脸上也有一种世事洞明的奸滑，但是那眼睛里的微笑非常可爱，仿佛说：看开了，这世界没有我也会有春天来到。——老年不可爱，但是老年人有许多可爱的。

风景画里我最喜欢那张《破屋》，是中午的太阳下的一座白房子，有一只独眼样的黑洞洞的窗；从屋顶上往下裂开一条大缝，房子像在那里笑，一震一震，笑得要倒了。通到屋子的小路，已经看不大见了，四下里生着高高下下的草，在日光中极淡极淡，一片模糊。那哽噎的日色，使人想起"长安古道音尘绝，音尘绝——西风残照，汉家陵阙。"可是这里并没有巍峨的过去，有的只是中产阶级的荒凉，更空虚的空虚。

*初载一九四四年七月《淮海月刊》七月革新版，收入《流言》。

不得不说的废话

常常看到批评我的文章，有的夸奖，有的骂，虽然有时候把我刻划得很不堪的，我看了倒也感到一种特殊的兴趣。有一天忽然听到汪宏声先生（我中学时代的国文教师）也写了一篇《记张爱玲》，我回忆到从前的学校生活的时候，就时常联带想到汪先生，所以不等《语林》出版就急急地赶到印刷所里去看。别的都不必说了，只有一点使我心里说不出地郁塞，就是汪先生揣想那"一千元灰钿"的纠纷和我从前一篇作文充两篇大约是同样的情形。小时候有过这样怠懒的事，也难怪汪先生就这样推断。但是事实不是这样的。也可见世上冤枉的事真多。汪先生是从小认识我的，尚且这样想，何况是不大知道我的人？所以我收到下面的这一封读者来函，也是意中事：——

"……我从前也轻视过你，我想一个艺人是不应该那么为金钱打算的；不过，现在我却又想，你是对的，你为许多艺人对贪婪的出版家作了报复，我很高兴……"

关于这件事，事过境迁，我早已不愿去提它了，因为汪先生提起，所以我想想看还是不能不替我自己洗刷一番。

我替《万象》写《连环套》，当时言明每月预付稿费一千元。

陆续写了六个月，我觉得这样一期一期地赶，太逼促了，就没有写下去。此后秋翁先生就在《海报》上发表了《一千元的灰钿》那篇文章，说我多拿了一个月的稿费。柯灵先生的好意，他想着我不是赖这一千元的人，想必我是一时疏忽，所以写了一篇文章在《海报》上为我洗刷，想不到反而坐实了这件事。其实错的地方是在《连环套》还未起头刊载的时候——三十二年十一月底，秋翁先生当面交给我一张两千元的支票，作为下年正月份二月份的稿费。我说："讲好了每月一千元，还是每月拿罢，不然寅年吃了卯年粮，使我很担心。"于是他收回那张支票，另开了一张一千元的给我。但是不知为什么账簿上记下的还是两千元。

我曾经写过一封否认的信给《海报》，秋翁先生也在《海报》上答辩，把详细账目公开了。后来我再写第二封信给《海报》，大概因为秋翁的情面关系，他们未予发表。我觉得我在这件无谓的事上已经浪费了太多的时间，从此也就安于缄默了。

平常在报纸上发现与我有关的记载，没有根据的，我从来不加以辩白，但是这件事我认为有辩白的必要，因为有关我的职业道德。我不愿我与读者之间有任何误会，所以不得不把这不愉快的故事重述一遍。占去《语林》宝贵的篇幅，真是万分抱歉。

* 初载一九四五年一月《语林》第一卷第二期，未收集。

"卷首玉照"及其他

印书而在里面放一张照片，我未尝不知道是不大上品，除非作者是托尔斯泰那样的留着大白胡须。但是我的小说集里有照片，散文集里也还是要有照片，理由是可想而知的。纸面上和我很熟悉的一些读者大约愿意看看我是什么样子，即使单行本里的文章都在杂志里读到了，也许还是要买一本回去，那么我的书可以多销两本。我赚一点钱，可以彻底地休息几个月，写得少一点，好一点；这样当心我自己，我想是对的。

但是我发现印照片并不那么简单。第一次打了样子给我看，我很不容易措辞，想了好一会，才说："朱先生，普通印照片，只有比本来的糊涂，不会比本来的清楚，是不是？如果比本来的清楚，那一定是描过了。我关照过的，不要描，为什么要描呢？要描我为什么不要照相馆里描，却等工人来描？"朱先生说："几时描过的？"我把照片和样张仔细比给他看，于是他说："描总是要描一点的——向来这样，不然简直一塌糊涂。"我说："与其这样，我情愿它糊涂的。"他说："那是他们误会了你的意思了，总以为你是要它清楚的。你喜欢糊涂，那容易！"

"还有，朱先生，"我陪笑，装出说笑话的口吻，"这脸上光塌

211

塌地像橱窗里的木头人，影子我想总要一点的。脸要黑一点，眉毛眼睛要淡许多，你看我的眉毛很淡很淡，哪里有这样黑白分明？"他说："不是的——布纹的照片顶讨厌，有种影子就印不出来。"

第二次他送样子来，貘黛恰巧也在（她本姓莫，却改了这个"貘"字，"貘"是日本传说里的一种兽，吃梦为生的），看了很失望，说："这样像个假人似的，给人非常恶劣的印象，还是不要的好。"可是制版费是预先付的，我总想再试一次。我说："比上趟好多了，一比就知道。好多了——不过就是两边脸深淡不均，还有，朱先生，这边的下嘴唇不知为什么缺掉一块？"朱先生细看清样，用食指摩了一摩，道："不是的——这里溅了点迹子，他们拿白粉一擦，擦得没了。""那么，眉毛眼睛上也叫他们擦点白粉罢，可以模糊一点，因为——还是太浓呀！"他笑了起来："不行的，白粉是一吹就吹掉了的。"我说："那么，就再印一次罢。朱先生真对不起，大约你从来没遇见过像我这样疙瘩的主顾。上回有一次我的照片也印得很坏，这次本来想绝对不要了，因为听说你们比别人特别地好呀——不然我也不印了！"朱先生攒眉道："本来我们是极顶真的；现在没法子，各色材料都缺货，光靠人工是不行的。"我说："我知道，我知道，可是我相信你们决不会印不好的，只要朱先生多同他们嘀咕两句。"朱先生踌躇道："要是从前，多做两个木板是没有什么关系的，一两块钱的事，现在的损失就大了，不过——我们总要想法子使你满意。"我说："真对不起，只好拉个下趟的交情罢，将来我也许还要印书呢。"——可是无论如何不印照片了。

朱先生走了之后我忽然觉得有诉苦的需要，就想着要写这么一篇，可是今天我到印刷所去，看见散乱的蓝色照片一张张晾在木架上，虽然又有新的不对的地方，到底好些了，多了点人气；

再看一架架的机器上卷着的大幅的纸，印着我的文章，成块，不由得觉得温暖亲热，仿佛这里可以住家似的，想起在香港之战里，没有被褥，晚上盖着报纸，垫着大本的画报的情形；但是美国的《生活》杂志，摸上去又冷又滑，总像是人家的书。

今天在印刷所那灰色的大房间里，立在凸凹不平搭着小木桥的水泥地上，听见印刷工人说："哪！都在印着你的书，替你赶着呢。"我笑起来了，说："是的吗？真开心！"突然觉得他们都是自家人，我凭空给他们添出许多麻烦来，也是该当的事。电没有了，要用脚踏，一个职员说："印这样一张图你知道要踏多少踏？"我说："多少？"他说："十二次。"其实就是几百次我也不以为奇，但还是说："真的？"叹咤了一番。

《流言》里那张大一点的照片，是今年夏天拍的。猼黛在旁边导演，说："现在要一张有维多利亚时代的空气的，头发当中挑，蓬蓬地披下来，露出肩膀，但还是很守旧的，不要笑，要笑笑在眼睛里。"她又同摄影师商酌："太多的骨头？"我说："不要紧，至少是我的。"拍出来，与她所计画的很不同，因为不会做媚眼，眼睛里倒有点自负，负气的样子。猼黛在极热的一个下午骑脚踏车到很远的照相馆里拿了放大的照片送到我家来，说："吻我，快！还不谢谢我！——哪，现在你可以整天整夜吻着你自己了。——没看见过爱玲这样自私的人！"

那天晚上防空，我站在阳台上，听见呛呛呛打锣，远远的一路敲过来，又敲到远处去了。屋顶的露台上，防空人员向七层楼下街上的同事大声叫喊，底下也往下传话，我认得那是附近一家小型百货公司的学徒的喉咙，都是半大的孩子，碰到这种时候总是非常高兴，有机会发号施令，公事公办，脸上有一种惨淡动人

213

的恳挚，很像官——现代的官。防空在这一点上无论如何是可爱的，给了学徒他们名正言顺的课外活动。我想到中古时代的欧洲人，常常一窝蜂捕捉女巫，把形迹可疑的老妇人抓到了，在她骑扫帚上天之前把她架起火来烧死。后来不大相信这些事了，也还喜欢捉，因为这是民间唯一的冬季运动，一村庄的人举着火把，雪地里，闹闹嚷嚷，非常快活。——楼顶上年轻的防空员长呼传话之后，又听见他们吐痰说笑。登高乘凉，渐渐没有声音，想必是走了。四下里低低的大城市黑沉沉地像古战场的埋伏。我立在阳台上，在蓝蓝的月光里看那张照片，照片里的笑，似乎有藐视的意味——因为太感到兴趣的缘故，仿佛只有兴趣没有感情了，然而那注视里还是有对这世界的难言的恋慕。

有个摄影家给我拍了好几张照，内中有一张他最满意，因为光线柔和，朦胧的面目，沉重的丝绒衣裙，有古典画像的感觉。我自己倒是更为喜欢其余的几张。獏黛也说这一张像个修道院的女孩子，驯良可是没脑子，而且才十二岁，放大了更加觉得，那谦虚是空虚，看久了使人吃力。獏黛说："让我在上面涂点颜色罢，虽然那摄影家知道了要生气，也顾不得这些了。"她用大笔浓浓蘸了正黄色画背景，因为照片不吸墨，结果像一重重的金沙披下来。头发与衣服都用暗青来涂没了，单剩下一张脸，还是照片的本质，斜目望过去，脸是发光的，浮在纸面上。十九世纪有一种Pre-Raphaelites画派，追溯到拉斐尔之前的宗教画，作风写实，可是画中人尽管长裙贴地，总有一种奇异的往上浮的感觉。这错觉是怎样造成的，是他们独得之秘。这一流的画虽然评价不高，还是有它狭窄的趣味的。獏黛把那张照片嵌在墙上凹进去的一个壁龛里，下角兜了一幅黄绸子，黄里泛竹青。两边两盏壁灯，因为防空的缘故，花蕊形的玻璃罩上抹了密密的黑墨条子；一开灯，就像办丧事，当中是遗像，使我立刻想爬下磕头。獏黛也认为不行，撤去黄绸子，另外找出我那把一扇就掉毛的象牙骨摺扇，湖色的羽毛上现出两小枝粉红的花，不多的几片绿叶。古代的早晨我觉得就是这样的，红杏枝头笼晓月，湖绿的天，淡白的大半个月亮，桃红的花，小圆瓣个个分明。把扇子倒挂在照片上端，温柔的湖色翅膀，古东方的早晨的荫瑟。现在是很安好了。

我在一个卖糖果发夹的小摊子买了两串亮蓝珠子，不过是极脆极薄的玻璃，粗得很，两头有大洞，两串绞在一起，葡萄似的，放在一张垂着眼睛思想着的照片的前面，反映到玻璃框子里，一球蓝珠子在头发里隐隐放光。有这样美丽的思想就好了。常常脑子里空无所有，就这样祈祷着。

*初载一九四五年二月《天地》第十七期，收入《余韵》。

双声

　　獏梦（注一）与张爱玲一同去买鞋。两人在一起，不论出发去做什么事，结局总是吃。

　　"吃什么呢？"獏梦照例要问。

　　张爱玲每次都要想一想，想到后来还是和上次相同的回答："软的，容易消化的，奶油的。"

　　在咖啡馆里，每人一块奶油蛋糕，另外要一份奶油；一杯热巧克力加奶油，另外要一份奶油。虽然是各自出钱，仍旧非常热心地互相劝诱："不要再添点什么吗？真的一点都吃不下了吗？"主人让客人的口吻。

　　张爱玲说："刚吃好，出去一吹风要受凉的，多坐一会好么？"坐定了，长篇大论说起话来；话题逐渐严肃起来的时候，她又说："你知道，我们这个很像一个座谈会了。"

　　起初獏梦说到圣诞节的一个跳舞会："他们玩一种游戏，叫做：'向最智慧的鞠躬，向最美丽的下跪，向你最爱的接吻。'"

　　"哦。许多人向你下跪吗？"

　　獏梦在微明的红灯里笑了，解释似地说："那天我穿了黑的衣裳，把中国小孩旧式的囡嘴子改了个领圈——你看见过的那囡嘴子，金线托出了一连串的粉红蟠桃。那天我实在是很好看。"

"唔。也有人说你是他最爱的吗？"

"有的。大家乱吻一阵，也不知是谁吻谁，真是傻。我很讨厌这游戏，但是如果你一个人不加入，更显得傻。我这人顶随和，我一个朋友不是这样说的吗：'现在你反对共产主义，将来万一共产了，你会变成最活动的党员，就因为你绝对不能做个局外人。'——看你背后有什么。"

"噢，棕榈树，"张爱玲回头一看，盆栽的小棕树手爪样的叶子正罩在她头上，她不感兴趣地拨了拨它，"我一点也不觉得我是坐在树底下。"咖啡馆的空气很菲薄，苹果绿的墙，粉荷色的小灯，冷清清没有几个人。"他们都是吻在嘴上的么，还是脸上？"

"当然在嘴上。他们只有吻在嘴上才叫吻。"

"光是嘴唇碰着的，银幕上的吻么？"

"不是的。"

"哦。"

"真讨厌，我只有一种兽类的不洁的感觉。"獏梦不愉快的时候，即刻换了一种薄薄的，单寒的喉咙，与她腴丽的人完全不相称。"可是我装得很好，大家还以为我玩得非常高兴呢，谁也看不出我的嫌恶。"

"上海那些杂七骨董的外国人，美国气很重，这样的'颈会'（注：英文用'颈'字作为动词，专指当众的拥抱接吻，和中国的'交颈'意思又两样）在他们是很普通的罢？"

"也许我是太老式，我非常的不赞成。不但是当众，就是没人在——如果一个男人是认真喜欢你的，他还当你也一样地喜欢他，这对于他是不公平的，给他错误的印象。至于有时候，根本对方不把你看得太严重，再给他种种自由，自己更显得下贱。"

"的确是不好。桃乐赛狄斯说的——引经据典引到狄斯女士信箱，好像太浅薄可笑，可是狄斯女士有些话实在是很对……她说美国的年轻人把'颈'看得太随便，弄惯了，什么都稀松平常，等到后来真的遇见了所爱的人，应当在身体的接触上得到大的快乐，可是感情已经钝化了，所以也是为他们自己的愉快打算……"

獏：也许他们等不及呢——情愿零零碎碎先得到一点愉快。我觉得是这样：如果他们喜欢的话，那就没有什么不对；如果一个女孩子本身并没有需要，只是为了一时风气所趋，怕人笑她落后或是缺乏性感，也不得不从众，那我想是不对。

张：可是，如果她感到需要的话，这样挑拨挑拨也是很危险的，进一步引到别的上头，会有比较严重的结果。你想不是么？接吻是没什么关系的——

獏：嗳，对了。

张：如果她不感到需要，当然逼迫自己也是很危险的——印象太坏了，会影响到以后的性心理。

獏：只有俄国女人是例外。俄国女孩子如果放浪一点，也是情有可原，她们老得特别的快，结婚没有多时就胖得像牛。以后无论她们需要不需要，反正没有多少罗曼史了。……真的，俄国女人年纪大一点就简直看不得。古话说："没结婚，先看看你的丈母娘。"（因为丈母娘就是妻子老来的影子。）如果男人真照这样做，所有的俄国女人全没有结婚的机会了！……那天的宴会里有几个俄国青年编了一出极短的戏，很有趣，叫《永远的三角》。非常简单：一个男人一个女人迎面走来，抱住了，同声说："我的爱！"窗外有个人影子一闪，女人急了，说："我的丈夫！"男人匆匆地要溜，说：“我的帽子！”完了。

张：真好！——不知为什么，白俄年轻的时候有许多聪明的，到后来也不听见他们怎样，从来没有什么成就。杂种人也是这样，又有天才，又精明，会算计——（突然地，她为獏梦恐惧起来。）

獏：是的，大概是因为缺少鼓励。社会上对他们总有点歧视。

张：不，我想上海在这一点上倒是很宽容的，什么都是自由竞争。我想，还是因为他们没有背景，不属于哪里，沾不着地气。

獏：也许。哎，我还没说完呢，关于他们的戏。还有《永远的三角在英国》：——妻子和情人拥抱着，丈夫回来撞见了，丈夫非常地窘，喃喃地造了点藉口，拿了他的雨伞，重新出去了。《永远的三角在俄国》：妻子和情人拥抱，丈夫回来看见了，大怒，从身边拔出三把手枪来，给他们每人一把，他自己也拿一把，各自对准了太阳穴，轰然一声，同时自杀了。

张：真可笑！真像！

獏：妒忌这样东西真是——拿它无法可想。譬如说，我同你是好朋友。假使我有丈夫，在他面前提起你的时候，我总是只说你的好处，那么他当然，只知道你的好处，所以非常喜欢你。那我又不情愿了。——如果是你呢？

张：我也要妒忌的。

獏：又不便说明，闷在心头，对朋友，只有在别的上头刻毒些——可以很刻毒。多年的感情渐渐的被破坏，真是悲惨的事。其实也没有什么不可以说明的。你答应我，如果有这样的一天，你就对我说：“獏梦，我妒忌了。你留神一点，少来来！”

张：（笑）好的，一定。

獏：我不大能够想像，如果有一天我发现我的丈夫在吻你，我怎么办——口吐白沫大闹一场呢，还是像那英国人似的非常窘，悄悄躲出去。——还有一点奇怪的，如果我发现我丈夫在吻你，我妒忌的是你不是他——

张：(笑起来)自然应当是这样，这有什么奇怪呢？你有时候头脑非常混乱。

獏：(继续想她的)我想我还是会大闹的。大闹过后，隔了许多天，又懊恼起来，也许打个电话给你，说："张爱(注二)，几时来看看我罢。"

张：我是不会当场发脾气的，大约是装做没看见，等客人走了，背地里再问他到底是怎么一回事。其实问也是多余的，我总觉得一个男人有充分的理由要吻你。不过原谅归原谅，这到底是不行的。

獏：当然！堂堂正正走进来说："喂，这是不行的！"

张：在我们之间可以这样，换了一个别的女人就行不通。发作一场，又做朋友了，人家要说是神经病。而且麻烦的是，可妒忌的不单是自己的朋友。随便什么女人，男人稍微提到，说声好，听着总有点难过，不能每一趟都发脾气。而且发惯了脾气，他什么都不对你说了，就说不相干的，也存着戒心，弄得没有可谈的了。我想还是忍着的好。脾气是越纵容越脾气大。忍忍就好了。

獏：不过这多讨厌呢，常常要疑心——当然你想着谁都是喜欢他的，因为他是最最好的——不然也不会嫁给他了。生命真是要命的事！

张：关于多妻主义——

獏：理论上我是赞成的，可是不能够实行。

张：我也是。

獏：幸而现在还轮不到我们。欧洲就快要行多妻主义了，男人死得太多——看他们可有什么好一点的办法想出来。

张：(猝然，担忧地)獏梦，将来你老了的时候预备穿什么样的衣服呢？

獏：印度装的披纱——我想那是最慈悲的。不管我将来嫁给印度人或是中国人，我要穿印度的披纱——石像的庄严，胖一点瘦一点都没有关系。或者，也许，中国旧式的袄袴……

张：(高兴起来) 嗳，对了，我也可以穿长大的袄袴，什么都盖住了，可是仍旧很有样子；青的，黑的，赭黄的，也有许多陈年的好颜色。

獏：哪，现在你放心了！对于老年没有恐惧了，是不是？从来没看见张爱这样的人！连将来她老了的时候该穿什么衣服都要我预先决定！是不是我应当在遗嘱上写明白了：几年以后张爱可以穿什么什么……

张：(笑) 不是的——你知道我最恨现在这班老太太，怎么黯淡怎么穿，瑟瑟缩缩的，如果有一点个性，就是教会气。外国老太太们倒是开通，红的花的都能穿，大块的背脊上，密密的小白花，使人头昏，蓝底子印花绸，红底子印花布，包着不成人形的肉，真难看！

獏：噢，你记得上回我跟一个朋友讨论东西洋的文化，我忽然想起来有一点我要告诉他：西方的时装也是一代否定一代的，所以花样翻新，主意非常多；而印度的披纱是永久的，慢慢地加一点进去，加一点进去，终于成了定型，有普遍的包涵的美，改动一点小节都不可能。还有，关于日本文化——我对于日本文化的迷恋，已经过去了。

张：啊，我也是！三年前，初次看见他们的木版画，他们的衣料、瓷器，那些天真的、红脸的小兵，还有我们回上海来的船上，那年老的日本水手拿出他三个女儿的照片给我们看；路过台湾，台湾的秀丽的山，浮在海上，像中国的青绿山水画里的，那样的山，想不到，真的有！日本的风景听说也是这样。船舱的窗户洞里望出去，圆窗户洞，夜里，海湾是蓝灰色的，静静的一只小渔船，点一盏红灯笼——那时候真是如痴如醉地喜欢着呀！

獏：是的，他们有一种稚气的风韵，非常可爱的。

张：对于我，倒不是完全因为他们的稚气；因为我是中国人，喜欢那种古中国的厚道含蓄。他们有一种含蓄的空气。

獏：噯，好的就是那种空气。譬如说山上有一层银白的雾，雾是美的，然而雾的后面还是有个山在那里。山是真实。他们的雾，后面没有山。

张：是的，他们有许多感情都是浮面的。对于他们不熟悉的东西，他们没有感情；对于熟悉的东西，每一样他们都有一个规定的感情——"应当怎样想"。

獏：你想我们批评得太苛刻么？我们总是贪多贪多，总是不满足。

张：我想并不太苛刻，可是，同西洋同中国现代的文明比起来，我还是情愿日本的文明的。

獏：我也是。

张：现在的中国和印度实在是不太好。至于外国，像我们都是在英美的思想空气里面长大的，有很多的机会看出他们的破绽。就连我所喜欢的赫克斯莱，现在也渐渐的不喜欢了。

獏：是的，他并没有我们所想的伟大。

张：初看是那么的深而狭，其实还是比较头脑简单的。

獏：就连埃及的艺术，那样天高地厚的沉默，我都有点疑心，本来没有什么意思，意思都是我们自己给加进去的。

张：啊，不过，一切的艺术不都是这样的么？这有点不公平了。

獏：（笑）我自己也害怕，这样地没常性，喜欢了又丢掉，一来就粉碎了幻象。

张：我想是应当这样的，才有个比较同进步。有些人甚至就停留在王尔德上——真是！

獏：王尔德那样的美真是初步的。——所以我害怕呀，现在我同你说话，至少我知道你是懂得的；同别人说这些，人家尽管点头，我怎么知道他真的懂得了没有？家里人都会当我发疯！所以，你还是不要走开罢！

张：好，不走。我大约总在上海的。

獏：日本人的个性里有一种完全——简直使人灰心的一种完全。嫁给外国人的日本女人，过了大半辈子的西洋生活，看上去是绝对地被同化了，然而丈夫一死，她带了孩子，还是要回日本，马上又变成最彻底的日本人，鞠躬，微笑，成串地说客气话，爱国爱得很热心，同时又有那种深深浅浅的凄清——

张：嗳，不知为什么，日本人同家乡真的隔绝了的话，就简直不行。像美国的日侨，生长在美国的，那是非常轻快漂亮，脱尽了日本气的了；他们之中就很少好的，我不喜欢他们。不像中国人，可以有欧化的中国人，到底也还是中国人，也有好有坏。日本人是不能有一半一半的。

獏：你记得你告诉过我，一个人种学家研究出来，白种人的思想是一条直线，中国人的思想是曲折的小直线；白种人是严格地合逻辑的，而中国人的逻辑常常转弯，比较活动；日本人的思想方式却是更奇怪的，是两条平行的虚线，左边一小划，右边一小划，然后再是左边一小划，右边一小划，这样推衍下去。——这不是就像一个人的足印？足印与足印之间本来是有空隙的，即使高一脚，低一脚，踏空了一步，也没有大碍；不像一条直线，一下子中断了，反而不容易连下去。

张：呀，真好，两条平行的虚线比作足迹。单是想到一个人的足迹，这里面就有一种完整性。

从咖啡店里走出来，已经是黑夜，天上有冬天的小小的蛾眉月和许多星，地上，身上，是没有穿衣服似的，泼了水似的，透明透亮的寒冷。她们的家一个在东，一个在西，同样的远近，可是獏梦坚持着要人送，张爱玲虽然抱怨着，还是陪她向那边走去。

张：（颤抖着）真冷，不行，我一定要伤风了！

獏：不会的。多么可爱的，使人神旺的天气！

张：你当然不会伤风，再冷些你也可以不穿袜子，吃冰淇淋，出汗。我是要回去了！越走，回去的路越远。不行，我真的要生病了！

獏：呵，不要回去，送我就送到底罢，也不要生病！

张：你不能想像生病的苦处。现在你看我有说有笑，多少也有点思想，等我回去发烧呕吐了，却只有我一个人。我姑姑常常说我自私："只有獏梦，比你还自私！"

獏：呵，难道你也真的这样想么？喂，我有很好的一句话批评阿部教授的短篇小说《星期五之花》。那一篇我看到实在很失望。

张：我也是。仿佛是要它微妙的，可是只做到轻淡。

獏：是的，不过是一点小意思，禁不起这样大写的。整个地拉得太长，拟得太薄了。可是我说得它很美丽，我说它是一张铅笔画，上面却加上了两笔墨水的勾勒，落了痕迹了。我就这样写在作文里交了进去，你想他会生气么？

张：不会的罢？可是不行，我真的要回去了，太冷了！

獏：呵，这样走着说着话不是很好么？

张：是的，可是，回去的路上只有我一个人，你知道有时候我耐不住一刻的寂寞。电车上倒是有许多人，热热闹闹的，可是挤不上。不然就坐三轮车回去，把时间缩短一点也好，我又不愿意花那个钱，太冤枉了！为什么我要把你送到家然后自己叫三轮车回去？又不是你的男朋友！——除非你替我出一半钱。

獏：好了好了，不要叽咕了，你叫三轮车回去，我出一半。

张：好的，那么。

张爱玲没有一百元的票子，问獏梦借了两百块，坐车用了一百七十，在车上一路算着獏梦应当出八十五，下次要记着还她一百十五元。她们的钱向来是还来还去，很少清账的时候。

注一：我替她取名"炎樱"，她不甚喜欢，恢复了原来的名姓"莫黛"——"莫"是姓的译音，"黛"是因为皮肤黑——然后她自己从阿部教授那里，发现日本古传说里有一种吃梦的兽叫做"獏"，就改"莫"为"獏"，"獏"可以代表她的为人，而且云鬟高耸，本来也像个有角的小兽。"獏黛"读起来不大好听，有点像"麻袋"，有一次在电话上又被人听错了当作"毛头"，所以又改为"獏梦"。这一次又有点像"獏母"。可是我不预备告诉她了。

注二：因为"爱玲"这名字太难听，所以有时候称"张爱"。

* 初载一九四五年三月《天地》第十八期，收入《余韵》。

气短情长及其他

一、气短情长

朋友的母亲闲下来的时候常常戴上了眼镜，立在窗前看街。英文《大美晚报》从前有一栏叫做《生命的橱窗》，零零碎碎的见闻，很有趣，很能代表都市的空气的，像这位太太就可以每天写上一段。有一天她看见一个男人，也还穿得相当整齐，无论如何是长衫阶级，在那儿打一个女人，一路扭打着过来。许多旁观者看得不平起来，向那女人叫道："送他到巡捕房里去！"女人哭道："我不要他到巡捕房去，我要他回家去呀！"又向男人哀求道："回去罢——回去打我罢！"

这样的事，听了真叫人生气，又拿它没奈何。

二、小女人

我们门口，路中心有一块高出来的"岛屿"，水门汀上铺了泥，种了两排长青树。时常有些野孩子在那儿玩，在小棵的绿树底下拉了屎。有一个八九岁的女孩，微黄的，长长的脸，淡眉毛，窄瘦的紫袄蓝裤，低着头坐在阶沿，油垢的头发一绺绺披到脸上来，和一个朋友研究织绒线的道理。我觉得她有些地方很像我，走过的时候不由得多看了两眼。她非常高兴的样子，抽掉了两根针，把她织好的一截子粉蓝绒线的小袖口套在她朋友腕上试样子。她朋友伸出一只手，左右端相，也是喜孜孜的。

她的绒线一定只够做这么一截子小袖口，我知道。因为她很像我的缘故，我虽然一路走过去，头也没回，心里却稍稍有点悲哀。

三、家主

有一次我把一只鞋盒子拖出来，丢在房间的中央，久久没有去收它。阿妈和她的干妹妹，来帮忙的，两人捧了湿衣服到阳台上去晒，穿梭来往，走过那鞋盒，总是很当心地从旁边绕过，从来没踢到它，也没把它拿走，仿佛它天生应当在那里的，我坐在书桌前面，回过头来看到这情形，就想着：这大约就是身为一家之主的感觉罢？可是我在家里向来是服低做小惯了的，那样的权威倒也不羡慕。佣人、手艺人，他们所做的事我不在行的，所以我在他们之前特别地听话。常常阿妈临走的时候关照我："爱玲小姐，电炉上还有一壶水，开了要灌到热水瓶里，冰箱上的扑落你把它插上。"我的一声"噢！"答应得非常响亮。对裁缝也是这样，只要他扁着嘴酸酸地一笑，我马上觉得我的衣料少买了一尺。有些太太们，虽然也啬刻，逢到给小账的时候却是很高兴的，这使她们觉得她们到处是主人。我在必须给的场合自然也给，而且一点也不敢少，可是心里总是不大情愿，没有丝毫快感。上次为了印书，叫了部卡车把纸运了来。姑姑问我："钱预备好了没有？"

我把一叠钞票向她手里一塞，说："姑姑给他们，好么？"

"为什么？"

"我害怕。"

她瞪目望着我，说："你这个人！"然而我已经一溜烟躲开了。

后来她告诉我："你损失很大呢，没看见刚才那一幕。那些人眉花眼笑谢了又谢。"但我也不懊悔。

四、狗

今年冬天我是第一次穿皮袄。晚上坐在火盆边，那火，也只是灰掩着的一点红，实在冷，冷得瘪瘪缩缩，万念俱息。手插在大襟里，摸着里面柔滑的皮，自己觉得像只狗。偶尔碰到鼻尖，也是冰凉凉的，像狗。

五、孔子

孔子诞辰那天，阿妈的儿子学校里放一天假。阿妈在厨房里弯着腰扫地，同我姑姑道："总是说孔夫子，到底这孔夫子是个什么人？"姑姑想了一想，答道："孔夫子是个写书的——"我在旁边立刻联想到苏青与我之类的人，觉得很不妥当，姑姑又接下去说：

"写了《论语》、《孟子》，还有许许多多别的书。"

我们的饭桌正对着阳台，阳台上撑着个破竹帘子，早已破得不可收拾，夏天也挡不住西晒，冬天也不必拆除了，每天红通通的太阳落山，或是下雨，高楼外的天色一片雪白，破竹子斜着飘着，很有芦苇的感觉。有一向，芦苇上拴了块污旧的布条子，从玻璃窗里望出去，正像一个小人的侧影，宽袍大袖，冠带齐整，是个儒者，尤其像孟子，我总觉得孟子是比较矮小的。一连下了两三个礼拜的雨，那小人在风雨中连连作揖点头，虽然是个书生，一样也世事洞明，人情练达，辩论的起点他非常地肯迁就，从霸道谈到王道，从女人谈到王道，左右逢源，娓娓动人，然而他的道理还是行不通……怎么样也行不通。看了他使我很难过。每天吃饭的时候面对着窗外，不由得要注意到他，面色灰败，风尘仆仆的左一个揖右一个揖。我屡次说："这布条子要把它解下来了，简直像个巫魇！"然而吃了饭起身，马上就忘了。还是后来天晴了，阿妈晾衣裳，才拿了下来，从此没看见了。

六、不肖

獏梦有个同学姓赵。她问我："赵……怎么写的？"

我说："一个'走'字，你知道的；那边一个'肖'字。"

"哪个'肖'字？"

"'肖'是'相像'的意思。是文言，你不懂的。"

"'相像'么？怎么用法呢？"

"譬如说一个儿子不好，就说他'不肖'——不像他父亲。古时候人很专制，儿子不像父亲，就武断地说他不好，其实，真不见得，父亲要是个坏人呢？"

"啊！你想可会，说道儿子不像父亲，就等于骂他是私生子，暗示他不是他父亲养的？"

"唉，你真是，中文还不会，已经要用中文来弄花巧了！如果是的，怎么这些年来都没有人想到这一层呢？"

然而她还是笑着，追问："可是你想，原来的意思不是这样的么？古时候的人也一样地坏呀！"

七、孤独

有一位小姐说："我是这样的脾气。我喜欢孤独的。"

獏梦低声加了一句："孤独地同一个男人在一起。"

我大声笑了出来。幸而都在玩笑惯了的，她也笑了。

八、少说两句罢

獏梦说："许多女人用方格子绒毯改制大衣，毯子质地厚重，又做得宽大，方肩膀，直线条，整个地就像一张床——简直是请人躺在上面！"

瑞典人喝酒的时候，有一句极普通的祝词（toast），叫做——

"Min skal, din, skal, alla vakra flickors skal."

译成中文，就是：

"祝我自己健康，祝你健康，祝一切美丽的少女们健康！"

* 初载一九四五年四月《小天地》第四期，收入《余韵》。

秘密

最近听到两个故事，觉得很有意思，尤其是这个，以后人家问句太多的时候，我想我就告诉他这一只笑话。

德国的佛德烈大帝，大约是在打仗吧，一个将军来见他，问他用的是什么策略。

皇帝道："你能够保守秘密么？"

他指天誓曰："我能够，沉默得像坟墓，像鱼，像深海底的鱼。"

皇帝道："我也能够。"

＊初载一九四五年四月一日上海《小报》，未收集。

丈人的心

　　这是个法国故事，法国人的小说，即使是非常质朴，以乡村为背景的，里面也看得出他们一种玩世的聪明。这一篇小说讲到阿尔卑斯山上的居民，常会遇到山崩，冰雹，迷路，埋在雪里，种种危险。一老翁，有一个美丽的女儿，翁择婿条件太苛刻，大家简直拿他没办法，有一个青年，遇到机会，救了老翁的命。他想，好了，一定成功了。另一个比较狡猾的青年，却定下计策，自己假装陷入绝境，使老者救他一命，从此这老者看见他就一团高兴，吻他，拥抱他，欢迎他，仅是他的存在就提醒大家，这老人是怎样的一个英雄。

　　看看那一个有恩于自己的，却像见了真主似的，很不愉快，于是把女儿配给那狡猾的青年，青年在结婚前，喝醉了酒，说出真心话，老人知道受骗，把女儿收回了——但这是太恶俗的尾巴。

　　*初载一九四五年四月三日《小报》，未收集。

炎樱衣谱

前言

我写过《炎樱语录》，现在又来写《炎樱衣谱》，炎樱是真的有这样的一个人的。最近她和妹妹要开个时装店，（其实也不是店——不过替人出主意，做大衣旗袍袄裤西式衣裙。）我也有股子在内。我一听见她妹妹是同我们合作的，马上就说："你妹妹能做什么呢？"炎樱大笑了，告诉我："我妹妹也是：一听见说有你，就叫了起来：'爱玲能做什么呢？'"

我只能想法子做广告。下个月的《天地》要出个"衣食住"特辑，"衣"的部份苏青叫我转托炎樱写，因为她是专家。那篇文章她正在那儿写着罢？想必有许多大道理。基本原则我留给她去说了，我这里只预备把她过去设计过的衣服，也有她自己的，也有朋友的，流水账式地记下去。每一节后面注明："炎樱时装设计 电约时间 电话 三八一三五 下午三时至八时"——这样子好不好？

除了做广告之外，如果还有别的意义，那不过是要使这世界美丽一点——使女人美丽一点，间接地也使男人的世界美丽一点。人微言轻，不过是小小的现地的调整。我不知道为什么，对于现实表示不满，普通都认为是革命的，好的态度；只有对于现在流行的衣服式样表示不满，却要被斥为奇装异服。

草裙舞背心

从前有一个时期，民国六七年罢，每一个女人都有一条阔大无比的绒线围巾，深红色的居多，下垂排穗。鲁迅有一次对女学生演说，也提到过"诸君的红色围巾"。炎樱把她母亲的围巾拿了来，中间抽掉一排绒线，两边缝起来，做成个背心，下摆拖着排须，行走的时候微微波动，很有草裙舞的感觉。背心里面她常常穿着湖绿银纹绉的衬衫，背心下面露出不多的一点鸦青小裙子，而那背心是懊侬的，胶漆似的酱红，那色调，也是夏威夷的。

还有一副绒线手套，同样颜色的。手套朝外的一边，边缘缀着深红绒线的排穗。短短的，鬃毛似的，从小指的指尖到腕际。这里的灵感，来自好莱坞的西部影片。美国西部的牛郎，他们的大脚裤，两边镶着窄条的牛皮排须，一路到底，又花哨，又是大摇大摆的英雄气概。我们这里的小姐们，骑脚踏车的时候戴了这样的手套，风中的排穗向后飘着，两边生了翅膀似的，也是泼剌可爱的。（炎樱时装设计　电约时间　电话三八一三五　下午三时至八时）

罗宾汉

苔绿鸡皮大衣，长齐膝盖，细腰窄袖，绿条清简。前面一排直脚钮，是中国式的，不过加以放大，鸡皮扭作核桃结，绒兜兜地非常可爱。苔绿绒线长统袜，织得稀稀地，绷在腿上，因为多漏洞的缘故，看上去有一层丝光。整个的剪影使人想到侠盗罗宾汉。罗宾汉出没于古英国的"绿森林"里，他和他的喽啰都穿绿，因为是"保护色"。那时候的男子也穿长统袜，连着袴子，上罩短衣。这里的是"改编"了，然而还是保持了那种童话气息的自由俊俏。

绿袍红钮

　　墨绿旗袍，双大襟，周身略无镶滚。桃红缎的直脚钮，较普通的放大，长三寸左右，领口钉一只，下面另加一只作十字形。双襟的两端各钉一只，向内斜，整个的四只钮扣虚虚组成三角形的图案，使人的下颔显得尖，因为"心脏形的小脸，"穆时英提倡的，还是一般人的理想。

　　本来的设计是，附带地还有一种桃红的 Bolero。这种西班牙式的短外衣，现在已经过时了，可是这里的一件，和从前的流行的有点两样，所以还值得一提。印度软缎的桃红外衣，胸前敞开，细长的袖管，袖口像花瓣的尖，深深的切到手背上，把一双手也衬得像纤长敏感的。后身也剪出个尖子，为了要腰细。暗绿，桃红，十七八世纪法国的华靡——人像一朵宫制的绢花了。（炎樱时装设计的电话是三八一三五 时间三时至八时。）

　　＊初载一九四五年四月六日、七日、八日、九日《力报》，未收集。

我看苏青

苏青与我，不是像一般人所想的那样密切的朋友，我们其实很少见面。也不是像有些人可以想像到的，互相敌视着。同行相妒，似乎是不可避免的，何况都是女人——所有的女人都是同行。可是我想这里有点特殊情形。即使从纯粹自私的观点看来，我也愿意有苏青这么一个人存在，愿意她多写，愿意有许多人知道她的好处，因为，低估了苏青的文章的价值，就是低估了现地的文化水准。如果必须把女作者特别分作一栏来评论的话，那么，把我同冰心白薇她们来比较，我实在不能引以为荣，只有和苏青相提并论我是甘心情愿的。

至于私交，如果说她同我不过是业务上的关系，她敷衍我，为了拉稿子，我敷衍她，为了要稿费，那也许是较近事实的，可是我总觉得，也不能说一点感情也没有。我想我喜欢她过于她喜欢我，是因为我知道她比较深的缘故。那并不是因为她比较容易懂。普通认为她的个性是非常明朗的，她的话既多，又都是直说，可是她并不是一个清浅到一览无余的人。人可以不懂她好在哪里而仍旧喜欢同她做朋友，正如她的书可以有许多不大懂它的好处的读者。许多人，对于文艺本来不感到兴趣的，也要买一本《结婚十年》，看看里面可有大段的性生活描写。我想他们多少有一点失望，但仍然也可以找到一些笑骂的资料。大众用这样的态度来接受《结婚十年》，其实也无损于《结婚十年》的价值。在过去，大众接受了《红楼梦》，又有几个不是因为单恋着林妹妹或是宝哥哥，或是喜欢里面的富贵排场？就连《红楼梦》，大家也还恨不得把结局给修改一下，方才心满意足。完全贴近大众的心，甚至于就像从他们心里生长出来的，同时又是高等的艺术，那样的东西，不是没有，例如有些老戏，有些民间故事，源久流长的；造形艺术一方面的例子尤其多。可是没法子拿这个来做创作的标准。迎合大众，或者可以左右他们一时的爱憎，然而不能持久。而且存心迎合，根本就写不出苏青那样的真情实意的书。

而且无论怎么说，苏青的书能够多销，能够赚钱，文人能够救济自己，免得等人来救济，岂不是很好的事么？

我认为《结婚十年》比《浣锦集》要差一点。苏青最好的时候能够做到一种"天涯若比邻"的广大亲切，唤醒了往古来今无所不在的妻性母性的回忆，个个人都熟悉，而容易忽略的。实在是伟大的。她就是"女人"，"女人"就是她。（但是我忽然想到有一点：从前她进行离婚，初出来找事的时候，她的处境是最确切地代表了一般女人。而她现在的地位是很特别的，女作家的生活环境与普通的职业女性，女职员女教师，大不相同，苏青四周的那些人也有一种特殊的习气，不能代表一般男人。而苏青的观察态度向来是非常的主观，直接，所以，虽然这是一切职业文人的危机，我格外的为苏青虑到这一点。）也有两篇她写得太潦草，我读了，仿佛是走进一个旧识的房间，还是那些摆设，可是主人不在家，心里很惆怅。有人批评她的技巧不够，其实她的技巧正在那不知不觉中，喜欢花俏的稚气些的作者读者是不能领略的。人家拿艺术的大帽子去压她，她只有生气，渐渐的也会心虚起来，因为她自己也不知其所以然。她是眼低手高的。可是这些以后再谈罢，现在且说她的人。她这样问过我："怎么你小说里从来没有一个人像我的？我一直留心着，总找不到。"

我平常看人，很容易把人家看扁了，扁的小纸人，放在书里比较便利。"看扁了"，不一定是发现人家的短处，不过是将立体化为平面的意思，就像一枝花的黑影在粉墙上，已经画好了在那里，只等用墨笔勾一勾。因为是写小说的人，我想这是我的本分，把人生的来龙去脉看得很清楚。如果原先有憎恶的心，看明白之后，也只有哀矜。眼中所见，有些天资很高的人，分明在哪里走错了一步，后来怎么样也不行了，因为整个的人生态度的关系，就坏也坏得鬼鬼祟祟。有的也不是坏，只是没出息，不干净，不愉快。我书里多的是这等人，因为他们最能够代表现社会的空气，同时也比较容易写。从前人说"画鬼怪易，画人物难"，似乎倒是圣贤豪杰恶魔妖精之类的奇迹比较普通人容易表现，但那是写实功夫深浅的问题。写实功夫进步到托尔斯泰那样的程度，他的小说里却是一班小人物写得最成功，伟大的中心人物总来得模糊，隐隐地有不足的感觉。次一等的作家更不必说了，总把他们的好人写得最坏。所以我想，还是慢慢地一步一步来罢，等我多一点自信再尝试。

我写到的那些人，他们有什么不好我都能够原谅，有时候还有喜爱，就因为他们存在，他们是真的。可是在日常生活里碰见他们，因为我的幼稚无能，我知道我同他们混在一起，得不到什么好处的，如果必须有接触，也是斤斤较量，没有一点容让，总要个恩怨分明。但是像苏青，即使她有什么地方得罪我，我也不会记恨的。——并不是因为她是个女人。她起初写给我的索稿信，一来就说"叨在同性"，我看了总要笑。——也不是因为她豪爽大方，不像女人。第一，我不喜欢男性化的女人，而且根本，苏青也不是男性化的女人。女人的弱点她都有，她很容易就哭了，多心了，也常常不讲理。譬如说：前两天的对谈会里，一开头，她发表了一段意见关于妇女职业。《杂志》方面的人提出了一个问题，说："可是——"她凝思了一会，脸色慢慢地红起来，忽然有一点生气了，说："我又不是同你对谈——要你说我做什么？"大家哄然笑了，她也笑。我觉得这是非常可爱的。

即使在她的写作里，她也没有过人的理性。她的理性不过是常识——虽然常识也正是难得的东西。她与她丈夫之间，起初或者有负气，到得离婚的一步，却是心平气和，把事情看得非常明白简单。她丈夫并不坏，不过就是个少爷。如果能够一辈子在家里做少爷少奶奶，他们的关系是可以维持下去的。然而背后的社会制度的崩坏，暴露了他的不负责。他不能养家，他的自尊心又限制了她职业上的发展。而苏青的脾气又是这样，即使委曲求全也弄不好的了。只有分开。这使我想起我自己，从父亲家里跑出来之前，我母亲秘密传话给我："你仔细想一想。跟父亲，自然是有钱的，跟了我，可是一个钱都没有，你要吃得了这个苦，没有反悔的。"当时虽然被禁锢着，渴想着自由，这样的问题也还使我痛苦了许久。后来我想，在家里，尽管满眼看到的是银钱进出，也不是我的，将来也不一定轮得到我，最吃重的最后几年的求学的年龄反倒被耽搁了。这样一想，立刻决定了。这样的出走没有一点慷慨激昂。我们这时代本来不是罗曼蒂克的。

生在现在，要继续活下去而且活得称心，真是难，就像"双手擘开生死路"那样的艰难巨大的事，所以我们这一代的人对于物质生活，生命的本身，能够多一点明了与爱悦，也是应当的。而对于我，苏青就象征了物质生活。

我将来想要一间中国风的房，雪白的粉墙，金漆桌椅，大红椅垫，桌上放着豆绿糯米磁的茶碗，堆得高高的一盆糕团，每一只上面点着个胭脂点。中国的房屋有所谓"一明两暗"，这当然是明间。这里就有一点苏青的空气。

这篇文章本来是关于苏青的，却把我自己说上许多，实在对不起得很，但是有好些需要解释的地方，我只能由我自己出发来解释。说到物质，与奢侈享受似乎是不可分开的。可是我觉得，刺激性的享乐，如同浴缸里浅浅地放了水，坐在里面，热气上腾，也感到昏蒙的愉快，然而终究浅，即使躺下去，也没法子淹没全身。思想复杂一点的人，再荒唐，也难求得整个的沉湎。也许我见识得不够多，所以这样想。

我对于声色犬马最初的一个印象，是小时候有一次，在姑姑家里借宿，她晚上有宴会，出去了，剩我一个人在公寓里，对门的逸园跑狗场，红灯绿灯，数不尽的一点一点，黑夜里，狗的吠声似沸，听得人心里乱乱地。街上过去一辆汽车，雪亮的车灯照到楼窗里来，黑房里家具的影子满房跳舞，直飞到房顶上。

久已忘记了这一节了。前些时有一次较紧张的空袭，我们经济力量够不上避难（因为逃难不是一时的事，却是要久久耽搁在无事可做的地方），轰炸倒是听天由命了，可是万一长期地断了水，也不能不设法离开这城市。我忽然记起了那红绿灯的繁华，云里雾里的狗的狂吠。我又是一个人坐在黑房里，没有电，磁缸里点了一支白蜡烛，黄磁缸上凸出绿的小云龙，静静含着圆光不吐。全上海死寂，只听见房间里一只钟滴答滴答走。蜡烛放在热水汀上的一块玻璃板上，隐约照见热水汀管子的扑落，扑落上一个小箭头指着"开"，另一个小箭头指着"关"，恍如隔世。今天的一份小报还是照常送来的，拿在手里，有一种奇异的感觉，是亲切、伤恸。就着烛光，吃力地读着，什么郎什么翁，用我们熟悉的语调说着俏皮话，关于大饼，白报纸，暴发户，慨叹着回忆到从前，三块钱叫堂差的黄金时代。这一切，在着的时候也不曾为我所有，可是眼看它毁坏，还是难过的——对于千千万万的城里人，别的也没有什么了呀!

一只钟滴答滴答，越走越响。将来也许整个的地面上见不到一只时辰钟。夜晚投宿到荒村，如果忽然听见钟摆的滴答，那一定又惊又喜——文明的节拍! 文明的日子是一分一秒划分清楚的，如同十字布上挑花。十字布上挑花，我并不喜欢，绣出来的也有小狗，也有人，都是一曲一曲，一格一格，看了很不舒服。蛮荒的日夜，没有钟，只是悠悠地日以继夜，夜以继日，日子过得像钧窑的淡青底子上的紫晕，那倒也好。

我于是想到我自己，也是充满了计画的。在香港读书的时候，我真的发愤用功了，连得了两个奖学金，毕业之后还有希望被送到英国去。我能够揣摩每一个教授的心思，所以每一样功课总是考第一。有一个先生说他教了十几年的书，没给过他给我的分数。然后战争来了，学校的文件纪录统统烧掉，一点痕迹都没留下。那一类的努力，即使有成就，也是注定了要被打翻的罢? 在那边三年，于我有益的也许还是偷空的游山玩水，看人，谈天，而当时总是被逼迫着，心里很不情愿，认为是糟蹋时间。我一个人坐着，守着蜡烛，想到从前，想到现在，近两年来孜孜忙着的，是不是也注定了要被打翻的——我应当有数。

后来看到《天地》，知道苏青在同一晚上也感到非常难过。然而这末日似的一天终于过去了。一天又一天。清晨躺在床上，听见隔壁房里嗤嗤嗤拉窗帘的声音，后门口，不知哪一家的男佣人在同我们阿妈说话，只听见嗡嗡的高声，不知说些什么，听了那声音，使我更觉得我是深深睡在被窝里，外面的屋瓦上应当有白的霜——其实屋上的霜，还是小时候在北方，一早起来常常见到的，上海难得有——我向来喜欢不把窗帘拉上，一睁眼就可以看到白天。即使明知道这一天不会有什么事发生的，这堂堂的开头也可爱。

到了晚上，我坐在火盆边，就要去睡觉了，把炭基子戳戳碎，可以有非常温暖的一刹那；炭层发出很大的热气，星星红火，散布在高高下下的灰堆里，像山城的元夜，放的烟火，不由得使人想起唐宋的灯市的记载。可是我真可笑，用铁钳夹住火杨梅似的红炭基，只是舍不得弄碎它。碎了之后，灿烂地大烧一下就没有了。虽然我马上就要去睡了，再烧下去于我也无益，但还是非常心痛。这一种吝惜，我倒是很喜欢的。

我有一件蓝绿的薄棉袍，已经穿得很旧，袖口都泛了色了，今年拿出来，才上身，又脱了下来，唯其因为就快坏了，更是看重它，总要等再有一件同样的颜色的，才舍得穿。吃菜我也不讲究换花样。才夹了一筷子，说："好吃，"接下去就说："明天再买，好么？"永远蝉联下去，也不会厌。姑姑总是嘲笑我这一点，又说："不过，不知道，也许你们这种脾气是载福的。"

我做了个梦，梦见我又到香港去了，船到的时候是深夜，而且下大雨。我狼狈地拎着箱子上山，管理宿舍的天主教尼僧，我不敢惊醒她们。只得在黑漆漆的门洞子里过夜。（也不知道为什么我要把自己刻划得这么可怜，她们何至于这样地苛待我。）风向一变，冷雨大点大点扫来，我把一双脚直缩直缩，还是没处躲。忽然听见汽车喇叭响，来了阔客，一个施主太太带了女儿，才考进大学，以后要住读的。汽车夫砰砰拍门，宿舍里顿时灯火辉煌，我趁乱向里一钻，看见舍监，我像见晚娘似的，陪笑上前称了一声"Sister"。她淡淡地点了点头，说："你也来了？"我也没有多寒暄，径自上楼，找到自己的房间。梦到这里为止。第二天我告诉姑姑，一面说，渐渐胀红了脸，满眼含泪；后来在电话上告诉一个朋友，又哭了；在一封信里提到这个梦，写到这里又哭了。简直可笑——我自从长大自立之后实在难得掉眼泪的。

我对姑姑说："姑姑虽然经过的事很多，这一类的经验却是没有的，没做过穷学生，穷亲戚。其实我在香港的时候也不至于窘到那样，都是我那班同学太阔了的缘故。"姑姑说："你什么时候做过穷亲戚的？"我说："我最记得有一次，那时我刚离开父亲家不久，舅母说，等她翻箱子的时候她要把表姐们的旧衣服找点出来给我穿。我连忙说：'不，不，真的，舅母不要！'立刻红了脸，眼泪滚下来了。我不由得要想，从几时起，轮到我被周济了呢？"

真是小气得很，把这些都记得这样牢，但我想我也是好的。多少总受了点伤，可是不太严重，不够使我感到剧烈的憎恶，或是使我激越起来，超过这一切；只够使我生活得比较切实，有个写实的底子；使我对于眼前所有格外知道爱惜，使这世界显得更丰富。

想到贫穷，我就想起有一次，也是我投奔到母亲与姑姑那里，时刻感到我不该拖累了她们，对于前途又没有一点把握的时候，姑姑那一向心境也不好，可是有一天忽然高兴，因为我想吃包子，用现成的芝麻酱作馅，捏了四只小小的包子，蒸了出来。包子上面绉着，看了它，使我的心也绉了起来，一把抓似的，喉咙里一阵阵哽咽着，东西吃了下去也不知是什么滋味。好像我还是笑着说"好吃"的。这件事我不忍想起，又愿意想起。

看苏青文章里的纪录，她有一个时期的困苦的情形虽然与我不同，感情上受影响的程度我想是与我相仿的。所以我们都是非常明显地有着世俗的进取心，对于钱，比一般文人要爽直得多。我们的生活方式有很多不同的地方，但那是个性的关系。

姑姑常常说我："不知道你从哪里来的这一身俗骨！"她把我父母分析了一下，他们纵有缺点，好像都还不俗。有时候我疑心我的俗不过是避嫌疑，怕沾上了名士派，有时候又觉得是天生的俗。我自己为《倾城之恋》的戏写了篇宣传稿子，拟题目的时候，脑子里第一个浮起的是："倾心吐胆话倾城"，套的是"苜蓿生涯话廿年"之类的题目，有一向非常时髦的，可是被我一学，就俗不可耐。

苏青是——她家门口的两棵高高的柳树，初春抽出了淡金的丝，谁都说："你们那儿的杨柳真好看！"她走出走进，从来就没看见。可是她的俗，常常有一种无意的隽逸。譬如今年过年之前，她一时钱不凑手，性急慌忙在大雪中坐了辆黄包车，载了一车的书，各处兜售。书又掉下来了，《结婚十年》龙凤帖式的封面纷纷滚在雪地里，真是一幅上品的图画。

对于苏青的穿着打扮，从前我常常有许多意见，现在我能够懂得她的观点了。对于她，一件考究衣服就是一件考究衣服；于她自己，是得用；于众人，是表示她的身分地位；对于她立意要吸引的人，是吸引。苏青的作风里极少"玩味人间"的成分。

去年秋天她做了件黑呢大衣，试样子的时候，要炎樱帮着看看。我们三个人一同到那时装店去，炎樱说："线条简单的于她最相宜，"把大衣上的翻领首先去掉，装饰性的摺裥也去掉，方形的大口袋也去掉，肩头过度的垫高也减掉。最后，前面的一排大钮扣也要去掉，改装暗钮。苏青渐渐不以为然了，用商量的口吻，说道："我想……钮扣总要的罢？人家都有的！没有，好像有点滑稽。"

我在旁边笑了起来，两手插在雨衣袋里，看着她。镜子上端的一盏灯，强烈的青绿的光正照在她脸上，下面衬着宽博的黑衣，背景也是影幢幢的，更显明地看见她的脸，有一点惨白。她难得有这样静静立着，端相她自己，虽然微笑着，因为从来没这么安静，一静下来就像有一种悲哀，那紧凑明倩的眉眼里有一种横了心的锋棱，使我想到"乱世佳人"。

苏青是乱世里的盛世的人。她本心是忠厚的，她愿意有所依附；只要有个千年不散的筵席，叫她像《红楼梦》里的孙媳妇那么辛苦地在旁边照应着，招呼人家吃菜，她也可以忙得兴兴头头。她的家族观念很重，对母亲，对弟妹，对伯父，她无不尽心帮助，出于她的责任范围之外。在这不可靠的世界里，想要抓住一点熟悉可靠的东西，那还是自己人。她疼小孩子也是因为"与其让人家占我的便宜，宁可让自己的小孩占我的便宜。"她的恋爱，也是要求可信赖的人，而不是寻求刺激。她应当是高等调情的理想对象，伶俐倜傥，有经验的，什么都说得出，看得开，可是她太认真了，她不能轻松。也许她自以为是轻松的，可是她马上又会怪人家不负责。这是女人的矛盾么？我想，倒是因为她有着简单健康的底子的缘故。

高级调情的第一个条件是距离——并不一定指身体上的。保持距离，是保护自己的感情，免得受痛苦。应用到别的上面，这可以说是近代人的基本思想，结果生活得轻描淡写的，与生命之间也有了距离了。苏青在理论上往往不能跳出流行思想的圈子，可是以苏青来提倡距离，本来就是笑话，因为她是那样的一个兴兴轰轰火烧似的人，她没法子伸伸缩缩，寸步留心的。

我纯粹以写小说的态度对她加以推测，错误的地方一定很多，但我只能做到这样。

有一次我同炎樱说到苏青，炎樱说："我想她最大的吸引力是：男人总觉得他们不欠她什么，同她一起很安心。"然而苏青认为她就吃亏在这里。男人看得起她，把她当男人看待，凡事由她自己负责。她不愿意了，他们就说她自相矛盾，新式女人的自由她也要，旧式女人的权利她也要。这原是一般新女性的悲剧，可是苏青我们不能说她是自取其咎。她的豪爽是天生的。她不过是一个直截的女人，谋生之外也谋爱，可是很失望，因为她看来看去没有一个人是看得上眼的，也有很笨的，照样地也坏。她又有她天真的一方面，轻易把人幻想得非常崇高，然后很快地又发现他卑劣之点，一次又一次，憧憬破灭了。

于是她说："没有爱，"微笑的眼睛里有一种藐视的风情。但是她的讽刺并不彻底，因为她对于人生有着太基本的爱好，她不能发展到刻骨的讽刺。

在中国现在，讽刺是容易讨好的。前一个时期，大家都是感伤的，充满了未成年人的梦与叹息，云里雾里，不大懂事。一旦懂事了，就看穿一切，进到讽刺。喜戏而非讽刺喜剧，就是没有意思，粉饰现实。本来，要把那些滥调的感伤清除干净，讽刺是必须的阶段，可是很容易停留在讽刺上，不知道在感伤之外还可以有感情。因为满眼看到的只是残缺不全的东西，就把这残缺不全认作真实——性爱就是性行为；原始的人没有我们这些花头不也过得很好的么？是的，可是我们已经文明到这一步，再想退保兽的健康是不可能的了。

从前在学校里被逼着念《圣经》，有一节，记不清楚了，仿佛是说，上帝的奴仆各自领了钱去做生意，拿得多的人，可以获得更多；拿得少的人，连那一点也不能保，上帝追还了钱，还责罚他。当时看了，非常不平。那意思实在很难懂，我想在这里多解释两句，也还怕说不清楚。总之，生命是残酷的。看到我们缩小又缩小的、怯怯的愿望，我总觉得有无限的惨伤。

有一阵子，外间传说苏青与她离了婚的丈夫言归于好了。我一向不是爱管闲事的人，听了却是很担忧。后来知道完全是谣言，可是想起来也很近情理，她起初的结婚是一大半家里做主的，两人都是极年轻，一同读书长大，她丈夫几乎是天生在那里，无可选择的，兄弟一样的自己人。如果处处觉得，"还是自己人！"那么对他也感到亲切了，何况他们本来没有太严重的合不来的地方。然而她的离婚不是赌气，是仔细想过来的。跑出来，在人间走了一趟，自己觉得无聊，又回去了，这样地否定了世界，否定了自己，苏青是受不了的。她会变得喑哑了，整个地消沉下去。所以我想，如果苏青另外有爱人，不论是为了片刻的热情还是经济上的帮助，总比回到她丈夫那里去的好。

然而她现在似乎是真的有一点疲倦了。事业，恋爱，小孩在身边，母亲在故乡的匪氛中，弟弟在内地生肺病，妹妹也有她的问题，许许多多牵挂。照她这样生命力强烈的人，其实就有再多的拖泥带水也不至于累倒了的，还是因为这些事太零碎，各自成块，缺少统一的感情缘故。如果可以把恋爱隔开来作为生命的一部，一科，题作"恋爱"，那样的恋爱还是代用品罢？

苏青同我谈起她的理想生活。丈夫要有男子气概，不是小白脸，人是有架子的，即使官派一点也不妨，又还有点落拓不羁。他们住在自己的房子里，常常请客，来往的朋友都是谈得来的，女朋友当然也很多，不过都是年纪比她略大两岁，容貌比她略微差一点的，免得麻烦。丈夫的职业性质是常常要有短期的旅行的，那么家庭生活也不至于太刻板无变化。丈夫不在的时候她可以匀出时间来应酬女朋友（因为到底还是不放心）。偶尔生一场病，朋友都来慰问，带了吃的来，还有花，电话铃声不断。

绝对不是过分的要求，然而这里面的一种生活空气还是早两年的，现在已经没有了。当然不是说现在没有人住自己的小洋房，天天请客吃饭。——是那种安定的感情。要一个人为她制造整个的社会气氛，的确很难，但这是个性的问题。越是乱世，个性越是突出，人与人之间的差别是很大的。难当然是难找。如果感到时间逼促，那么，真的要说逼促，她的时间已经过去了——中国人嘴里的"花信年华"，不是已经有迟暮之感了吗？可是我从小看到的，尽有许多三四十岁的美妇人。《倾城之恋》里的白流苏，在我原来的想像中决不止三十岁，因为恐怕这一点不能为读者大众所接受，所以把她改成二十八岁。（恰巧与苏青同年，后来我发现。）我见到的那些人，当然她们是保养得好，不像现代职业女性的劳苦。有一次我和朋友谈话之中研究出来一条道理，驻颜有术的女人总是（一）身体相当好，（二）生活安定，（三）心里不安定。因为不是死心塌地，所以时时注意到自己的体格容貌，知道当心。普通的确是如此。苏青现在是可以生活得很从容的，她的美又是最容易保持的那一种，有轮廓，有神气的。——这一节，都是惹人见笑的话，可是实在很要紧——有几个女人是为了她灵魂的美而被爱。

我们家的女佣，男人是个不成器的裁缝，然而那一天空袭过后，我在昏夜的马路上遇见他，看他急急忙忙直奔我们的公寓，慰问老婆孩子，倒是感动人的。我把这个告诉苏青，她也说："是的——"稍稍沉默了一下。逃难起来，她是只有她保护人，没有人保护她的，所以她近来特别地胆小，多幻想，一个惯坏了的小女孩在梦魇的黑暗里。她忽然地会说："如果炸弹把我的眼睛炸坏了，以后写稿子还得嘴里念出来叫别人记，那多要命呢——"这不像她平常的为人。心境好一点的话，不论在什么样的患难中，她还是有一种生之烂漫。多遇见患难，于她只有好处；多一点枝枝节节，就多开一点花。

本来我想写一篇文章关于几个古美人，总是写不好。里面提到杨贵妃。杨贵妃一直到她死，三十八岁的时候，唐明皇的爱她，没有一点倦意。我想她决不是单靠着口才便给和一点狡智，也不是因为她是中国历史上唯一的一个具有肉体美的女人。还是因为她的为人的亲热，热闹。有了钱，就有热闹，这是很普遍的一个错误的观念。帝王家的富贵，天宝年间的灯节，火树银花，唐明皇与妃嫔坐在楼上像神仙，百姓人山人海在楼下参拜；皇亲国戚拨珠嵌宝的车子，路人向里窥探了一下，身上沾的香气经月不散；生活在那样迷离惝恍的戏台上的辉煌里，越是需要一个着实的亲人。所以唐明皇喜欢杨贵妃，因为她于他是一个妻而不是"臣妾"。

我们看杨妃梅妃争宠的经过，杨贵妃几次和皇帝吵翻了，被逐，回到娘家去，简直是"本埠新闻"里的故事，与历代宫闱的阴谋、诡秘森惨的，大不相同，也就是这种地方，使他们亲近人生，使我们千载之下还能够亲近他们。

杨贵妃的热闹，我想是像一种陶磁的汤壶，温润如玉的，在脚头，里面的水渐渐冷去的时候，令人感到温柔的惆怅。苏青却是个红泥小火炉，有它自己独立的火，看得见红焰焰的光，听得见哔哩剥落的爆炸，可是比较难伺候，添煤添柴，烟气呛人。我又想起胡金人的一幅画，画着个老女仆，伸手向火。惨淡的隆冬的色调，灰褐，紫褐。她弯腰坐着，庞大的人把小小的火炉四面八方包围起来，围裙底下，她身上各处都发出凄凄的冷气，就像要把火炉吹灭了。由此我想到苏青。整个的社会到苏青那里去取暖，拥上前来，扑出一阵阵的冷风——真是寒冷的天气呀，从来，从来没这么冷过！

所以我同苏青谈话，到后来常常有点恋恋不舍的。为什么这样，以前我一直不明白。她可是要抱怨："你是一句爽气话也没有的！甚至于我说出话来你都不一定立刻听得懂。"那一半是因为方言的关系，但我也实在是迟钝。我抱歉地笑着说："我是这样的一个人，有什么办法呢？可是你知道，只要有多一点的时间，随便你说什么我都能够懂得的。"她说："是的，我知道——你能够完全懂得的。不过，女朋友至多只能够懂得，要是男朋友才能够安慰。"她这一类的隽语，向来是听上去有点过分，可笑，仔细想起来却是结实的真实。

常常她有精采的议论，我就说："你为什么不把这个写下来呢？"她却睁大了眼睛，很诧异似地，把脸色正了一正，说："这个怎么可以写呢？"然而她过后也许想着，张爱玲说可以写，大约不至于触犯了非礼勿视的人们，因为，隔不了多少天，这一节意见还是在她的文章里出现了。这我觉得很荣幸。

她看到这篇文章，指出几节来说："这句话说得有道理。"我笑起来了："是你自己说的呀——当然你觉得有道理了！"关于进取心，她说："是的，总觉得要向上，向上，虽然很朦胧，究竟怎样是向上，自己也不大知道。——你想，将来到底是不是要有一个理想的国家呢？"我说："我想是有的。可是最快最快也要许多年。即使我们看得见的话，也享受不到了，是下一代的世界了。"她叹息，说："那有什么好呢？到那时候已经老了。在太平的世界里，我们变得寄人篱下了吗？"

她走了之后，我一个人在黄昏的阳台上，骤然看到远处的一个高楼，边缘上附着一大块胭脂红，还当是玻璃窗上落日的反光，再一看，却是元宵的月亮，红红地升起来了。我想道："这是乱世。"晚烟里，上海的边疆微微起伏，虽没有山也像是层峦叠嶂。我想到许多人的命运，连我在内的；有一种郁郁苍苍的身世之感。"身世之感"，普通总是自伤、自怜的意思罢，但我想是可以有更广大的解释的。将来的平安，来到的时候已经不是我们的了，我们只能各人就近求得自己的平安。然而我把这些话来对苏青说，我可以想像到她的玩世的、世故的眼睛微笑望着我，一面听，一面想："简直不知道你在说什么！大概是艺术吧？"一看见她那样的眼色，我就说不下去，笑了。

　　*初载一九四五年四月《天地》第十九期，收入《余韵》。

吉利

　　炎樱的一个朋友结婚，她去道贺，每人分到一片结婚蛋糕。他们说："用纸包了放在枕头底下，是吉利的，你自己也可以早早出嫁。"

　　炎樱说："让我把它放在肚子里，把枕头放在肚子上面罢。"

　　* 初载一九四五年四月《杂志》第十五卷第一期，未收集。

天地人

精明人，又要马儿好，又要马儿不吃草。难得煨个鸡汤，也恨不得要那只鸡在汤里下蛋，一只一只生下来，称为"水铺蛋"。

有个外国太太带了小女儿乘车经过忆定盘路小菜场，指点道："这就是市场，阿妈每天来买菜的地方。"小女孩东看西看，问道："但是妈妈，黑市在哪里呢？"

大出丧的音乐队，不知为什么总吹打着有一只调子叫做《甜蜜的再会》(Sweet Bye，Bye)。这亡人该是怎样讨厌的一个人呢——和他道别，是最甜蜜的事情。

一切食物，标榜"卫生"与"维他命"内，普通都很难吃，例如科学制造的酱油，果酱，还有一种"十字面包"，小圆面包上面涂着个糖质的白十字，一股医院的气味也许不过是心理作用罢。所以现在聪明的广告里也有"老法酱油"这样的句子了。

无灯之夜，从浴缸里爬出来听电话，蜡烛在浴室里，来不及拿，跌跌冲冲来到电话旁边，铃声停了。一路摸回去，刚走到电话与蜡烛之间，铃又响了起来。再摸回来，头撞在柜上。一接，是打错了的。待要砰地一声挂断它，震聋那边的耳朵，又摸不到电话机。摸索了半天，方才把耳机放还原处。

中国人过年，茶叶蛋，青菜，火盆里的炭塞，都用来代表元宝；在北方，饺子也算元宝；在宁波，蛤蜊也是元宝。眼里看到的，什么都像元宝，真是个财迷心窍的民族。

最近也有些性学专家，一来就很震动地质问读者："宝塔的式样是像什么？玉蜀黍的式样是像什么？酒席上荷叶夹子的式样又像什么？"用弗洛德详梦的态度来观看人生，到处都是阴阳，就像法文的文法，手杖茶杯都有男女之别，这毛病，中国人从前好像倒是没有的。

*初载一九四五年四月十五日上海《光化日报》，未收集。

姑姑语录

我姑姑说话有一种清平的机智见识，我告诉她有点像周作人他们的。她照例说她不懂得这些，也不感到兴趣——因为她不喜欢文人，所以处处需要撇清。可是有一次她也这样说了："我简直一天到晚的发出冲淡之气来！"

有一天夜里非常的寒冷。急急地要往床里钻的时候，她说："视睡如归。"写下来可以成为一首小诗："冬之夜，视睡如归。"

洗头发，那一次不知怎么的头发很脏很脏了，水墨黑。她说："好像头发掉色似的。"

她有过一个年老唠叨的朋友，现在不大来往了。她说："生命太短了，费那么些时间和这样的人在一起是太可惜——可是，和她在一起，又使人觉得生命太长了。"

起初我当做她是说：因为厌烦的缘故，仿佛时间过得奇慢。后来发现她是另外一个意思：一个人老了，可以变得那么的龙钟糊涂，看了那样子，不由得觉得生命太长了。

她读了苏青和我对谈的纪录，（一切书报杂志，都要我押着她看的。她一来就声称"看不进去"我的小说，因为亲戚份上，她倒是很忠实地篇篇过目，虽然嫌它太不愉快。原稿她绝对拒绝看，清样还可以将就。）关于职业妇女，她也有许多意见。她觉得一般人都把职业妇女分开作为一种特别的类型，其实不必。职业上的成败，全看一个人的为人态度，与家庭生活里没有什么不同。普通的妇女职业，都不是什么专门技术的性质，不过是在写字间里做人罢了。在家里有本领的，如同王熙凤，出来了一定是个了不起的经理人才。将来她也许要写本书关于女人就职的秘诀，譬如说开始的时候应当怎样地"有冲头"，对于自己怎样地"隐恶扬善"……然而后来她又说："不用劝我写了，我做文人是不行的。在公事房里专管打电报，养成了一种电报作风，只会一味的省字，拿起稿费来太不上算了！"

她找起事来，挑剔得非常厉害，因为："如果是个男人，必须养家活口的，有时候就没有选择的余地，怎么苦也得干，说起来是他的责任，还有个名目。像我这样没有家累的，做着个不称心的事，愁眉苦脸赚了钱来，愁眉苦脸活下去，却是为什么呢？"

从前有一个时期她在无线电台上报告新闻，诵读社论，每天工作半小时。她感慨地说："我每天说半个钟头没意思的话，可以拿好几万的薪水；我一天到晚说着有意思的话，却拿不到一个钱。"

她批评一个胆小的人吃吃艾艾的演说："人家唾珠咳玉，他是珠玉卡住了喉咙了。"

"爱德华七世路"（爱多亚路）我弄错了当做是"爱德华八世路"，她说："爱德华八世还没来得及成马路呢。"

她对于我们张家的人没有多少好感——对我比较好些，但也是因为我自动地黏附上来，拿我无可奈何的缘故。就这样她也常常抱怨："和你住在一起，使人变得非常唠叨（因为需要嘀嘀咕咕）而且自大（因为对方太低能）。"

有一次她说到我弟弟很可怜地站在她眼前："一双大眼睛吧达吧达望着我。""吧达吧达"四个字用得真是好，表现一个无告的男孩子沉重而潮湿地眨着眼。

她说她自己："我是文武双全，文能够写信，武能够纳鞋底。"我在香港读书的时候顶喜欢收到她的信，淑女化的蓝色字细细写在极薄的粉红拷贝纸上，（是她办公室里省下来的，用过的部份裁了去，所以一页页大小不等，读起来淅沥哆啦作脆响。）信里有一种无聊的情趣，总像是春夏的晴天。语气很平淡，可是用上许多惊叹号，几乎全用惊叹号来做标点，十年前是有那么一派的时髦文章的罢？还有，她老是写着"狠好，""狠高兴，"我同她辩驳过，她不承认她这里应当用"很"字。后来我问她："那么，'凶狠'的'狠'字，姑姑怎么写呢？"她也写作"狠"。我说："那么那一个'很'字要它做什么呢？姑姑不能否认，是有这么一个字的。"她想想，也有理，我又说："现在没有人写'狠好'了。一这样写，马上把自己归入了周瘦鹃他们那一代。"她果然从此改了。

她今年过了年之后，运气一直不怎么好。越是诸事不顺心，反倒胖了起来。她写信给一个朋友说："近来就是闷吃闷睡闷长。……好容易决定做条裤子，前天裁了一只腿，昨天又裁了一只腿，今天早上缝了一条缝，现在想去缝第二条缝。这条裤子总有成功的一日罢？"

去年她生过病，病后久久没有复元。她带一点嘲笑，说道："又是这样的恹恹的天气，又这样的虚弱，一个人整个地像一首词了！"

她手里卖掉过许多珠宝，只有一块淡红的披霞，还留到现在，因为欠好的缘故。战前拿去估价，店里出她十块钱，她没有卖。每隔些时，她总把它拿出来看看，这里比比，那里比比，总想把它派点用场，结果又还是收了起来。青绿丝线穿着的一块宝石，冻疮肿到一个程度就有那样的淡紫红的半透明。襟上挂着做个装饰品罢，衬着什么底子都不好看。放在同样的颜色上，倒是不错，可是看不见，等于没有了。放在白的上，那比较出色了，可是白的也显得脏相了。还是放在黑缎子上面顶相宜——可是为那黑色衣服的本身着想，不放，又还要更好些。

除非把它悬空宕着，做个扇坠什么的。然而它只有一面是光滑的，反面就不中看；上头的一个洞，位置又不对，在宝石的正中。

姑姑叹了口气，说："看着这块披霞，使人觉得生命没有意义。"

＊初载一九四五年五月《杂志》第十五卷第二期，收入《张看》。

著作权合同登记号　　图字：01-2018-4234

本书由皇冠文化集团授权，仅限于中国大陆地区发行，不得销售至港、澳及任何海外地区。

图书在版编目（CIP）数据

流言／张爱玲著 .—北京：北京十月文艺出版社，
2019.6（2025.7重印）
（张爱玲全集）
ISBN 978-7-5302-1863-1

Ⅰ.①流…　Ⅱ.①张…　Ⅲ.①散文集—中国—现代
Ⅳ.① I266

中国版本图书馆 CIP 数据核字（2018）第 184484 号

流言
LIUYAN
张爱玲　著

出　　版　北京出版集团公司
　　　　　北京十月文艺出版社
地　　址　北京北三环中路 6 号
邮　　编　100120
网　　址　www.bph.com.cn
发　　行　新经典发行有限公司
　　　　　电话（010）68423599
经　　销　新华书店
印　　刷　河北鹏润印刷有限公司
版　　次　2019 年 6 月第 1 版
印　　次　2025 年 7 月第 23 次印刷
开　　本　850 毫米 ×1168 毫米　1/32
印　　张　8.5
字　　数　170 千字
书　　号　ISBN 978-7-5302-1863-1
定　　价　45.00 元
质量监督电话 010-58572393
如有印装质量问题，由本社负责调换。